安藤昇と花形敬

安藤組外伝

向谷匡史

青志社

安藤 昇

1926-2015
享年89歳

花形 敬

1930-1963
享年33歳

安藤昇と花形敬

向谷匡史

「ヤクザが流す汗は赤けぇんだぜ。真っ赤な血が吹き出してくるんだ」

花形の生前の言葉だね。ヤクザの矜持かな。

安藤昇

安藤昇と花形敬

目次

第一章

花(はな)の雨(あめ)

第二章

遠(えん)雷(らい)

第三章　風花（かざばな）――147

第四章

時雨（しぐれ）

第五章

疾雷（しつらい）

第六章 花の雲

装丁・本文デザイン
岩瀬 聡

第一章

花(はな)の雨(あめ)

対極の人生

学生服のボタンを外した安藤昇が、油断のない目配りで新宿二丁目の遊郭街をぶらついている。目深にかぶった学帽はぺったんこにつぶしてポマードでテカテカに塗り固めた〝ペテン帽〟で、両手をズボンのポケットにつっこみ、肩を小さくゆすっている。

日中は閑散としたこの一帯が活気づく時間帯だった。金波楼、万年楼、丸岡八幡、宝来屋、新鈴元、港、藤川、仁楽、美人座、大美濃など五十余軒の遊郭が軒をならべ、厚化粧の女たちが紅い灯青い灯の軒先に艶めいて立っている。

「ねえ、ちょっと坊や」年増が下卑た笑顔で安藤に声をかけた。「学校で習わないこと教えてあげるからさ。ちょっと寄ってらっしゃいよ」からかったが安藤は見向きもせず、険しい顔で前方に視線をすえた。

着流しの若い角刈りの男が店先の女たちを冷やかしながら、こっちにむかっていた。雪駄の金具が踵で小気味いい音をたてている。安藤が胸もとに右手を差し入れ、背をすぼめるようにして歩みをはやめる。急速に距離が縮まっていく。金波楼をすぎて安藤がいきなり身体を右に寄せて角刈りの行く手をさえぎった。

「小僧、なんのマネだ」

口の端をゆがめた。はだけた胸元から刺青がのぞいている。安藤が無言で右手を引き抜く。

角刈りが驚愕するのと出刃包丁が太ももを刺すのが同時だった。

「ウッ！」

と重い声を放って角刈りは膝をつきかけたが踏みとどまり、「このクソガキィ！　ブッ殺してやる！」と血走った目でふところからドスを抜いたところで、

「待ちな」

金波楼のわきから長身の若い男が姿をみせて言った。

「いいヤクザもんが中学生（チューボー）とっつかまえてなにしようってんだ」

「館崎（たちざき）！」

「呼び捨てかよ。俺も安くみられたもんじゃねぇか」せせら笑った端正な顔が一変し、鬼の形相で怒鳴りつけた。

「俺の舎弟にドスふりまわしやがって、どうオトシマエつける気だ！」

「ちょっと待ってくれよ。このガキがいきなりあらわれて……」

「バカ野郎！　てめぇが先にガン飛ばしたんだろ。そうだな、安藤」

安藤がコクリとうなずくのをみて、角刈りが舌打ちをした。仕組まれたイチャモンであるこ

とに気づいたのだろう。館崎では相手が悪い。「わかったよ」太ももの痛みに顔をゆがめながら言った。

「わかりゃいいんだ」

館崎がペッとツバを吐いて、「カネで勘弁してやるよ。小指もらっても飾る場所がねぇし、てめぇも鼻の穴ほじくるのに不便だろ」と吠えた。

角刈りがなにか言いかけたが、頭(かぶり)をふると渋々たもとから和財布をとりだして渡した。

館崎がひったくって中を一瞥する。

「シケてやがるな。腕時計もよこしな」

手をさしだしてから、角刈りの足もとに目をやった。

「いい雪駄はいてるじゃねぇか」

「おいおい、追い剝ぎやんのかよ」

「二度は言わねえぜ」

「わかった」

怒気を呑んだ顔で雪駄を脱ぐと、鼻緒をそろえて突きだした。

「南部表か」館崎が鼻緒に指を引っかけてかざしながら、「上等の雪駄が血を吸っちまって、もったいねぇな。どうせなら、もっと吸わせてやるか」

館崎が腕をふりかぶった。

「ギャーッ！」

絶叫が尾をひく。

雪駄の踵が角刈りの顔面にたたきこまれていた。金具が鼻をつぶしたのだろう。顔を覆った両手の指の間から鮮血がしたたる。

「バカ野郎が、誰にむかって軽口たたいてやがる」

地面でのたうつ角刈りに雪駄を投げつけると、安藤をうながして歩きだした。

「どうだ、刺した気分は」

「感触がなくて豆腐に包丁をいれたような……」

「腹はもっと柔らけぇぜ」

アッハッハと声をたてて笑ってから、

「おまえ、いい根性してるな。今日から俺のグループだと名乗っていいぜ」

肩をポンとたたいて、

「いいか、恐喝に理屈なんてものはねぇんだ。てめぇで池にドボンと石を放りこんでおいて、〝誰だ、波を立てやがったのは！〟――これでいい。相手がグズグズ言ったらブッスリやっちまえ。カタギは警察に駈けこむからめんどうだが、ヤクザや不良はその心配がねぇから安心だぜ」

館崎が足をとめた。

万年楼のまえをヤクザ風がこっちにむかって歩いてくる。

「つぎはあのデブだ。いまとおんなじように太ももの外側を刺すんだぜ。内側は動脈が走ってるからよ。出血多量でおだぶつになっちまう」

安藤が小さくうなずくと、ふところに右手を差しいれて出刃包丁の柄を握りしめた。


昭和十六年十二月八日、太平洋戦争が勃発する。それから一年――。

東京世田谷区にある経堂小学校六年生の花形敬は名門千歳中学の受験を来年にひかえ、猛勉強の日々をおくっていた。

少年たちのあこがれは、陸海軍の将校となる難関の陸軍士官学校（陸士）と海軍兵学校（海兵）で、千歳中学の一学年二百五十名のほとんどが陸士か海兵をねらう。世田谷屈指の名門校に入学するのは少年たちの夢であり、あこがれであった。

「さあ、先生、ひと息いれてくださいな」

母親の美以が、自分で焼いたクッキーと粉末を溶かしたジュースをお盆にのせ、勉強部屋に入ってきた。

「いやあ、いつもすみませんな」

経堂小学校の担任である山崎教諭が薄くなった頭髪に手をあて、

「戦地で苦労している兵隊さんにもうしわけないですな」

笑って言うと、

「先生、苦労じゃありません！」

敬がくってかかるように言った。

「殺すか殺されるか。兵隊さんはお国と同朋を守るためにみずから命を投げだすんですよ。これほど崇高な使命があるでしょうか。けっして苦労なんかじゃないんです」

「敬、先生に対してそんな口のきき方は失礼ですよ」

「いやいや、お母さん、敬クンらしいじゃないですか」山崎がクッキーをつまんだ手をとめて言った。「勉強も一番、体育も一番、体格も飛び抜けて一番。それから――」言葉を切るとニヤリと笑って、「ケンカも一番。敬クンは近隣の不良から経堂小の生徒たちを守る守護神ですな。正義感に富んでいて、級長として人望もある。正直言って非の打ちどころがない。わたしは教員になって三十年ですが、こんな子は初めてです。かならずや将来は立派な軍人になって、お国のために働いてくれるでしょう」

それに、と言葉をついで、

「経堂小の名誉のためにもぜひ花形くんに千歳中へ合格していただきたい。校長も期待していますので、この一年、わたしも頑張ります」

家庭教師自体が稀の時代に、クラスの担任が中学受験の家庭教師をつとめるなど前代未聞で、それほどに敬は優秀で学校からも期待されていたのだった。

敬は「たかし」と読むのが正式だが、両親も周囲も「けい」と呼んだ。「はながた・たかし」と韻を踏むのは舌がもつれるからだろう。いつしか「けい」と呼ばれるようになったが、そのうち敬自身が「はな・が・たけえ」と区切って名乗り、胸を張ってみせることがあった。なにをやらせても一番であることから、「鼻が高い＝誇らしい」という自信と矜持であった。

「さあ、頑張って勉強のつづきだ」

山崎教諭がうながしたときだった。

廊下を小走りするスリッパの音につづいて、「奥様！」ドアの向こうでお手伝いの緊張した声がした。

「どうかしたの？」美以がドアを開ける。

「いま玄関に男の方が親をだせと言って……。坊ちゃんに自分の子供がいじめられてるとかで、すごい剣幕なんです」

「僕が会うよ」敬が椅子から立ちあがった。

「あなたはここにいなさい」

「私が応対しましょう」

「でも、先生」

「しずかに。お父さんに聞こえますよ」

敬が病に伏せる父親を気づかうように言って、すぐさま玄関にむかった。

「おう、てめぇか、うちのセガレを追いまわしてんのは！」

開け放った玄関で、四十がらみの小太りの男が敬を見あげて怒鳴った。

相手は小学生だ。一喝して震えあがらせようとしたのだろうが、小学六年生の敬の身体は中学生の高学年と見間違えるほど大きく、その父親は驚いた様子だった。

「セガレって誰ですか？」

落ち着きはらった態度に男は戸惑った。「廻沢(めぐりさわ)小学校の川本だよ！」声を一段と大きくして、

「その図体でブン殴りやがって、セガレはてめぇを恐れて家から出られなくなっちまったんだ。どうしてくれる！」

そして敬の背後に立つ山崎にむかって、

「てめぇが親父か。こんなでっけぇ家に住んで、金持ちだかなんだかしらねぇが、どんなしつけをしてんだ」

「私は経堂小の……」

言いかけるのを敬がさえぎった。

「どうしてぼくに殴られたか、本人にきいてみましたか？　川本がうちの学校の子たちをイジメているんです。それも弱い子たちを。あなたならどうしますか？　見て見ぬふりをしますか？」

小学生らしからぬ弁舌に親父はたじろぎながらも、「だけどおめぇ、追いまわすことはねぇだろ」眉間にしわを寄せてすごんだが、敬は意に介さない。

「やるならトコトンだと思います。二度と経堂小に手をださないために徹底して追いうちをかける。それだけのことです」

「敬――」美以がたしなめるように「どんな理由があろうとも暴力はいけません」と言ってから、親父に軽く頭をさげた。「うちの子にはよく注意しておきますので、あなたのお子さんにも話をしてくださいませ」

山崎教諭が軽く咳払いをして、「私は経堂小の教諭で山崎ともうします。この件につきましては廻沢小の校長と話をして対処したいとおもいます」

「いいよ、わかったよ、先生。ことを荒立てるつもりはないんだ」

親父は笑顔に態度をかえて、「それにしてもお母さん」と感嘆するように言った。「たいしたお子さんだねぇ。頭がよくて、正義感があって、ケンカが強い。何者になるんだか、将来が楽しみだねぇ」

昭和十六年十二月八日未明、連合艦隊はハワイ真珠湾に奇襲攻撃をかけ、日本は太平洋戦争に突入した。アメリカ太平洋艦隊に壊滅的打撃をあたえる一方、翌十七年一月二日には第十四軍二個師団がアジアを南進してフィリピンの中心都市マニラを占領。さらにその一ヶ月後の二月十五日、イギリス軍八万八千人が「東洋の無敵要塞」と豪語するシンガポールを陥落させた。

「イエスか、ノーか！」

山下奉文陸軍中将が鋭い眼光で机をたたき、イギリス軍司令官パーシバル将軍に降伏をせまるニュース映画がくりかえし上映され、映画館は万雷の拍手と「万歳！　万歳！」の歓呼につつまれた。

帝国陸軍はインドネシア、ビルマ、フィリピンに破竹の勢いで進撃し、次々に制圧していく。海軍将校を夢見る花形敬は、大本営発表をつげる軍艦マーチが流れるとラジオにかじりつき、胸を躍らせた。

一方、花形より四歳年長の安藤昇は、不良の世界で面白おかしく生きている。夢にむかって一直線に駆けていく花形少年と、進むべき方向もなく無頼の日々の安藤少年。ふたりは戦時下にあって対極の人生を生きていた。

少年院

開戦から半年後の昭和十七年六月五日、連戦連勝だった日本軍は、ホノルル島から北西二千キロで激突したミッドウェー海戦で大敗する。空母四隻、艦載機約三百機のすべてを失い、三年後の敗戦にいたるターニングポイントとなるが、大本営はこの事実を隠し、

「わが軍の損害は空母一隻喪失、一隻大破、巡洋艦一隻大破。対して敵の損害は空母二隻撃沈。沈めた空母の数で日本軍は勝った」

と虚偽の発表をした。

国民は依然として開戦以来の戦勝気分にひたり、「鬼畜米英」を膝下に組み敷くのは時間の問題だと楽観していた。

秋口のよく晴れた日の午後、四谷署に二十九日間拘留されていた安藤が釈放され、学ランに〝ペテン帽〟で新宿・武蔵野館通りの喫茶『ジャスミン』に入っていくと、奥の席に陣取る館崎が軽く手をあげた。

「ご苦労だったな」

笑顔をみせ、「こっちへ座んなよ」と言って尻を動かして席をあけた。

「失礼します」

安藤が礼儀正しく頭をさげて館崎の横に腰をおろすと、

「これで当分は遊んでられるな」

館崎がもう一度笑って言った。

戦時下とあって警察の取り締まりも厳しく、月に一度は〝不良狩り〟があった。そのたびに少年係の顔馴染みの刑事が館崎のところにやってきて、「今度の〝狩り〟は五人ほどだしてくれ」といった依頼をする。館崎に指名された配下の不良少年は、洗面具と着替えを持参して警察に出頭。軽微な犯罪を〝自白〟し、二十九日間は拘留されるが、そのあと数ヶ月は無事に遊ばせてもらえるというわけだ。

「いいか、ケンカってのはな」

館崎が安藤の肩に手をまわして言う。茶飲み話はいつもケンカの講釈だった。

「先手必勝で、先にブッスリやったほうが勝つ。だけど刺しどころが悪けりゃ、殺人罪だ。ヤバイよな。だから刺すのを躊躇してハッタリでなんとかしようと考える。だけど、腰がひけちまってんだから威勢のいいタンカ切ったところでビビるわけがねぇ。だろう？」

安藤がうなずくのをまって、

「ケンカするときは、死んでもいい、殺してもいい、無期懲役になってもいいと腹をくくったほうが勝つんだ。ナメられんじゃねぇぞ。ナメられて黙ってるなんざ、負け犬といっしょだ。いいか、ケンカは腕力でするんじゃねえ、ここでするんだ」

安藤の胸をポンと叩いたとき、店の入口がざわついて、角刈りに着流しの小池光雄が舎弟たち数人をつれて入ってきた。店内を見まわし、館崎たちを見つけてテーブルにやってきた。館崎の取り巻きたちがいっせいに立ちあがり、挨拶して席を移った。

「兄貴、この子は安藤といって俺の新しい舎弟です。——安藤、小光の兄貴だ」

安藤の肩から腕をはずして館崎が紹介した。

「安藤です」

緊張した声でペコリと頭をさげた。

小池光男は愚連隊の元祖・万年東一の斬りこみ隊長で、〝人斬りの小光〟と呼ばれ、新宿や銀座など盛り場でその名をしらない不良はいない。安藤も二、三度、新宿で遠くから見かけたことがあるが、こうして間近で接すると、削ぎ落としたような細面から殺気が漂うようだった。

「智山中学か」

小光が安藤の襟章を一瞥して、「智山中にゃ似合わねえ小僧だな」と言った。練馬にある智山中学は、退学になって行き場のなくなった連中が東京中から集まり、不良学生の終着駅と揶揄されていた。

「安藤は優等生で、良家のボンボンなんでさ」

館崎が小光の心中を察して言った。「もともとは名門の川崎中学でしてね。ワルやったんで、親父が赴任している満州に呼び寄せられて奉天一中、内地にもどって京王商業。みんなクビになって、流れた先が智山中学」

「京王商業をクビになるとはめずらしいな」

「それも転校してたったの三ヶ月。京王商業のワルたちがあきれてました。〝学校はじまって以来のワルだ〟って校長が唇をふるわせたとか」愉快そうに笑って、「良家のボンで頭もいいから、そこいらの不良とちがって賢そうな顔をしてるでしょう」

「どこでひろったんだ」

「うちの連中に噛みついたんですよ。お仕置してやろうとおもってさらったところが、俺にも吠えましてね。いい根性してるんで連れて歩くことにしたんでさ」

館崎は口にしなかったが、安藤は鋭い目をしているがどことなく涼やかで、端正な顔と垢抜けた雰囲気が館崎の好みだった。館崎自身、しゃれ者で、身なりにいつも気を配り、背が高くてがっしりとした体軀に派手なジャケットがよく似合っている。

「で、館崎、例の話（ナシ）だけどよ」

小光はいつまでも無駄口をたたいてはいなかった。

安藤が立ちあがる。「ちょいとヤボ用がありますので失礼します」

わかった、と館崎が目で言った。

『ジャスミン』を出た安藤は、館崎からあずかっている三寸五分のドスをふところに練馬の上石神井にむかった。夏前、智山中学柔道部の上級生たちに道場に呼びだされてリンチされた。その復讐（オトシマエ）をつけにいくのだ。

安藤は不良として新宿を闊歩していたが、学校ではおとなしかった。奉天一中を退学になり、新宿・東大久保の祖母のところに帰ったものの、「昇はとてもわたしの手には負えません」とサジを投げてしまい、安藤の母の弟である叔父宅の離れの一室に厄介になっていた。人のいい叔父は安藤のよき理解者で、京王商業に編入するため奔走してくれたにもかかわらず三ヶ月で退学。智山中学の四年に編入するにさいして、「昇ちゃん、今度だけは頼むよ。でないと叔父さん、ご両親に会わせる顔がないから」そう懇願されていたからである。

ところが、柔道部員の最上級生で番長を張る猪熊という男が新宿での安藤の評判をききつけ、部員たちとリンチにおよんだ。安藤はこれまで我慢していたが、「ナメられて黙ってるなんざ、負け犬といっしょだ」という館崎の一言がズシンと腹に響いたのだった。

連中は猪熊の下宿を溜まり場にしているときいていた。部屋のまえに立つと、にぎやかな声が廊下にまで響いている。扉を蹴とばすようにして乗りこんだ。

「安藤！」

「うるせえ！」三寸五分を畳の真ん中に突き刺した。

四、五人は陽のあるうちから茶碗酒を呑んでいる。戦前戦中の旧制中学は五年制で、平均寿命から彼らの社会的年齢を現在に換算すると二十歳前後になるだろう。巨漢の猪熊など無精髭を生やしていてオヤジに見える。

「てめぇら、ブッ殺してやる！」安藤がタンカを切った。

「殺すだと？　いい度胸じゃねぇか。おう、殺してもらおうか！」酒で顔を朱くした猪熊が立ちあがった。

ここが勝負どころだった。館崎が言ったように、ヘタすりゃ殺してしまう。こんな野郎を刺して人生を棒にふるのか。一瞬の躊躇がよぎったが、安藤はそれを呑みこんだ。

「てめぇ！　刺し殺して刑務所へ入ってやらあ！」

安藤が畳からドスを引き抜くや腰だめにして猪熊に体当たりしていった。

「ウワーッ！」

さけようとして猪熊が尻餅をついた。ドスが脇腹をかすめる。「ま、まってくれ！」猪熊は安藤が本気であることをさとった。「助けてくれ、これ、このとおり、このとおりだ！」土下座して平蜘蛛のように這いつくばった。

本気になったものが勝つ。館崎の言うとおりだ、と安藤はおもった。残りの連中は恐怖にすくんでいる。「てっぺんを狙え」――館崎がいつか口にした言葉がよぎる。「十メートルの大蛇も、頭を叩き潰せばただの丸太だ」そう言った。ケンカは体験だ。体験がすべてだ。安藤は修羅場をとおしてケンカの要諦をひとつずつ身につけていくのだった。

連中はオトシマエとして有り金をさしだし、安藤はその夜、不良仲間を誘って新宿二丁目にくりだした。

「ちょっと、坊やたち、うんとサービスするわよ」

女たちの黄色い声に軽口をかえしながら宵の遊郭街を歩いていく。

つい数年前まで、ここは安藤の通学路だった。大手タイヤメーカーのエリートであった父親の勤めの関係で、一家は神奈川に住んでいたことから安藤は神奈川県立川崎中学校に進学するのだが、父親が満州・奉天に転勤になったため、両親は新宿・東大久保の母方の祖父母にあずけて赴任した。安藤をつれていかなかったのは、せっかく入学できた名門の川崎中学を転校させたくなかったからだ。安藤は祖父母宅からこの遊郭街を徒歩で抜け、新宿駅から山手線、品川から京浜線と乗り継ぎ、最寄りの八丁畷駅まで二時間をかけて通学するようになる。下校時はすでに暗く、灯のともる店先に立つお姐さんたちが学制服にカバンをさげた安藤をからって声をかける。それが安藤は恥ずかしく、うつむいて足早に通り抜けたものだった。

そんな安藤が、いまは巻きあげたカネをふところに女の品定めをしながら同じ道を闊歩している。小学校時代は六年間を通して級長をつとめ、名門の旧制中学に進学した優秀な少年は、そうと意識しないまま曲折の人生を歩んでいた。

やがて智山中学もクビになる。安藤は叔父のなげきをよそに、ますます不良に磨きがかかっていく。


その日、安藤は同い年で帝京商業で番長を張っている加納貢と師走の新宿をぶらついていた。

「銀座のピス坊だ」

安藤が足をとめてアゴをしゃくった。

つば広ろのソフト帽をかぶり、ダブルのラクダのオーバーを粋に着こなしたモダンボーイが不良をつれ、伊勢丹デパートのまえをこっちにむかって歩いてくる。

「よし、やっちまうか。ヤツをやれば相当な顔になるぜ」

安藤がニヤリとして言った。

ピス坊は銀座で売りだしの不良で、ヤクザ相手のケンカでピストルをブッ放したことからそう呼ばれている。不良中学生の安藤たちとは貫目がちがいすぎて、これまで突っかかる相手ではなかったが、修羅場を何度か踏んだいまの安藤は怖いものなしだ。

　すれちがいざまガンを飛ばして言った。

「てめぇ、どこ見てやがる」

「坊や、俺が誰だかしっててハッタリかけてんのか?」ピス坊が鼻で笑って、「今日のところは勘弁してやるから、とっとと家に帰りな」

「ピス坊だか水鉄砲だかしらねぇが、ザギンでいい顔だってな」

「このガキ……」

　怒気に顔をゆがめるより早く加納のストレートパンチがアゴに飛んだ。刹那、安藤の右手がふりおろされる。柄を折ってベルトのバックルの下に仕込んだ五銭カミソリを右手の人差し指と中指ではさみ、顔を斬りさげたのだ。

「ウッ」

　ピス坊が両手で顔をおおった。指のあいだから鮮血がしたたる。加納がすかさず鳩尾にフックを叩きこむ。膝から崩れたピス坊に安藤が馬乗りになり、カミソリで顔を刻んだ。

「ギャー!」

　ピス坊が悲鳴をあげた。

「俺は安藤、こっちは加納だ。いつでも相手になってやるからおぼえておけ!」

ピス坊の頭を蹴飛ばし、意気揚々と去っていった。

加納貢は「帝京商業に加納あり」といわれる男だ。体重が乗った重いパンチは不良のあいだで「象さんパンチ」と恐れられ、巨漢もアゴにくらった一発で失神した。金融機関の創業者の子息で、裕福な家庭で育っているせいか、損得にこだわらない大らかさが安藤と波長が合ったのだろう。意気投合したふたりは兄弟分となって新宿を肩で風切って歩き、不良とみればボコボコにして名を売っていた。

ピス坊の一件はすぐさま館崎の耳に入った。

「しょうがねぇな」

渋い顔をした。ピス坊については銀座のヤクザをつうじて話をつけてやるにしても、安藤たちは放っておくとなにをしでかすかわからない。ガキのケンカとはいえ、小光の兄貴に迷惑がかからないともかぎらない。度胸はたいしたものだが、切れすぎるドスは持ち手を傷つけることもある。すこし手綱をしめておいたほうがいいだろうと館崎はおもった。

さっそく安藤を呼びにやると、舎弟が足早に喫茶『ジャスミン』にもどってきて耳元でささやいた。

「安藤がパクられました」

「なにやったんだ」

「恐喝（カツアゲ）です。智山中柔道部のワルたちをドスで脅したとかで」

「まったく安藤の野郎は」舌打ちはしても顔が笑っている。「ブタ箱で頭を冷やすのもいいだろう」と言った。

淀橋署（現・新宿署）の刑事たちが早朝、叔父宅に踏み込み、離れの自室で寝ていた安藤を逮捕した。智山中学の猪熊たちが腹いせに被害届けをだしたのだ。まさか不良が警察に駆けこもうなどおもいもよらないことだった。シメるなら死ぬほどの恐怖をあじわわせておくべきだ——というのは、のちに館崎が安藤にさとしたことだった。

昭和十八年の正月を淀橋署の留置場ですごしたあと、安藤は本格的な取り調べのため事件のあった練馬署へ移送される。刑事の狙いは余罪だった。シラを切ると容赦なく鉄拳が飛び、床に叩きつけられた。連日、朝から晩まで壮絶な取り調べがつづき、安藤は看守に両脇をかかえられるようにして留置場にもどされる。それでも黙秘を貫き、拘留期限をむかえて東京九段の少年審判所へ送られる。

移送の朝、取り調べにあたった刑事が吐き捨てるように言った。

「安藤、少年（ガキ）でよかったな。今回は成年刑をまぬがれたが、あと三年もすりゃ二十歳だ。どうせヤクザにでもなるんだろうが、つぎは刑務所（ムショ）で懲役だぜ」

安藤は少年審判所で少年院送致が決定され、東京都八王子市の多摩丘陵にある多摩少年院へ護送された。

名門中学

「一本つけてもらおうかな」

夫の正三が妻の美以に言った。

「あら、大丈夫なんですか？」

「うん。敬の入学祝いだから」

正三が顔をほころばせて言った。体調がいいのか、青白い顔にいくぶん赤みがさしている。美以がお燗の用意をするため席をたった。

「お父さん、よかったわね」長女が箸をとめて笑いかける。「敬がお父さんの夢をかなえて海軍兵学校か」

「バーカ、これからがたいへんなんだ」長男が正三の方に向いて、「たしか千歳中の枠は二十五名ずつでしたよね？」

「うん。だから五十番以内にはいらなくちゃならない」

「千歳中で五十番以内はたいへんだぜ」

「敬ちゃんなら大丈夫」

「そうよ、努力家だもん」

次女と三女が長女に加勢すれば、次男、三男が「いや、たいへんだ」と長男に同調して夕食の食卓がにぎわう。千歳中はこれまでの実績から、陸軍士官学校、海軍兵学校のそれぞれに二十五名の推薦枠を与えられているが、秀才がそろう千歳中学で一学年二百五十人のうち五十番以内の成績をとるのはたいへんだと、長男はいうわけだ。

「そりゃ、たいへんだけど」美以がお燗をつけた銚子を正三にかたむけながら、「昨日の入学式で、敬は副級長に任命されたのよ」と誇らしげに言った。

「すごい！」長女が目をまるくした。「それって成績順でしょ？」

「ええ。五クラスだから敬は十番以内の成績で合格したことになるわね」

「これからが楽しみ！」

お茶目な三女の甲高い声に食卓は笑いにつつまれた。

一家そろって夕食をとるのはひさしぶりのことだった。正三は若い時代、シアトルのワシントン州立大学に留学したとき肺結核を病んでおり、その再発でここ一年ほどは床伏せっている。三男三女の子供たちも、末っ子の敬は受験で猛勉強、五人の兄姉はそれぞれ学業などで忙しくしていた。

正三はおだやかな笑みをうかべて子供たちのにぎやかなやりとりを眺めている。敬だけが自分の合格祝いだというのに、はしゃぐでもなく寡黙だった。

（芯の強い子だ）

と正三はおもう。

これは夏前に美以から聞いた話だが、学校での昼休みのこと。授業中に気分が悪くなった級友を、敬は自分の自転車の荷台に乗せて自宅まで送っていったところが、午後の授業に遅れてしまった。戦時中とあって、小学校といえども六年生でクラスを統率するリーダーの処し方には厳しく、

「級長がたるんどる！」

担任は往復ビンタを見舞ったが、敬は遅れた理由を口にすることなく、黙って殴られていた。

そして翌日。級友の母親が敬のことでお礼を言いに学校にきたことから担任は事情をしり、花形家をおとずれて、「そうならそうと一言いってくれればよかったんですが」と謝罪したが、美以はうけながして言った。

「どんな理由があろうとも、男は弁解しない——これが花形家の家風ですから」

末っ子はたいてい甘やかせて育てるものだが、敬は学業も体育も、体格も、腕力も一頭地を抜くだけに、美以も期待するものがあるのだろう。「弱音を吐いてはいけません、何事も一番でなければなりません」と厳しく育てた。

（敬はいい軍人になってくれるだろう）

と正三はおもった。

今年で正三は五十一歳になる。少年時代、海軍兵学校をこころざした。学業も体力も優秀だ

った。近眼の度さえ進まなければ海兵に進学し、いまごろは高級将校として司令部で作戦の立案にあたっているか、艦隊を率いて最前線で活躍しているだろう。海兵進学はやむなく断念はしたが、負けず嫌いの正三は、ならばと一念発起。父親の猛反対を押しきり、当時、はるか異国であったアメリカにわたってワシントン州立大学に留学するのだった。

花形家の血筋は武田二十四将のひとりにいきつく。世田谷ではしられた旧家で、正三の祖父の代には自宅から電車の駅まで他人の土地を踏まずにいけた。自宅には住みこみの門番がいて、広大な敷地内には当時はまだ珍しかったテニスコートがあった。父の代に事業に失敗し、邸宅とかなりの土地を手放しはしたが、それでも相応の経済力は残っていて、正三一家は悠々自適の生活をおくっていた。いま住まう家の外観は純和風のつくりになっているが、居間も応接間もソファの洋室、テーブルに椅子席の食堂が往時のアメリカ生活をしのばせていた。

いま、そのアメリカと戦争状態の中にある。

年が明けて、昭和十八年四月、花形は千歳中学に入学した。入学して間もなくのことである。登校のため、花形が最寄りの京王線千歳烏山駅で下車すると、けわしい顔の先輩たちが四、五名待ちかまえていて、

「貴様、名前と所属！」

噛みつくように言った。

「一年二組、花形です」

「おまえが経堂小の花形か」

　他の一年生よりも頭一つ抜け、飛び抜けて大きい身体の花形に先輩たちは少し引いたものの、無精髭で口のまわりが黒ずんでいる大柄な先輩が睨みつけてから、

「いいか、花形。千歳中はな、軍隊とおなじなんだ。先輩が上官、一年生は新兵。上官の命令には絶対服従で、上官が死ねと言ったら喜んで死んでいけ。わかったら、あっちへいって整列しろ！」

　駅前の原っぱに千歳中の生徒十数名がゲートルを巻いて二列縦隊をつくっている。制服の真新しさから見て新入生たちであることがわかる。

「貴様！」

　先輩が先頭の新入生の尻をいきなり蹴飛ばした。「ポケットに手をつっこむとはなにごとだ！」怒鳴りあげてから、

「みんな聞け！　ズボンのポケットに手をつっこんではならん！　それが千歳中だ。きょう帰宅したら縫いつぶしてこい」と命じた。

　罵声に尻をたたかれながら、花形はおとなしく列の最後尾に並んで姿勢を正した。先輩の迫力に気押されたわけではない。軟弱を排し、理由のいかんを問わず先輩に絶対服従という理不尽な校風にふれることで、花形は千歳中に入学したのだという感激にひたっていたのだった。

千歳中学は世田谷区の西のはずれにあって調布市に隣接し、下車してさらに人家のとぎれた畑道を一キロほど歩かなければならない。千歳中の前身は府立十二中学で、都心の青山からこの地に新校舎を建てて移転するにさいして改称したものだが、国粋主義者として知られる同校の村山庸吉校長は日本男児の心身を鍛えるため、あえて辺鄙（へんぴ）なこの場所を選んだとされる。

秀才であるだけでなく、千歳中は陸士、海兵を狙うだけあって軍事教練の査閲でつねに上位を占めた。

「歩調とれ！」

先輩が命じる。

「左、右、左、右、前へ！」

電車が到着するたびに新入生たちをひとかたまりにして隊列を組ませ、一キロの畑道を行軍する。そして校門には週番の上級生たちが立ち、下級生たちの服装を厳しくチェックする。

「貴様！、そのゲートルの巻き方はなんだ！」

容赦なく鉄拳がとぶのだった。

村山校長の方針で、千歳中学には入校期訓練というものがあった。軍隊の新兵訓練に相当するもので、花形たちは一週間にわたり、軽井沢の日本大学合宿所を借りておこなわれた。日中は三八式歩兵銃をかついで行進訓練、そのあと軍歌演習、そして夕食後は村山校長や教師たちの精神訓話を姿勢を正して拝聴する。

さらに、東京にもどれば千歳中から宮城（皇居）まで隊列を組んで徒歩で往復し、天皇陛下に忠節を誓う「誠忠行軍」が実施される。難関の第一高等学校と肩を並べる陸士、海兵に二十五名ずつの推薦枠をもつ千歳中は、規律と厳しさにおいて、まさに軍隊そのものであった。ケンカすればわけなく勝てるにもかかわらず、軍隊に相似する組織において上級生という〝上官〟に絶対服従することに、花形は一種の快感をおぼえていた。

だが、同学年となれば話は別だ。花形はもちまえの度胸と腕力で生意気な連中を屈服させ、たちまち学年をしきる。上級生たちも花形には一目置いたが、花形は節度をまもり、上級生に無礼な態度をとることは一度もなかった。

ミッドウェー海戦で惨敗を喫して以後、日本軍は劣勢に立たされていた。米軍は南太平洋の軍事的要衝であるガタルカナル島に上陸作戦を敢行し、戦史に残る激戦のすえ日本軍は壊走。戦死者だけでなく、多数の餓死者をだしたことからガタルカナルをもじって「餓島（がとう）」と呼ばれた。この戦いで日本軍は軍艦、航空機、燃料、武器など多くを失う。

そして、その翌年、花形が千歳中学に入学して軽井沢で入校期訓練をうけているころ、米軍はアリューシャン列島のアッツ島に上陸。

日本守備隊は玉砕するが、大本営はこの事実を隠し、これまで同様、勇壮な軍艦マーチとともに華々しい戦果をラジオで流した。街角には『進め一億火の玉だ』『欲しがりません、勝つまでは』といった戦争標語の大看板が国民の志気を鼓舞した。

だが、その一方、空襲に備えた灯火管制で街からネオンが消え、東京の劇場や映画館は交替制で月二回の節電休館が命じられた。物資も次第に欠乏していく。喫茶店のコーヒーは大豆を挽いた〝豆ヒー〟になっていた。

多くの国民がそうであったように、千歳中学の同級生のなかにも戦況に不吉な影と懐疑を肌で感じる者もいたが、それを口にしようものなら花形の鉄拳がとんだ。

神国日本が鬼畜にも劣る米英に負けるはずがない――それが千歳中学の建学精神であり、花形はまさにその申し子でもあった。

「昇へ」母の手紙

初夏の抜けるような青空が多摩丘陵に広がり、新緑が午後の日差しを跳ねかえして鮮やかだった。八王子の山腹にある多摩少年院は、わが国初の矯正院（少年院）として大正十二年一月に発足。四季折々の自然に恵まれ、地元では「恵が岡」と呼ばれていた。

矯正院の発足当初は人格を尊重した自由主義教育が唱えられたりもしたが、戦時下においてはこれが否定され、「人間を練り直す錬成道場」と位置づけられた。兵士たちは前線で命をかけて戦っている。この国家の非常時に、娑婆で面白おかしく生きてきた不良少年たちの根性は叩きなおすべきものとされ、矯正院は錬成道場と呼ばれた。

朝六時、大太鼓の音で飛び起き、素っ裸になって水を頭からかぶる〝禊(みそ)ぎ〟で一日がはじまる。生活指導、教科指導、職業指導、体育指導、そして精神訓話……。鉄拳をともなう錬成に対して、教官は躊躇も容赦もなかった。

昼休み、野中教官が食堂のドアを開けて安藤を廊下に呼びだすと、

「満州のお袋さんから手紙がきているぞ」

と言って封書をさしだした。

安藤が手にとって、「おや？」という顔を野中教官にむける。手紙は教官が文面を検閲してから院生にわたされる規則になっているが、糊づけのままになっていた。察して野中教官が言う。

「どうせ母親の手紙は小言か泣き落としだ。開封するまでもあるまい」

「ですが、先生。来春は定年退職でしょう。規則違反がバレてゴール直前にころんだんじゃ、ヤバイじゃないですか」

「心配するな」野中が笑った。「この非常時だ。日本がこれからどうなっていくのか、おエラいさん方は自分のことで頭がいっぱいでな。下っ端のやることにかまっちゃいられないさ」

法務教官と院生が狎(な)れた口をきくことなどありえないことだったが、野中教官はなにくれとなく安藤のことを気にかけてくれていた。中途採用のためヒラ教官のまま来年三月に退官するが、それだけに人情の機微というものがわかるのだろう。他の教官には刺すような視線をむけ

る安藤も、野中教官には心をひらいていた。

その夜、安藤は居室で母親からの手紙を開封した。矯正院は「集団寮」といって四人が一部屋で生活するが、〝番長〟の安藤は院生が入所当初に内省期間をすごす一人部屋に入れられていた。

三つ折りになった便箋を広げる。万年筆で書かれた細字のやわらかな文字は見馴れた母のものだった。

《昇へ

委細、叔父さんの手紙でしりました。昇ちゃんをあずかりながら監督不行き届きの段、申し開きできないと何度も何度も文面で謝っておられ、昇が矯正院に送られたことに増してお母さんはそのことが心苦しく、昇を内地に帰さなければよかった、なんとか奉天一中にとどまる方法があったのではないかと自分を責めております。

どこで昇は道を間違えたのか……。来し方をふり返れば、昇を内地に残したことがそもそものまちがいでした。昇が窃盗容疑で逮捕され、感化院に入れられたという手紙をお婆ちゃんからもらったときは青天の霹靂でした。まさか、まさか、です。大学は早稲田に入ってお父さんの後輩になるんだといっていたあなたが窃盗だなんて。あのとき、お母さんだけでも、すぐに内地に帰って昇といっしょに生活すればよかったのですが……。

このたび叔父さんから手紙を頂戴して、すぐに田久保先生にご相談しました。田久保先生は笑って、心配ないですよ、昇君はちょっと道を踏み外しただけですし、見る人は見ていますから、必ずや周囲の人が手を差しのべてくれます、そうおっしゃってくださり、お母さんはその言葉にすがっております。

戦況は予断を許さない状況のようでもありますので、昇の退院がきまれば、お母さんは内地に帰ります。身体にはくれぐれも気をつけてください。

母より》

追伸

田久保先生が、つぎの言葉を昇に伝えてくれということなので付記しておきます。昇には授業で教えた言葉だそうです。忘れないように――そうおっしゃっていました。

雪後始知松柏操
事難方見丈夫心

安藤は若い漢文教師だった田久保耕一の顔をおもいうかべた。田久保は戦後、内地に引きあげ、大手予備校の人気講師になるだけあって熱血指導に定評があった。

安藤が奉天第一中学に編入して初めての授業のときだった。黒板に白墨で『雪後始知松柏操事難方見丈夫心』と力強い字体で書きつけ、

「これは『せつご　はじめてしる　しょうはくのみさお　こと　かたくして　まさにみる　じょうぶのこころ』と読む。中国宋代の禅僧、圜悟克勤（えんごこくごん）禅師の言葉だ」

と、よくとおる声で言った。『松柏』は常緑樹である松や柏のことで、花をつけることもなく、温暖な季節にはこれといってみどころのない無骨な木だが、厳寒を迎えてなお風雪に耐え、青々とした緑色を保っている――そういう意味だと説明してから、

「男というものは普段の見かけがどうあれ、いざ大変なことがおこったときに、その真価がわかる。安藤――」視線をすえて、「いいか、男は風雪に敢然と枝を張る松や柏のごとくあるべきだ」と言った。

このとき安藤は「フン」と鼻を鳴らしたような記憶がある。

(説教ならたくさんだ)

そうおもった。

窃盗事件で感化院に入れられたことを田久保は身上書でしっている。出院後の素行不良も、両親が奉天一中に強引にかけあい、転入させたという経緯も承知しているはずだ。奉天第一中学は、満州国最大の都市・奉天市にある日本人学校で、東京帝国大学に進む生徒も多く、清王朝の孫など中国人名家の師弟たちもかよっている。内地から転校してきた不良に混ぜかえされ

たくないというのが学校としての本音で、説教に名を借りて早々にクギを刺したのだろう。

そのときはそうおもったが、顔をあわせるたびに親しく声をかけてくれる。安藤の素行が問題になったとき、田久保は本気でかばってくれた。「短気をおこすなよ。事、難くしてまさに見る丈夫の心――男は〝雪後の松柏〟だぞ」――問題をおこすたびにくりかえしさとした。安藤は次第に田久保の人間性に惹かれていく。大学を卒業したばかりの田久保は兄貴のような先生だった。だが、安藤の素行はおさまらず、不良仲間とピー屋（売春宿）にしけこんでいるところを官憲に踏みこまれ、退学処分になって内地に舞いもどる。

手紙に書いてあるように、窃盗事件がひとつの転機だったかもしれない。窃盗で逮捕された不良少年が共犯者の名前を吐くよう刑事にヤキを入れられ、顔馴染みだった安藤のことを口にした。安藤に対する苛烈な取り調べが連日つづいたが、身に覚えのないため否認のまま、都下調布市の感化院「六踏園」に送られてしまう。

祖母の奔走で一ヶ月ほどで出ることができたが、官憲の理不尽さは反骨という深い傷を心に刻んだ。そして、それまで秀才の坊ちゃんといわれた評価は一変。〝感化院帰り〟ということで近所の見る目は冷たく、安藤は偏見にいどむかのように本格的な不良の道に入っていくのだった。

（なにが松柏の操だ。俺は松の木なんかじゃねぇ）

安藤は舌打ちをして手紙を屑籠に放りこんだ。

二日後――。

野中教官が夕食後の自習時間に安藤の部屋にやってくると、大判の封筒を差しだして言った。

「受験してみないか」

安藤がキョトンとする。

「予科練だ。今週末が願書の〆切なんだ」

「ちょっと待ってくださいよ」安藤がゲラゲラ笑って、「予科練だなんて、どうかしちゃったんじゃないですか」

「本気だ。受けてみろ」

「先生、ここから予科練を受けたバカがいるって笑い話にする気ですか」

「おまえなら受かる。川崎中、奉天一中となれば学力的に問題はないし、ちょっと蹴躓きはしたが、ここでの態度は立派で目をみはるものがある」

「立派？　独居にいるんですよ。ワルだから」

「申書を書くのはわたしだ」

いつもは温和な表情の野中教官が初めてみせる厳しい顔だった。

安藤家の家系をたどれば、戦国武将・北条早雲の侍大将である安藤式部にいきつき、北条家が没したあと杉並永福の地主となっている。母方の祖父は渋沢栄一と同窓の寺小屋で学び、水を張ったグラスに入れる「水中花」を発明して財をなし、ニューヨークにまで支店をだしている。安藤の父親は早稲田大学商学部を卒業して古河財閥系のタイヤメーカーに勤めている。家庭環境は申し分なかった。

「安藤――」

野中教官が表情をゆるめて語りかける。

「一昨日、定年まえのわたしを気づかってゴール直前にころぶなと言ってくれたな。一番を走っていても、みんながヨーイドンで競っているからゴール前にころんだらビリケツになってしまう。じゃ、スタート直後ならどうだ？　おまえは不良で終わる男じゃない」

安藤は返事をしない。なにをいわんとしているかわかっていた。野中が安藤の視線をうけとめて言う。

「ころんだらすぐに起きあがれ。まだ人生のスタート直後だ。全力で駆けだせば一番でゴールに飛びこむことだってできる。ひと晩ゆっくり考えろ」

願書が入った封筒を畳の上において、野中教官は部屋を出ていった。

消灯後、安藤はじっと暗い天井を見つめていた。「予科練」の三文字が脳裡から離れない。

正式名称は海軍飛行予科練習生という。七つボタンの桜に碇(いかり)――と歌われた予科練は花形的な存在であり、あこがれぬ少年はいなかった。不良をやっているとはいえ、軍国教育をうけて育った安藤にも、お国のために役にたちたいというおもいはある。日本のため、日本人のために一命をささげるという愛国精神と覚悟は、戦争の是非をこえたものだった。

東條内閣は在学徴集延期臨時特例を公布するとニュースが報じている。高等教育機関に在籍する二十歳以上の文科系学生を在学途中で徴兵し、出征させるという「学徒出陣」であった。大本営発表だけでは戦況は判然としないが、きっと日本軍は正念場をむかえているのだろう。

学生が若い命を戦場に散らせる。

(それにひきかえ、自分はどうだ)

自問すれば、忸怩（じくじ）たるおもいがあった。

不意に館崎の顔が脳裡をよぎる。今年の春先、館崎に呼ばれて中野のアパートに行ったときのことだ。館崎は姐さんに命じて醤油の小瓶をもってこさせると、あぐらをかき、顔をしかめてラッパ飲みしてから胸を突きだした。

「安藤、蹴飛ばせ！」

「えッ？」

「蹴飛ばすんだ」

「し、しかし」

「昇ちゃん、いいのよ、かまわないから蹴飛ばして」

姐さんが言った。「醤油を飲んで胸を蹴飛ばすと肺病になるんだって、この人が言うのよ。たぶん、もうすぐ赤紙（召集令状）がくるから」

徴兵のがれの処置だった。

「俺は戦地で死ぬのが怖ぃわけじゃねぇぜ」館崎が言う。「お上が勝手にはじめた戦争じゃねぇか。てめぇらは料亭で毎晩ドンチャン騒ぎしていて、なんで俺たちがケツを拭かなきゃならねぇんだ。不良にだって意地はある」

「わかりました」

安藤が蹴飛ばした。

「もっとだ！　もっともっと強く蹴飛ばせ！」

館崎は肺病にならず、まもなく召集されて南方戦線へ出征していった。醤油の一件は迷信だったのか、それとも館崎の身体が頑強すぎたのか……。蹴飛ばせと怒鳴った館崎の形相をおもいうかべながら、

（しかし）

と安藤は暗い天井に問いかける。

館崎の反骨は正しかったのだろうか。理由はどうあれ、戦争がはじまった以上、祖国を守るために一命を賭するべきではないか。

小学校へあがってすぐのころ、安藤は地元少年団のブラスバンドで小太鼓を担当した。満州事変、日華事変が相次いでおこり、中国大陸へ出征していく兵士を駅まで演奏で先導した。見送る人の歓声、日の丸の旗の波……。こうして見送った兵士が戦死し、英霊となって帰還した

ときも、安藤たちブラスバンドは葬送曲を演奏し、泣きながらこれを迎えた。

愚連隊の元祖で、小光や館崎がしたがった万年東一が出征したときの光景がよみがえる。赤い襷(たすき)を掛け、次々と押しかける顔役連中に休みなく挨拶を返す万年の浅黒く引き締まった顔が暗い天井にうかぶ。

「雪後始知松柏操　事難方見丈夫心……」

田久保先生の言葉を低くつぶやく。

(日本男児は、御国(みくに)のために立派に戦って死ぬべし。よし、予科練を受ける)

安藤は決心した。

花形敬、青春の発露

師走にはいって勤労動員が強化され、千歳中学の生徒は京王線国領駅の銃器工場へ出仕していた。千歳中の名誉のため、範(はん)たる態度をもって行動せよ——村山校長から厳しく申しわたされた。花形たちも隊列を組むと、師走の早朝の冷気のなかを白い息を吐きながら大声で軍歌をうたい、駅から工場まで二キロの道を行進する。

工場の広い敷地に八棟の工場があり、作業は持ち場ごとに五、六人の班編成となっていて、花形は九九式短小銃の部品づくりを担当していた。遊底止めを万力で固定し、ヤスリで削るのだ。九九式は、帝国陸軍の主力小銃であった三八式の後継として開発されたもので、威力向上のため口径が6・5ミリから7・7ミリへ大型化されていた。激戦がつづいていることは肌で感じていたが、この小銃は来たるべき本土決戦用だと聞かされ、花形は武者震いした。

その日、花形はいらだちを呑みこむようにして作業に没頭していた。一日二百五十挺分のノルマがあり、作業は単調で楽ではなかったが、それはいい。戦地で、洋上で、上空で多くの兵隊さんたちがお国のために貴い命を散らしているのだ。九月に在学徴集延期臨時特例が公布され、その翌月には冷たい秋雨の明治神宮外苑競技場に七万人の出陣学徒が集い、出陣壮行会がおこなわれた。彼ら学徒は外地へと出征していく。そのことをおもえば、勤労奉仕でせめてものお役にたてることは花形のよろこびでもあった。

ところが、銃器工場で働く工員たちのなかには作業を手抜きする者がいる。ノルマが達成できなければ帰れないため、適当に処理してしまうのだ。花形たちは顔も手も油で黒くよごれているのに、彼らのそれはきれいなものだった。

これが花形のいらだちの原因だったが、我慢も限界だった。

「おい、ちゃんと削れよ」

花形が注意した。

「なんだと！」

角刈りの工員が目を三角にした。二十代後半のようだから、健康上の問題からか徴兵検査で落ちたのだろう。「てめぇ、なんだ、その口のきき方は。誰にむかって言ってるのかわかってんのか」ドスのきいた声で言って花形に正対した。痩せてはいるが背が高く、体格のいい花形と遜色なかった。面長の鷲鼻が狡猾な表情にみせていた。

すぐさま工員が五人ほど作業の手をとめて集まってきた。

「兄貴、どうかしたんですか？」坊主頭に剃りこみをいれた不良風が巻き舌で言った。

「この野郎が、俺様にちゃんと削れだってよ」

「千歳のガキが、なにエラそうなこと言ってやがる」花形を睨め上げるようにして「調子こいてると大ケガするぜ」と言って凄んだ。

工員たちがさっと花形をとりかこむ。みんな若い。兵隊検査まえの連中だろう。兄貴と呼ばれた角刈りをリーダーとした不良工員グループだった。

「小銃は兵隊の命だぞ」

花形がリーダーに毅然と言う。「もし戦場で弾が出ないようなことがあったらどうする。死ぬぞ。おまえ、責任をとって腹を掻っ捌くのか。俺たちは兵隊の命をあずかってるんだ」

「バカ野郎が、弾が出なきゃ、銃剣で刺しゃいいんだ」角刈りがペッと唾を吐いて、「千歳のガキは口だけは達者だぜ。てめぇ、なんて名だ」

「花形だ」

「ハナガタ？」

剃りこみの坊主頭がクックックとノドを鳴らして、「兄貴、名前どおり鼻をガタガタにしてやりますか」

「やってみなよ」

花形が言うよりはやく背後のひとりがヤスリを腰だめにして体当たりしてきた。身体を開いてかわすや、花形の強烈な右フックが顔面に叩きこまれた。工員は叫び声をあげることもなく鼻血を吹きだして背中から地面に落ちた。

「この野郎！」

坊主頭が鉄パイプをひろって殴りかかった。花形が上体をのけぞらせて見切るや、踏みこみざま股間に蹴りを飛ばす。坊主頭は身体をくの字に曲げて頭から地面に崩れると、股間を押さえ、苦悶の声をあげてエビのようにもがく。花形と同じ班の級友たちは顔をひきつらせて見ていた。陸士、海兵をめざす熱血少年が多いとはいえ、不良のケンカはまた別だった。

「しょうがねぇな」

角刈りが舌打ちをして、ズボンのポケットから細身の飛びだしナイフをとりだす。「千歳中におめぇのようなガキがいたとはな。大目に見てやりゃ、つけあがりゃがって」パチンと乾いた音をさせて刃をおこす。

「花形、これを！」同級生がとっさの機転で地面にころがる鉄パイプをつかんで渡そうとした。

「いらねぇよ。男のケンカは素手（ステゴロ）でやるもんだ」不敵に笑って、「ガキ相手に〝光り物〟かよ。

チンケな男に鉄砲つくられたんじゃ、戦地の兵隊さんもたまんねぇな」

「ざけんな！」

だらりと下げていたナイフをいきなり逆袈裟に切りあげた。花形の胸元をかすめて作業服を切り裂き、腹にむけて真っ直ぐ刺した。

「危ない！」

級友が叫ぶのと同時に、花形の左腕が男の手首を打った。ナイフが叩き落とされ、右拳が男の腹にめりこんだ。男は息もできず、赤く充血した目を見開いたまま腹をかかえて両膝を折った。残りの工員たちが顔面を蒼白にしてあとずさる。花形は彼らを見向きもしない。尻尾を巻いた〝負け犬〟を追い討つことはしなかった。

「こらッ！　貴様たち、なにをやっておる！」

作業場の監督官が騒ぎを聞きつけて駆けつけてきたが、「こ、これは……」事態がのみこめず困惑している。地べたで苦悶しているのが評判の不良工員グループで、それを平然と見下ろしているのが学業優秀の千歳中学の生徒なのだ。

「監督さん」角刈りが顔をしかめて身体をおこすと、「ちょっとしたじゃれあいでさ」とあえぎながら言った。ことを荒立てると、俺たちだけじゃなく、あんたも監督不行き届きで責められるぞ――言外に脅したのだった。

「よし、千歳中は今日はここまでだ。解散！」

監督が言った。

工場からの帰りも国領駅まで二キロの道を六人が隊列を組んで行進しているが、級友たちはケンカの興奮が余韻を引いて軍歌をうたう気分ではない。花形の強さは周知のことだが、大人の不良を相手に一発でKOしてしまったことに、いまさらながら畏敬した。

「よし、さっそく今日の話を吉田にしてやろうぜ」

「よろこぶぞ」

「ざまみろだ」

「これでもう手だしはできないだろう」

級友たちが口々にはしゃぐ。

花形が足をとめて言った。「手だしってなんだ?」

「えっ、いや、そのう……」級友が顔を見合わす。

「ハッキリ言えよ」花形が眉間にシワをよせた。

「じつは先週、隣りの班の吉田があいつらに呼びだされて……」

吉田は先週から勤労奉仕を休んでいる。病気だと花形は彼らから聞いていたが、それはちがうようだ。

「やられたのか?」

「うん」

　吉田はおとなしい生徒なので狙われたのだろう。他校からも工場に動員されているが、成績優秀な千歳中の生徒は嫉妬から不良工員たちに憎まれていた。花形もそのことは肌で感じてはいたが、手をだされたという話は初耳だった。

「なんでいままで黙ってたんだ」

「言ったら怒るだろう?」

「あたりまえだ」

「大変なことになるからさ。それで……、ちょっと花形！　どこへ行くんだ！」

　花形がいまきた道を猛然とひきかえしていた。正門から敷地を駆け、工場に飛びこみ、さらに裏庭にまわった。昼休みが終わり、一服していた先程の不良工員たちが持ち場にもどろうとして腰をあげたところだった。

「な、なんだ、おまえ！」角刈りの声がうわずる。

「お礼を言うのを忘れていたんだ」笑っているのは口元だけで目がすわっている。「うちの人間が世話になったんだってな」

「う、うちの人間って……」

　角刈りがなにか言いかけた、その口に花形の拳（こぶし）がぶちこまれていた。前歯が飛び、口から噴きだした血に白い歯がまじっている。すかさず角刈りをねじふせると左手で胸ぐらをつかんだ。

一発、二発、三発、四発、五発。無言で、無表情で、淡々と、しかし拳に力をこめて鷲鼻に叩きこんでいく。顔が血で真っ赤になっている。

花形のあとをおってきた級友たちはこの光景を見て立ちすくんだ。

花形の正義感はわかっている。だが、この執拗さはなんなのだ。

いったん走りだしたらとまらない暴走列車……。怒らしたら最後、とことんまで叩きつぶすことをいまさらながらしるおもいだった。

花形が立ちあがった。変形した角刈りの顔を見やってから、坊主頭をむいて言った。

「野郎の鼻、ガタガタになってハナガタになっちまったぜ」

坊主頭が膝を震わせながらコクリとうなずいた。

「どうした？　笑わねぇのか？　笑えよ。さっきはてめぇで言ってケタケタ笑ってたんじゃねぇか」

坊主頭が笑おうとしたが、ノドがひきつって泣き声のようだった。

「いいか」花形が工員たちを睨めまわして言った。「俺は鼻が高けぇんだ。なんでも一番なんだ。ケンカもな。花形ってのはそういう意味なんだ。おぼえておけ！」

翌日の始業前、花形は担任の梅原に職員室に呼ばれた。勤労奉仕先でケンカし、相手を半殺しにしたのだ。ただではすむまい。停学か退学か。どっちにしろ海兵進学は無理だ。

（なら、自分からやめてやる）

花形は腹をくくり、昨夜、退学届けをしたためて内ポケットにしのばせていた。

「花形敬、入ります！」

職員室のドアをノックし、軍隊口調で言って入った。

「座れ」

「失礼します！」

「いま校長に呼ばれた」

「ご迷惑をおかけ……」

言いかけた言葉にかぶせるように、「よくやった、花形」梅原が四角い顔に満面の笑みをたたえて「千歳中の譽(ほまれ)だといって校長がよろこんでおられる」

当惑する花形にかまわず、「おそれ多くも陛下から賜る小銃だぞ。作業に手を抜くなど言語道断。もし私がその場にいたなら」三十半ばで柔道部顧問をつとめる梅原が丸太のような腕をなでながら「首をへし折ってやる」

花形は話をきいているうちに、現場監督が内々で学校に通報したことがわかった。村山校長は激怒し、花形を処分するつもりでいたが、念のためケンカに居合わせた同級生たちを呼びだして事情を聞いたところ、非は工員たちにあり、それを咎めた花形こそ千歳中の譽であると感激したということのようだった。吉田に対する復讐も、連帯のあらわれとして称賛していることもわかった。

「花形、臆することなく、みずからの信念にしたがって堂々と進め。日本のみならずアジアの未来は、天皇陛下の赤子(せきし)たるおまえたち若者の双肩にかかっている。頼むぞ」

肩を叩かれて花形はあらためて身が引きしまるおもいだった。

忠君報国——忠節を尽くし、国からうけた恩に報いる。この四文字に、花形たち軍国少年の生き方のすべてがあった。鬼畜米英が政治体制とする民主主義は、個々人が自己利益のために勝手に言いたいことを言っているだけであって、そこに忠君愛国といった美風や義は微塵もなく、蔑むべきことだった。

大東亜戦争は、アジアの盟主たる日本がその責務において、米英を中心とする列強の蹂躙からアジアを解放するという崇高な使命をおびたものだ。『王道楽土・五族協和』をかかげ、日本は理想国家として満州国を建国した。「王道」とは「アジア的理想政治体制」のことで、楽土は「理想国家」、「五族」は「日本・朝鮮・満州・蒙古・支那」の五民族をいい、「五民族が一致団結し、アジア的理想国家を、西洋の武力による統治ではなく、東洋の徳による統治によってつくる」という理想を『王道楽土・五族協和』というスローガンにこめたのだった。

歴史はつねに勝者によって書かれる。『王道楽土・五族協和』は植民地主義のカムフラージュであり、満州国は日本の植民地化政策だと総括される。だが、たとえ国家の意思がどうあれ、異民族の一致団結による国家建設という理想に花形は燃えていた。

村山校長が精神訓話で説く『葉隠』の次の一節を、花形は好んで口にした。

『武士道と云うは死ぬ事と見つけたり。二つ二つの場にて、早く死方に片付ばかり也。別に子細なし。胸すわって進む也』

生きるか死ぬかの選択を迫られた場面では死ぬほうを選べ。なにも考えず、胆をすえて進めばよい――。日本のために死ねと言っているのだ。

予科練

新宿の喫茶『ジャスミン』の奥まった席で、不良少年たち七、八人がにぎやかに談笑していた。秋口になって安藤が多摩少年院を退院してきたのだ。しかも予科練に合格したと聞いて少年たちはまさか、とおもったが、ヨタ話をするような安藤ではない。

「すげぇ！」

と言ったきり言葉がつづかない。それほどの驚きだった。

「これで安藤は栄(は)えある七つボタンか」

加納貢がニコリと笑って、「おい、みんな。新宿の不良が〝年少〟から予科練をうけて合格したんだ。こんな話、聞いたことねぇだろう。自慢じゃねぇか」手を叩き、拍手と歓声がおこった。ヤクザや愚連隊の兄ィ連中はほとんどが召集され、戦地に出征している。頭をおさえつける人間がいなくなって、喫茶店など新宿の溜まり場は不良少年たちの天下であった。

予科練受験まで曲折があったが、野中教官の談判で所長が折れ、特別に許可をだしてくれて実現したものだ。試験会場へは野中が責任をもって付き添った。試験は二次まであり、体格検査、学科試験、そして身元調査だった。合格通知は二週間後に少年院に届き、野中教官は涙をうかべてよろこんでくれた。茨城県霞ヶ浦出身の野中は、ひとり息子を小学生のときに亡くしていることを言葉すくなにあかした。霞ヶ浦の土浦航空隊は予科練でしられ、息子は予科練にあこがれていたのだという。息子は安藤と同い年だった。

「あの女、またきたぜ」

野田克己の言葉で、安藤がわれにかえる。ベージュのコートを着て、ショートカットに白い毛糸のマフラーを巻いた娘が入口に立っていた。

「もう半年ほどになるかな。月に一、二度、ああやって店のなかを見まわしてるんだ。人を探してるらしいぜ。安藤、女にご無沙汰してんだろう。口説いてやっちゃえよ」

野田がニヤリとして言う。野田は安藤と同い年で、京王商業を中退した不良だ。ケンカっ早いが、茶目っ気があって仲間の誰からも好かれている。安藤を焚きつけるように言ったが、安藤が無言で娘を見つめている。娘がハッと息をのむ。安藤が小さくうなずく。娘がおずおずとした足取りでテーブルにやってきて安藤のまえに立った。

「しばらくだな」安藤が笑った。

「なんだ、安藤をさがしてたのか」野田が素っ頓狂な声をあげて、「そうならそうと言ってくれりゃ、安藤が多摩の年少に入ってるって……」

「ウォホン！」加納が咳払いでさえぎり、よけいなこと言うな、と目でつげた。

「多摩がどうかされたんですか？」娘が心配顔で言う。

「うん、たまたま……ってぇいうか、たまには両親に会おうとおもってさ。満州の奉天にしばらく行っていたんだ」

「そうでしたか」

「出よう」

安藤が腰をうかした。

しり合ったのは、去年の梅雨明けのことだった。智山中に在籍していた安藤が最寄りの練馬駅で降りると、セーラー服に三つ編み姿の娘が息をはずませ、背後から追いかけるように近づいてくると、手紙をおずおずと差しだし、

「あのう、これ、読んでいただけませんか」

顔を真っ赤に染めて言うと、通りをわたって駆けていった。

ラブレターだと直感したとおり、ブルーブラックのインクで《突然の不躾な手紙、お許しください》と細く伸びやかな文字で書きだされていた。お嬢さん学校として著名な関東女学校四年生の山川昌子とある。筆跡といい文言といい、頭のよさと育ちがうかがえた。もし交際が可

能であるなら、明日の夕方五時、駅前の『フリージア』でお待ちしておりますと喫茶店の名前が書いてあった。

ケンカとナンパは不良の両輪のようなもので、安藤もケンカしているか女としけこんでいるかどっちかの日々だ。ケンカも女も取っかえ引っかえとなれば相手の名前さえもおぼえていない。（じゃ、せっかくだからお言葉に甘えて）ニヤリとしたものだ。

ところが翌日、『フリージア』で会ってみると、これまでの女たちと勝手がちがった。

「あなたは不良なんですか？」

屈託のない笑顔で問われて、安藤は〝豆ヒー〟を吹きだすところだった。胸元のボタンをはずした学制服（ガクラン）に〝ペテン帽〟をみればわかるだろう。いや、智山中にかよっていること自体が不良の証のようなものではないか。無邪気な昌子と話をしていると、自分の心も浄化されるような不思議な気持ちになっていって、抱いてポイ、という気にはとてもならなかった。不良仲間たちには紹介せず、清い交際をつづけていた。

そこへ降ってわいたのが淀橋署の逮捕であり、多摩少年院への入所だった。安藤の記憶にはないが、自分たちの新宿での溜まり場は武蔵野会館裏の『ジャスミン』だと口にしたことがあるらしく、月に何度かたずねたということだった。

「満州ってどんなところですか？」ミルクホールで昌子が言った。

「冬は凍てつく寒さだけど、春になり、若葉の季節をすぎた六月ころになると、柳絮（りゅうじょ）が舞いはじめるんだ。柳絮ってしってる?」

「いえ」

「こう書くんだ」とテーブルに指で書いて、「綿毛を持った柳の種子でね。これが舞うさまは深々と雪が降るごとくで幻想的なんだ。そして夏になれば廃虚となった広大な王宮の跡にユリの花咲き乱れてさ。真っ赤な太陽が地平線のはるか彼方にゆっくりと沈んでゆく」

「ロマンチック」

「俺、両親に呼びよせられて奉天一中にかよっていたことがあるんだ」

「あら、奉天一中って名門なんでしょう?　父がそんなこと言ったことがあるから」

「そうか、あんたの親父は小学校の校長だもんな」

「どうして帰国したんですか?」

「うん、祖母がひとりで暮らしているんで。それで……」

言葉をにごした。〝ピー屋〟で官憲に踏みこまれたとは言いにくかった。

「予科練に入隊するんだ」話題を変えた。

「えっ、予科練?」

「三重航空隊だ」

「三重県に……。遠いですね」昌子が顔をくもらせた。

予科練は戦争激化にともなって操縦士の養成が急務となり、霞ヶ浦の土浦航空隊のほかに岩国海軍航空隊、三重海軍航空隊、鹿児島海軍航空隊など、最終的には全国十九ヶ所に設けられた。

「いつですか？　入隊はいつですか？」昌子が顔をあげ急くように言った。

「十二月一日」

「来月……」

その三日後、昌子は安藤に抱かれた。

安藤は氏神である東大久保の西向天神に手をあわせてから三重県にむかった。乙種第二十一期予科飛行練習生——不良少年だった安藤の新たな門出だった。

日本がヤバイ

千歳中学の授業は週一日になっていた。日曜日をのぞいた残りの五日間を、花形は工場で油にまみれて作業している。それでも労働力は逼迫していた。政府は勤労奉仕団のひとつとして女子挺身隊を結成し、十四歳から二十五歳までの未婚女性が軍需工場などに動員された。

「花形、日本は本当に勝っているのか？」

昼休み、級友たちが声を落として問いかける。そんな会話が派遣将校の耳にでも入ったらえらいことになる。だが、頼りにするリーダーの花形が戦況をどうみているのか、級友たちはしきりにききたがった。

「勝ちまくっているにきまっているだろ」

花形は躊躇なく言いきる。「だからこうして女まで動員して増産体制をとっているんじゃないか。兵器がたりないということは勝っている証拠だ」

「だけど」と級友のひとりがひかえめな口調で、「逆をいえば、それだけ消耗が激しいということじゃないのかい？」と言うと、口々に「国防婦人会のお母ちゃんたちが熱心に竹やり戦闘訓練をやっているぜ」「バケツリレーの防火演習もしょっちゅうだ。勝ちまくっていたら空襲なんかされないとおもうけど」異論がつづいたが、

「日本がヤバイってか？」

花形にジロリとにらまれ、みんながあわてて首を横にふった。

口にはださないが、花形も大本営発表に懐疑はしていた。父親である正三はワシントン大学を出て自動車ディーラーに勤めており、ビジネスマンとして実業界に身をおいた経験からアメリカの国力を熟知している。海兵を夢見る自分を気づかってだろう。

「短期で決しなければ、日本が勝利するのは容易ではあるまい」

ともらしたことがある。

陸軍省は『撃ちてし止まん』の決戦標語ポスター五万枚を全国に配布し、国民精神のスローガンにした。気合いも裏返れば悲鳴にきこえるように、言葉というやつは勇ましければ勇まし

いほどその背後に不安の影をみてしまうものだ。

花形が日本軍の劣勢を確信するのは、翌週、職場がえになってからだ。府中工場にまわされ、小型潜水艦の部品製造を手伝うことになったのだが、潜水艦は造船所で建造されるものなのに、なぜ府中の工場なのか。不審におもっていたある日、工場内の立ち入り禁止区域のそばを通っていて、ドアが少し開いた隙間から奇妙なものを垣間見る。魚雷を太くし、うんと長く引きのばしたもので、潜望鏡がとりつけられていた。

親しくしていた班長にそれとなくきくと、

「見たのか?」

班長は周囲をうかがって、「人間魚雷だ。敵艦に当たって自爆する」声を潜めて言ってから、

「極秘だぞ」と念を押した。

人間魚雷という言葉に花形は鳥肌がたった。五体は木っ端微塵になる。それを承知で敵艦に突っこんでいくのだ。まさに『葉隠』の世界ではないか。お国のために死んでいく。これほど崇高で貴いことがあるだろうか、とおもった。

これが特攻兵器『回天』だった。全長十四・七メートル、直径一メートル、排水量八トン、航続距離二十三キロ。脱出装置はなく、一度出撃すれば攻撃の成否にかかわらず乗員の命はなかった。

(確実に死ぬとわかっていて体当たりしていく男たちがいる)

花形は特攻隊員に思いを馳せる。自分のためではない。大義のために命を投げだすのだ。自分もまたそういう男でありたいと願うのだった。

特攻命令

三重海軍航空隊は三重県東部、伊勢湾にのぞむ一志郡香良洲町の雲出川河口の埋め立て地に建設され、稜線を接してはるか北方にかすむ鈴鹿山脈まで平地が広がっている。

「起床五分前」

四時五十五分になるとスピーカーから静かに声がながれる。戦争のような一日のはじまりをまえに予科練生たちは息を殺して身がまえる。五時――。耳をつんざくような起床ラッパが鳴り響くと同時に、二十一期生三百名がいっせいに飛び起きる。

「急げ！　遅いことは誰でもする。迅速！　正確！」

下士官が荒鷲魂注入棒と呼ばれる樫の棒を握って怒鳴るなかを死に物狂いでハンモックを格納し、数秒で白い作業衣に着替えて兵舎前に整列。足並みと間隔をそろえて早駆けで飛行場まで行くと、鈴鹿おろしの寒風に鳥肌を立てながら上半身裸になり、腹の底から掛け声をだして海軍体操がはじまる。白い吐息がまだ明けやらぬ満天の星にむかってもうもうと立ち昇っていく。海軍体操につづいて明治天皇御製奉唱、指令訓示、それが終わって洗面、食事をかきこむころになってようやく白々と夜が明けるのだった。

　授業は八時からはじまる。学科は英語、数学、物理、化学、歴史、地理と一般中学とかわりないが、これに通信、武道、戦術など飛行搭乗員として必要な教育が強制的につめこまれるのだから、息つくひまもなく、火事場で猛火に追いたてられるような日々だった。

　軍隊教育は人格の徹底破壊からはじまる。荒鷲魂注入棒がそれだ。野球バットを太めにした樫の棒で、ちょっとしたミスをとらえて尻を殴る。通信実習で送受信の一字をまちがえて何十発もくらい、這って宿舎へ帰る練習生もいる。体育の授業で《棒倒し》や《騎馬戦》で負けた班は連帯責任で荒鷲魂注入棒が容赦なく飛んだ。敬礼のしかたが悪い、態度が悪い、声が小さいと言いがかりをつけてブン殴り、絶対服従をしいるのだ。二十も殴られると尻(ケツ)が内出血し、仰向いてハンモックに寝ることは不可能で、たいていの少年は俯(うつぶ)して泣きながら寝ていた。

　下士官が神経をとがらせるのは、ひれ伏さない練習生だ。こういう人間がひとりでもいると示しがつかない。神山上等兵にとって安藤がそうだった。早々にヤキをいれておくべきだが、半殺しにするには、あとで問題になったときのために正統な理由がいる。神山は注意深く安藤の行動に目を光らせていた。

　入隊して十日ほどして生活になれてくると、安藤は無性に煙草が吸いたくなった。実習生に煙草の購入など論外で、手に入れるとしたら焼却場に捨ててあるシケモク（吸い終わった煙草）しかない。チャンスは早朝の体操のときだ。飛行場まで早駆けする途中、最後尾を駆ける安藤は暗闇にまぎれて隊列を抜けた。

神山上等兵はこれを見のがさなかった。なぜ、安藤は今朝にかぎり最後尾を走っているのか。神山が足音を殺してあとを追った。

ニコチンが指先までまわり、軽い痺(しび)れが心地よかった。焼却炉の火が腰をおろした安藤の顔を赤く染めて暖かかった。長めのシケモクを拾いはしたが、それでも二、三服もすると口元が熱くなり、あらたなシケモクをくわえて火を移した。海軍体操のかけ声が遠くにきこえる。新宿の仲間たちのことがよぎる。もう何ヶ月もたっているような気分だった。どうせ散るんだから煙草くらい存分に吸わせりゃいいいんだ。そんなことをおもいながら三本目のシケモクを口にくわえたときだった。

「安藤、うまいか？」

いきなり声がした。

安藤は悠然として動かない。神山上等兵の顔を目の端でとらえる。勝ち誇ったような神山の笑みが月明かりにうかんでいた。

安藤が、フンと鼻を鳴らして言った。「シケモクは苦くていけねぇな。おまえ、新しいの持ってんだろ？　一本よこしなよ」

「き、貴様！」

神山が目を剝いた。「根性を叩きなおしてやる！」手に持った荒鷲魂注入棒をふりあげた刹那、安藤が身体を横に倒しざま神山の脚をスネで横にはらった。

「ウワーッ」

神山が尻もちをつく。

安藤が飛びおきるや、ころがっている荒鷲魂注入棒を手にとった。

「ま、待て、安藤、そんなことしたら懲罰だぞ」

「懲罰、上等じゃねぇか」

ふりおろした。

「ギャーッ！」

神山が悲鳴をあげてから、「わかった、悪かった、助けてくれ、これ、このとおり、頼む……」

土下座するアゴに安藤が蹴りを入れ、神山が口から血を吐いて背中から倒れた。

「てめぇ、報告なんかしゃがったら命はねぇぞ」

「だ、大丈夫、そんなことしないから……」口から血を吐きながらもごもごとした口調で言った。

「煙草をだしな」

「は、はい」

安藤がくわえると、顔を血で染めた神山が急いでマッチをすって火をさしむけた。安藤は胸いっぱいに吸いこみながら、これで神山は報告はしないだろうとおもったが、ふと智山中学の番長だった柔道部の猪熊の一件がよみがえる。猪熊は土下座して平蜘蛛のように這いつくばったにもかかわらず、淀橋署へ被害届けをだし、自分は多摩少年院に送られた。「シメるなら死ぬほどの恐怖をあじわわせておけ」――館崎の言葉がよぎる。

安藤はくわえ煙草にして、焼却炉のそばにあった鉄の簀子（すのこ）を両手で頭上に持ちあげた。

「な、なにをする気だ」

顔がゆがむ。助かった――そう安堵し、気持ちがゆるんだあとの恐怖は何倍にもなって襲いかかる。安藤が無表情でふりおろす。神山が絶叫した。

一対一のケンカになれば対等だ、と安藤はあらためておもった。肩書きも、地位もなにもかも用をなさない。ヤクザの親分連中が若い不良にすぎない館崎に一目置いて手をださないのは、館崎が親分たちを一対一でシメているからだ。「いいか安藤、相手が大親分でも、東条閣下でもヒトラーでも、一対一になりゃ、ただのおっさんだ。臆することはねぇんだ」そう言って笑ったものだ。

それでも午後になって分隊長に呼びだしをくったとき、神山に密告（チク）られたとおもった。敵前逃亡、脱走、上官への不服従は軍隊では重罪だ。不服従どころか簀子で上官の頭をカチ割ったのだ。ただではすまない。

（なるようになりゃあがれ）

胆をくくって出頭すると、

「貴様、今朝、焼却炉でなにやったか」

分隊長に問われて、安藤はありのままを口にした。じっと安藤の顔をみつめながら話を聞いていた分隊長は、

「わかった。威勢がよくてよろしい。いまの時局は、おまえのような男を必要としている。きょうから甲板練習生をやれ」

と命じたのだ。

安藤がキョトンとする。甲板練習生というはクラスの級長のようなものだ、なぜ分隊長は自分を登用したのか。処分者をだせば分隊長の評価にも傷がつく。粗暴な練習生をあえて責任者にすることで、掌中におさめとろうとしたのかもしれない。分隊長の思慮深さに感心する一方で、断崖から手を放せば死ぬとわかっていても、本当に死ぬかどうかは手を放してみなければわからないということを、安藤はこのときさとるのだった。


桜の見ごろになって安藤に面会があった。両親の帰国は夏以降になるだろうと先日、母親が手紙をよこしていたので、面会者のこころあたりはなかった。

面会室に入って驚いた。モンペをはいた昌子が立っていた。

「ごめんなさい。ご迷惑かとおもったのですが……」

「いや、遠いのによくきてくれた」

「どうしても、お会いしたかったので」

うつむいて言った。頬に朱がさしているのは、入隊まえの一夜のことをおもってのことなのだろう。三つ編みはそのままだったが、幼さが影をひそめ、身体の線が丸みをおびてみえた。

「これ、わたしがつくってきました。時間がありませんから」

すぐさま昌子が風呂敷をほどいてぼたもちをとりだした。

「うまそうだな」

食糧難の時代だ。安藤が指でつまんで頬張った。

「甘くないでしょう?　砂糖がなかなか手に入らなくてごめんなさい」

「甘いよ」安藤が白い歯をみせたが、昌子は涙ぐんで安藤がパクつく様子をじっと見ていた。

「泣くなよ」

「だって」

「大丈夫。日本はかならず勝つ」

「そうしたら帰ってきてくれますね」

「もちろんだ」

「帰っていらしたら……」

あとの言葉を呑んだが、安藤にはわかっていた。

大本営発表はあいかわらず勇ましく、のちインパール作戦と呼ばれ、十六万人の日本軍将兵が命を落とすことになるビルマ侵攻作戦を大々的に報じていたが、一方で国家総動員の実効をあげるため、政府は「決戦非常措置要綱」を閣議決定。学徒動員や女子挺身隊の強化、空襲対策、地方への疎開の推進、待合、カフェ、遊郭、劇場などの休業を次々にうちだしていた。

もじどおり日本は非常事態にあった。自分たち予科練生は戦死するために戦う。航空隊のなかで上官、古参から一目置かれる安藤は、与太者と予科練を掛けあわせて「与太連」とみずからうそぶいていたが、猛烈な訓練の日々をとおしてたくましく成長していた。

三重までやってきた昌子がいじらしく、負担にもなった。今生で会うことはもうあるまい。規定のわずか三十分の面会時間がおわり、昌子が立ちあがった。

「帰ってらしたら……」

先程の言葉をもう一度口にしたが、安藤はそのあとの言葉をさえぎるように、

「気をつけて帰るんだぞ」

と言った。

昌子が面会にきて三ヶ月後の昭和十九年夏、伏龍隊に緊張がはしる。

第一回特攻が徴募されたのだ。

詳細は明かされなかった。飛行機による体当たり攻撃は大東亜戦争がはじまる十年前の昭和

六年、すでに戦術として検討されており、予科練生たちもそのことは当然承知していたが、それではないらしいという噂だった。実際、神風特別攻撃隊が編成されるのはこの年の十月二十日であった。

徴募に真っ先に手をあげたのは安藤だった。特殊潜航艇『回天』の噂は耳に入っていたが、それかどうかはわからない。なんであれ、お国のために散る覚悟で入隊した予科練だ。死ぬ覚悟はできている。安藤の挙手のあと一瞬の間があって次々に手があがって言った。

三日後、行先を伏せられたまま、汽車を乗りついで降り立ったのは神奈川県横須賀の久里浜に基地をおく一〇九部隊。別名「伏龍隊」と呼ばれる特攻部隊だった。

訓練責任者の大尉が作戦の概要を説明する。

「竹竿の先に爆雷をつけ、潜水服を着用して波打ちの浅瀬に潜って待機。上陸してくる敵艦船が頭上を通りすぎるとき、船底を下から突きあげて爆発させる。本土決戦に臨む帝国海軍の切り札である。祖国の命運を担う諸君にとって、これにまさる栄誉はない」

そして、「あえて申しつたえておく。万死一生を顧みず——万に一つも生きのびる希望など持たないこと」としめくくった。

軍艦も飛行機も失った日本軍の苦肉の策だったが、安藤たち兵隊たちには大本営の事情などわからない。実効性はともかく、成功すれば自分は確実に死ぬが、敵艦船は沈没し、敵兵も数百人が死ぬだろう。軍人として本望だと安藤はおもった。

翌日から八月十五日の終戦までの一年間、安藤は伏龍隊で訓練に明け暮れる。事故で何人もの戦友が死んでいく。死と隣り合わせの訓練、そしていつ敵艦の上陸作戦が敢行されるかわからないという極限の緊張感のなかで、来る日も来る日も死ぬための潜水訓練がつづき、精神を病む者もいた。

年を越した昭和二十年三月十日、東京は大空襲にみまわれ、この日だけで死者十万人、罹災者は百万人をこえ、焦土と化した。本土決戦は秒読みに入った。そして梅雨明けの深夜、けたたましいサイレンが基地に鳴り響き、

「特攻命令！　敵艦隊、相模湾に上陸中！」

頭上のスピーカーが怒鳴りたて、安藤は弾かれたようにハンモックから飛びおきた。なにも考えない。恐怖もない。戦友とも口をきかない。この一年、深夜早朝、そして昼間、時間帯をかえて数え切れないほどくり返した訓練の手順にしたがって素早く潜水具をつける。これもいつもそうしたように、海を見やって波の状態を確認する。満天星を照りかえすように波は単調にうねっている。そして月の位置を探して、安藤は息をのむ。右手の水平線の真上に、真っ赤な満月がぽっかりとうかんでいた。満州の地平線に沈む赤い夕陽は感傷を誘うほどに美しいが、いま目前にする月は不気味だった。このとき安藤は「死」を現実のものとして意識するのだった。

整列のため駆けだそうとしたとき、再びスピーカーのスイッチが入る音がした。

「特攻命令解除、くりかえす、特攻命令解除」

安藤は意味が理解できず、一瞬、頭が混乱してから、膝の力が抜けていくのを感じた。訓練であれば「訓練終わり」とアナウンスされるが、それはなかった。誤報のようだった。とりあえず今夜のところは命が助かった。明日はわからない。いや二時間後に特攻命令が発令されるかもしれない。

きついな、と安藤はおもう。死にむかって一直線のときは案外平気だが、緊張の糸が切れてなお、もう一度、死を覚悟できるかどうか。敵は外にいるのではない。おのれの心の裡に棲む。

「事難くして方に見る丈夫の心」——田久保先生に教わった言葉をつぶやいた。


昭和二十年八月十五日正午——。

花形敬は他の工員たちにまじり、食堂のラジオを囲んでいた。昨夜、NHKラジオは九時のニュースで「明日八月十五日正午、天皇みずからの放送があるので、国民はひとり残らず玉音（天皇の声）を拝するように」と報じたからだ。「工場など職域においては国民がもれなく拝聴できるよう受信環境に万全を期すように」とも伝えた。連日、空襲警報が鳴り、防空壕に待避する非常時のいま、天皇陛下は国民になにを語りかけるというのか。花形は固唾をのんで放送をまった。

昨夜のことだ。伏せった床でニュースを聞いたのだろう。父の正三がめずらしくリビングに顔をみせ、美以が煎れたお茶をすすりながら、「陛下は重大なご聖断をなさったのだろう」と言った。

本土決戦は自明の理で、その覚悟を陛下みずからラジオでおつたえになるものと受けとった敬は、「ご聖断」という父の言葉の意味がわからず戸惑った。

「なにをご決断なさったんですか？」

問いかけてみたが、「さあ」と言葉を濁したのが気になった。助け船をもとめるよう母親に目をむけたが、美以はなにも言わなかった。明日の朝刊の配達時間は、陛下がお言葉をのべられた放送終了後の午後という特別措置がとられた。なにをお話になるのか、軍国少年の花形は気持ちが高ぶった。

本土決戦とは、連合軍の本土上陸のことだ。連合軍は昨年六月、北フランスのノルマンディーに上陸し、九十日でパリを陥落させた。盟友ドイツはそれから一年を果敢に戦いながらも三ヶ月前の今年五月七日、矢折れ刀尽きて無条件降伏した。

本土決戦は迎え撃つ側にとって容易ではない。この十日間のうちにアメリカは新型爆弾を広島、長崎に相次いで投下し、甚大な被害を与えた。本土上陸作戦の地ならしだろう。首都侵攻となれば上陸地点は房総半島だと取りざたされていた。日本軍の兵器が欠乏していることは軍需工場で勤労奉仕している花形はよくわかっている。空を覆うB29爆撃機の大編隊を仰ぎ見れば、竹槍は〝蟷螂（とうろう）の斧（おの）〟にも等しい。

となれば、房総半島の山間部にこもってゲリラ戦に勝負を賭す。自分もその一員になりたいと花形は願っていた。『進め一億火の玉だ』という戦時スローガンにあるとおり、火の玉となって鬼畜米英を四海の外に蹴散らすのだ。

正午、『君が代』の演奏につづいて天皇による勅語の朗読が放送された。雑音がまじって聞きとりにくかったが、陛下はこう語りかけた。

「朕、深く世界の大勢と帝国の現状とに鑑み、非常の措置をもって時局を収拾せんと欲し、ここに忠良なるなんじ臣民に告ぐ。朕は帝国政府をして米英支蘇四国に対し、その共同宣言を受諾する旨通告せしめたり……」

米英支蘇とは米国、英国、支那（中国）、そして蘇連（ソ連）をいう。花形は一瞬、キョトンとし、首をかしげてから、

（まさか！）

工場主任に顔をむけた。主任が花形に小さくうなずいた。四分間ほどつづいた陛下の朗読のなかで、つぎの一節が花形の胸をえぐる。

「……おもうに今後、帝国の受くべき苦難はもとより尋常にあらず。なんじ臣民の衷情も朕よくこれを知る。しかれども朕は時運のおもむくところ、堪え難きを堪え、忍び難きを忍び、もって万世のために太平を開かんと欲す……」

日本はポツダム宣言を受け入れて無条件降伏する。日本は苦難の道を歩くが、私（天皇）は

これからの運命について堪え難いことを堪え、忍び難いことを忍んで将来の万世のために太平の世を切り開こうと願っている——そんな意味だった。

日本が負けたのだ。花形は茫然と立ちつくした。


この一年、伏龍隊の特攻隊員たちは機密保持のため外出が禁止されていた。砂浜のバラック建ての兵舎で起居し、訓練をくりかえし、出撃の日を待つ。その日が果たしてくるのかこないのか。昼夜を問わず神経をとがらせる日々もきついが、毎日の訓練そのものも命懸けだった。

海底に長時間潜むことを考慮し、海軍が開発した酸素ボンベは炭酸ガスを浄化する循環方式だった。潜水服は宇宙服のような重厚なもので、ヘルメット内の酸素を鼻から吸い、口から管に吹きつけるように吐くと、息はガス管をつたわって苛性ソーダをつめた背中の清浄函に入り、そこで炭酸ガスは酸素に還元されて再びヘルメットの中に送りこまれる。

これなら何時間でも潜っていられるが、「鼻から吸って、口から吐く」という呼吸法をまちがえるとガス中毒をおこし、意識を失って命をおとすことになる。また、苛性ソーダは熱を発生するので爆発の危険があり、つねに海水で冷却しておかなければならない。そのため清浄函はきわめて薄い錫板でつくられている。岩角に当たればもちろん、大きな魚につつかれるだけで破れてしまい、浸水して苛性ソーダ爆発がおこる。全身焼けただれて無残な姿になった同僚、あるいはついぞ引き上げられることもなく行方不明のまま捜索が打ち切られた同僚が何人もいた。四方八方に神経のアンテナを張りめぐらせ、岩場を避け、遊泳する魚群に注意をはらいながら海底をゆっくりと進むのだった。

誤報で飛びおきてから一週間がたった八月十五日のことだった。午前中の潜水訓練で、安藤は大きなタコをつかまえた。食糧事情は悪化の一途をたどっており、干物にしようとテントにヒモを張ってタコをぶら下げた。正午に玉音放送があるとかで、訓練は午前中で終了となったため、安藤はテントの陰でうたたねをはじめた。

「安藤――」同僚に揺り動かされて目覚めた。

「おまえ、なに泣いてんだ」

「日本が負けた」

「なんの話だ」

「降伏したんだ。いま陛下がラジオで直々にお言葉があった。米英支蘇四国に対し、その共同宣言を受諾する旨(むね)通告せしめたり……」

「バカな！」安藤が跳ね起きた。「本土決戦はどうした！　俺たちはまだ戦ってないじゃないか！」

同僚はしゃくりあげ、腕を濡らして泣くばかりだった。

三年九ヶ月におよぶ戦争で日本が払った犠牲者は三百十万人、そのうち軍属は二百三十万人にのぼる。連日の激しい空襲で都会は焦土と化した。戦争に正邪はない。戦う当事国のすべてに「正義」があり、犠牲は掲げた正義の代償なのである。

そして、正義の御旗のもとには祖国に殉じようとする純粋な若者たちがいる。一命を捧げる彼らに打算はない。年齢こそ四歳ちがえども、似たような家庭環境を引きずる安藤昇も花形敬も多感な少年期を戦争の下ですごし、安藤は予科練へ、花形は海兵を出て戦場に散ることを人生の目標に掲げた。

そういう時代だったのだ。

信じた道を全力で突っ走り、そしていきなり目前で道が消えた。これからどっちへむかって歩いて行けばいいのか。安藤は酒保（売店）からありったけの酒を持ち出して戦友と別れの宴を張り、酔えない酒を飲みつづけた。

花形は庭の木に吊した自家製のサンドバッグに黙々と拳を打ちこんでいた。父の正三はアメリカで暮らしていた当時、ボクシングジムに通い、アマチュアのハードパンチャーとして地元で評判だったという。病に伏せるまで、花形は父から手ほどきをうけた。なにに対して怒っているのか。日本が負けたことか、自分の夢が潰えたことか、それとも目標を見失った不安感か。

花形が渾身のパンチをサンドバッグに叩きこむ。サンドバッグが〝くの字〟になって激しく揺れた。

戦後の時代の波は、安藤昇と花形敬を修羅の世界へ誘う。

第二章

遠雷（えんらい）

弱肉強食

一面焼け野原になった渋谷駅の周辺は葦簀（よしず）で仕切ったヤミ市がひしめいていた。瓦礫の山から引っ張りだした木材を薪（まき）にしてヤキトリやイカを焼き、大鍋でおでんやモツがグツグツと煮えている。匂いが晩秋の風にのって庶民の鼻腔をくすぐった。軍服を着たままの露天商もいれば、テキヤは手っ取り早くベニヤ板の上で〝煙草返し〟などイカサマ賭博を開帳している。混沌は無秩序を意味し、早い者勝ち、強い者勝ち、もうけた者勝ちという個人の力をたのみとした弱肉強食の熱気がそこにはあった。

「おい、あのノッポは誰だ」

ハチ公前にたむろしている不良大学生のひとりが煙草を吸う手をとめ、道玄坂にアゴをしゃくった。百八十センチはあるだろうか。長身でガッシリした体軀の学生が道玄坂からゆっくりとくだってくる。

花形敬だ。

当時花形の体重は七十キロ近くあった。身長も百八十二センチと伸び、さらにガッチリとした体格になった。黒光りする〝ペテン帽〟に学ランはともかく、えんじ色のラッパズボンは奇異だった。大股で脚を交互にだすたびに裾がバタバタとはためいて、音が聞こえてくるようだった。

「千歳中の花形だ。しつこくてマムシみてぇな野郎なんだ」

「おまえら、だらしねぇな。千歳中のガキがどうしたってんだ。俺がマムシの頭を踏みつぶしてやろうじゃねぇか」

「よせ、おまえは新宿（ジュク）だからしらねぇんだ。野郎は厄（やく）だせ」

「まあみてな」アゴを突きだして、「おい、そこの木偶（でく）の坊！　こっちへきな」花形を呼びとめた。

戦争末期、不良大学生はハチ公前など人通りが多い広場にたむろし、出征する先輩や仲間の壮行会と称して祝儀を脅しとっていたが、敗戦後もその名残で彼らはトッポイのが通ると取り囲んで恐喝していた。大学生とはいえ、戦後の混乱期とあって復員学生なども多く、四十代の妻子持ちもいる。元軍人もいればワケありもいたりで、ふところにドスや拳銃を呑んでいる。組織に所属していないだけで、ヤクザと変わらないものも少なくなかった。

「なにか用か、針金」

花形が、ひょろりとして背が高い大学生をからかった。

「なんだと、このガキ！　もういっぺん言ってみろ！」

「何度もおなじこと言わせるんじゃねぇよ」花形が低い声で言った。「てめぇ、頭悪いな。テンプラ（ニセ大学生）かい」

「この野郎！」短くなった煙草を路上に投げ捨て、学ランの上に着込んだ茶色のジャンパーを脱いだ。「ハンペンか、茶漬けか、串刺しか、好きなもの言ってみろ！」

ハンペンはフルボッコ、茶漬けは小便漬け、串刺しは刃物でブッスリという不良の隠語で、脅しのタンカである。

花形がフンと鼻をならす。「ケチなこと言ってねぇで、フルコースでたのむぜ」縁なしメガネをゆっくりはずすと、ハチ公像の脇においた。海兵受験のため花形はこれまで視力には気をつけていたが、終戦を待っていたかのように急速に低下し、メガネをかけていた。

大学生は花形の目をみてゾクっとした。瞳孔をしぼってニラみつける細い目は感情の宿らないマムシを連想させた。恐怖に突き動かされるようにして、ふところから自転車のチェーンを取りだしてすごむ。

「あやまるならいまのうちだぜ」

花形がニヤリと口元をゆがめた。

「て、てめぇ！」

チェーンを振りかぶった。花形が足を踏みだして相手のふところに入った。チェーンが空を切る。花形が胸ぐらを左手でわしづかみにして引き寄せ、右の拳（こぶし）が鼻に飛んだ。軟骨のつぶれる鈍い音。悲鳴といっしょに鼻血が噴きだす。膝を折ったが、花形が胸ぐらをつかんだままにしている。宙ぶらりんにしておいて二発、三発、四発、五発、拳を叩きこんでいく。大学生たちが息をのむようにして見ていた。

「せっかくの男前が、がんもになっちまったな。おでんにでもしてもらいな」

メガネをかけると、花形は何事もなかったように歩きだした。


玄関で音がした。足音で敬だとわかる。そのまま自分の部屋に入っていった。母の美以が溜め息をついて、夫の正三に話しかける。

「あのまま放っておいていいのかしら。与太者にでもなるんじゃないかって心配だわ」

「大丈夫だよ。夢が大きかったから、それだけ挫折も大きいものだ。時間が解決してくれるさ」

「あなたもそうでしたか？」

「うん。視力が落ちて海兵を断念したときは人生の終わりだとおもったし、胸を患ってワシントン大学を中退したときは、なにしにアメリカまできたのかってね。若いときの挫折ってやつは、気持ちがふさぐか、敬のように外にむかって反発するかのどちらかだ」

サンルームでソファに身体を横たえ、晩秋のおだやかな日差しをうけながら正三が庭の木立に目を転じて、「時間が解決してくれるさ」もう一度、今度はつぶやくように言った。

花形は自室のベッドに身体を投げだして仰向けになった。どうしても納得がいかなかった。

午前中の社会科の授業でのことだった。年配の教師が黒板に「三権分立」と書きつけ、

「これが欧米の民主主義国家というもので、日本はこれからそうならねばならん。人間は平等にして個人として尊重されるのだ」

と言ったときだった。

「先生よ」

花形はおもわず声をあげていた。「俺たち国民は天皇陛下の赤子で、陛下こそ絶対だろう？ 民主主義なんて言ったら特高（特高警察）に逮捕られたんだぜ」

序列に絶対服従だったはずの花形が、このとき初めて教師にぞんざいな口をきいた。

「指導要領が変わったんだ」

教師がムッとした表情をみせた。

花形が立ちあがった。姿勢を正し、腹の底から声をだして『教育勅語』を諳んじる。

「朕惟フニ我カ皇祖皇宗國ヲ肇ムルコト宏遠ニ徳ヲ樹ツルコト深厚ナリ我カ臣民克ク忠ニ克ク孝ニ億兆心ヲ一ニシテ世世厥ノ美ヲ濟セルハ此レ我カ國體ノ精華ニシテ教育ノ淵源亦實ニ此ニ存ス……」（朕が思うに、我が御祖先の方々が国をお肇めになったことは極めて広遠であり、徳をお立てになったことは極めて深く厚くあらせられ、又、我が臣民はよく忠にはげみよく孝をつくし、国中のすべての者が皆心を一にして代々美風をつくりあげて来た。これは我が国柄

の精髄であって教育の基づくところもまた実にここにある……）

教師をにらみつけて言う。

「小学生のときから暗唱させられたんだ。それがなんでいきなり民主主義になるんだ。戦争に負けたからといってアメ公にシッポをふるのか」

「なんだ、その口のきき方は！　それが教師にむかって言うことか！」

「俺たち平等なんじゃないのか？　それが民主主義だって、いまいったじゃねぇか。やってらんねぇよ！」

憤然として教室から出ていったのだった。

（先生の立場はわからないでもない）

と花形はベッドでおもう。

ＧＨＱ（連合国最高司令官総司令部）の命令で、皇国史観から民主主義へと教育内容が真逆になったのだ。変節しなければ教師として生きてはいけない。百歩、いや千歩譲って変節を認めよう。だが教師たちがくりかえし檄を飛ばした「尽忠報国」（君子に忠誠を尽くし、力を尽くして国の恩に報いる）にふるいたち、戦場で散っていったわが校の先輩たちに対してどう責任をとるのか。責任を頰っかむりして民主主義を説くという臆面のなさが、花形には許せなかったのである。

学校をやめようとおもった。だが、母は卒業だけはしてくれと言う。母を悲しませるのは不本意だった。卒業まで気持ちがもつかどうかはわからないが、もうしばらくは在籍しようと自分に言いきかせた。

翌日の昼前、校門を出て渋谷にむかう花形に、若手体育教師の小林が声をかけた。

「ラグビー部をつくるんだが、おまえ入部せんか？」

当惑する花形に小林はつづける。

「見てろ、ラグビーはケンカだ」

小林がいきなり猛ダッシュで十メートルほど駆けだすと、校庭の隅においてあるキャンパス地の袋に肩から激突してみせた。ボクシングのサンドバッグが放置してあるのかと花形はおもっていたが、なかに砂を詰めたラグビーのタックルバッグだった。

「このタックル練習をだな」息をはずませながら小林が言う。「生身の人間で練習しようとおもってるんだ。名づけて〝千歳の生タックル〟。おまえが必要だ」

「勘弁してくださいよ」

「おまえ、鼻が高いんじゃないのか？　なんでも一番なんだろう？　ラグビーじゃ無理だってか？」

当時花形は、友人と経堂駅傍に出来たボクシングジムに通っていた。

だがそこまで言われたのではしょうがない。ラグビーにさして興味はないが、ひとつ遊んでみてやるか。花形はそうおもった。

無法の時代

これが新宿なのか。

安藤は凝然として焼け野原の駅前に立ちつくした。

ヤミ市の生命力のたくましさの対極にあって、瓦礫と化した街を男たちが兵隊服に重い兵隊靴の鋲を引きずって歩いている。栄養失調なのだろう。青ぶくれした顔に目ばかりギョロギョロさせていた。戦災孤児たちが、ボロ服に裸足で進駐軍のあとを追いかけ、「ギブ・ミー・チョコレート」とカタコトの英語で媚びを売っている。そして、真っ赤な口紅を引いたロングスカートの若い女が花柄模様の派手なネッカチーフを頭にかぶり、米兵の腕にぶらさがって闊歩する。

（俺たちは誰のために、なんのために命を投げだそうとしたのか）

憤怒（ふんぬ）ではなかった。可笑（おか）しさだった。可笑しさが腹の底からこみあげてきたのだ。国を、同朋を、家族を、婦女子をまもるため英霊は戦場に散っていった。その結果がこれなのか。笑うしかなかった。安藤は声をたてて笑った。

東大久保の実家は焼失していた。行くあてはない。館崎が加奈子さんと暮らしていた中野のアパートを訪ねてみようとおもった。南方に出征して二年以上になる。館崎が生きて復員することができたならば、ここに帰ってくるはずだった。

新宿から中野まで、晩秋の風に土埃が舞う道路を小一時間かけて歩いた。アパートは焼け残っていた。一階が大家の餅菓子屋で、二階三世帯の右角の部屋だった。ノックする。「はい」という声は加奈子のものだった。安藤は安堵しながら「昇です」とつげた。

「いらっしゃい。無事だったのね」

ドアを開けて加奈子が笑みをみせたが、髪がほつれて精気がなかった。安藤はイヤな予感がした。

四畳半の台所につづいて六畳の和室があり、館崎が布団に伏せっていた。

「おう、安藤か」

仰向けのまま顔をむけて言った。頬がこけ、目だけが飛びだしている。二枚目のしゃれ者として不良少年たちがあこがれた館崎とは別人のようだった。

「おまえ、予科練でよく生き残ったな」

「出撃前に終戦になっちまいました。伊豆の天城山に立て籠もって本土決戦だなんて威勢もよかったんですが、小銃や手榴弾じゃどうにもならない。しょうがないから親が疎開している藤沢の親戚宅に復員しましてね。三月ばかりいたんですが、退屈なんで、さっき新宿に出てきたところです。兄貴は？」

「みっともねぇ話さ。中国戦線で肺結核になっちまったんだ」

息を荒くして言う。「醤油の効きが遅ぇんだよ。徴兵前だったら最初（ハナ）から戦地は〝お役ごめん〟だったのによ」

冗談ともつかぬ口調で言って、「見なよ」布団を跳ねて足を投げだした。右の踵（かかと）が欠けていた。「八路軍（パロ）（中国軍）に銃撃されて吹っ飛んじまったんだ。歩くのに難儀するぜ」

口をつむぐと、

「おい、安藤、小僧さんが饅頭持ってきたぞ」

不意に大きな声で言った。

「えっ？」

安藤が驚いてドアを見た。気配はない。加奈子に目をむける。泣きだしそうな顔で首を小さく横にふった。館崎は仰向けのまま目を閉じていた。口をもごもごさせてなにかしゃべっている。

「小僧さんが、小僧さんが……、小光の兄貴、野郎をシメちまいましょうか。ちきしょう、誰だ、俺の脚を撃ったのは……」

脈絡のないうわごとだった。熱にうかされてのことなのか、精神が錯乱してのことなのか安藤にはわからない。新宿のヤクザたちから一目置かれた館崎の、これがまぎれもない姿だった。

館崎のアパートを辞した安藤は新宿にもどった。

「さあ、らっしゃい、らっしゃい！」

「蒸かしたての玄米パンだよ！」

薄暮のヤミ市にひしめく何十軒もの粗末な小屋から威勢のいい呼びこみの声が飛んでいた。『武蔵野館』裏の和田組マーケット、『聚楽』横の尾津、野原組マーケット……。テキヤはたくましく息を吹きかえしていた。

「おっ、飛行機乗りのお兄ィさん！」薄汚れたノレンのむこうから太った中年親父が安藤の飛行服と飛行ブーツを見て、「スイトンだよ、スイトン！　飛行機は飛ぶ飛ぶ、頰っぺたは落ちる！　はやくしないとすぐ売り切れちゃうよ！」

雑炊のうまそうな匂いが鼻孔をくすぐる。

「一杯くれ」

「あいよ！」

食糧難の時代、ドンブリに盛られた雑炊はご飯粒が数えるほどだったが、安藤はそれをかきこんだ。身体が温まる。館崎のところをあてにしていたが、今夜はどこかで野宿するしかあるまい。

店を出てぶらついていると、

「おい、安藤！」

武蔵野会館のまえで背後から声をかけられた。

「よく生きてたな。安藤は特攻隊で体当たりしたんじゃないかって、みんなで話していたんだ」

「おう、野田か」

「体当たりじゃなくて、海底からドカーンだ」

「海底?」

「つもる話はあとだ。一杯やろうぜ」あたりを見まわして、「そこに入ろう」

「ヤバくねぇか」ノレン越しに店内を見やって野田がためらった。「あいつらに関わると、ろくなことねぇぞ」

店内には革ジャンやオーバーを肩から羽織った四、五人の男たちが粗末なテーブルを囲んで飲んでいる。服装と雰囲気から、朝鮮や台湾など、いわゆる「三国人」たちだった。差別されて生きてきた彼らは戦勝国民となったことで立場が逆転。わが物顔でのし歩いていた。でっぷりとした体軀のスキンヘッドが顔をあげて安藤を見た。

視線がからむ。

野田が腕を引いたが、安藤はその手を払うとバラック小屋の開き戸を軋ませて店に入った。

三国人たちが話をやめ、鋭い視線を安藤たちに投げかける。

「親父、酒だ!」

安藤が怒鳴り、運ばれた酒をあおってから、「野田、軍歌でもうたおうじゃねぇか」聞こえよがしに言った。

「だめだよ、軍歌はGHQがうるさいんだ」

「かまうことねぇよ。♪　赤〜かい血潮の予科練の〜　七つボタンの桜に錨……」

安藤が手拍子をとって歌いはじめた。

スキンヘッドがけわしい顔で視線をしぼる。頬骨が張ってカマキリを思わせる男がコップ酒をおいた。剣呑な雰囲気を察知し、二、三人ほどいた客が勘定をすませてそそくさと店を出ていく。

「安藤、まずいよ、逮捕されるぞ」野田が腰をうかせて周囲をうかがう。

「上等だ。逮捕してもらおうじゃねぇか」

一番が終わり、「♪　燃〜える元気な予科練の〜」二番を歌いはじめたときだった。

「おい、やめろ」

スキンヘッドが居丈高な口調で言った。「日本人、戦争に負けた。軍歌は禁止タ。めざわりだから出ていけ」

「おっさん、威勢がいいじゃねぇか」

安藤がニヤリとしてから表情を一変させ、

「てめぇらゴキブリ野郎に負けたわけじゃねぇ！」

コップ酒をスキンヘッドの顔にぶっかけ、飛行ブーツで股間を蹴りあげた。カマキリ男がジヤックナイフの刃をおこす。安藤が一升瓶を逆さに持って底をテーブルの角で叩き割るや、男の顔めがけて突きだした。

「ウァーッ！」悲鳴をあげて両手で顔をおおう。

「いいか、てめぇら！」安藤がスキンヘッドの頭をブーツで踏みつけ啖呵をきる。「日本は連合軍に降伏はしたが、俺が負けたわけじゃねぇんだ！」

仲間のひとりが店の外へ飛びだした。なにか喚いている。

「ヤバイぞ、安藤。ヤツらの仲間が……、あっ、サイレンだ！　ＭＰがくるぞ！　安藤、ズラかれ！」

店を飛び出ると同時に通りの入口にジープが急停車。カーキ色の軍服に白いヘルメットをかぶったＭＰたちが飛び降りる。

「こっちだ、安藤！」

野田の声にむかって暗闇を駆けだす。

「weight（ウェイト）！（待て）」

――ダーン！　ダーン！

背後でつづけざまに銃声がした。安藤が脚をもつらせて瓦礫のなかに頭から突っこむ。

「安藤！」

「撃たれた」

右の内股に激痛がはしる。焼け火箸で刺し貫かれたようだった。遠くでサイレンの音が聞こえる。応援が駆けつけているのだ。一刻も早く新宿を出なければならない。見つかれば、その場で撃ち殺されてしまう。野田の肩につかまり、足をひきずり、暗がりをつたって東北沢のアパートにむかった。野田と歩いて一時間ほどだと言ったが、たどりついたときは深夜になっていた。

火の気のない部屋は、つなぎになった飛行服を脱ぐと寒さに身震いした。飛行服のズボンの部分は血を吸ってドス黒くなっていた。裸電球の下で内股の傷を見る。肉が抉れて石榴(ざくろ)のようになっていた。

医者にいけば足がつく。餓死しようかという時代に医療品など手に入るわけがない。夏場なら化膿の心配があるが、この時期であればなんとかなるだろう。安藤は焼酎を口に含んで傷口に吹きかけた。痛みに気を失いそうになる。野田に赤チンをたっぷりとふりかけてもらい、飛行マフラーできつくしばった。

「野田よ――」安藤が激痛に脂汗をうかべ、あえぐように言う。「ここは日本じゃねぇのか？なんだってアメ公に弾かれなくちゃならねぇんだ。しかも、俺たちゃ、ゴキブリのように逃げまわっている」

「それが負けるってことじゃないのか。国だって、犬だって、不良だって、負けりゃシッポを巻いてキャンキャン。みじめなもんだ」

「勝たなきゃなんねぇんだな。どんな世界でも」

安藤が自分にいいきかせるように言った。

館崎の死を加奈子の電報でしるのはそれから半月後のことだった。葬儀は近所の寺で営まれたが、会葬者は小光のほか安藤ら数名で、「新宿の館崎」にしてはさみしいものだった。終戦直後の混乱期ということよりも、確固とした組織形態をもたない愚連隊であったからだろう。読経がすむと小光が加奈子の手に分厚い封筒を押しつけた。「骨はひろってやると館崎に約束したんだ。せめてもの気持ちだ」

小光が山門にむかう。待たせていたクルマの後部ドアを開け、小光が見送る安藤をふりかえった。

「館崎が死んで喜んでいる連中はいくらでもいる。安藤、この世界は〝椅子取りゲーム〟だ。忘れるんじゃねえぜ」

安藤が無言で頭をさげた。

新宿の不良仲間が安藤のもとに集まってくる。将来に夢が描けず、その日を刹那的に生きる彼らは、下北沢の喫茶『パール』を根城に新宿や銀座など盛り場を毎日のよう流して歩く。不良を恐喝したカネでおしゃれした。仕立ては流行のトップズボンに上衣は肩幅を広くして胴をしぼった。靴は米軍流れの新品で、顔が写るほどピカピカに磨きこんである。酒と、ナンパと、ケンカ。日本刀を振りおろし、ドスで斬（ハス）った。地元のテキヤ「三田組」と抗争事件をおこして下北沢を制する。警察が弱体化した無法のこの時代、頼れるのは自分たちの武闘力だけだった。

年が明けた終戦翌年の昭和二十一年、安藤は法政大学予科を受験して合格する。予科とは大学令（大正七年～昭和三十年）に基づいて設置されたもので、本科へ進むまえの予備教育課程をいい、教育内容は現在の大学教養課程に相当する。法政を選んだのは、舎弟で空手部主将の黒木が熱心に勧誘したからだった。予科練は旧制中学卒業と同等の資格が認められているうえ、お国のために命を捧げたということで入試の採点は甘いとされていたが、それにくわえて空手部の推薦枠となれば合格はまちがいなかった。法政大学予科は東横線の工業都市（現、武蔵小杉）にある。根城にする下北沢からは渋谷で井の頭線に乗り換えるため、安藤は気まぐれに渋谷で下車し、街をぶらつくことになる。安藤と渋谷との縁はこうしてはじまるのだった。

渋谷のステゴロ

千歳中学ラグビー部で花形のポジションはフォワードの第二列目、セカンド・ローだ。この頃、身長はすでに百八十二センチほどあった花形。当時、日本人の成人の平均身長が百六十二センチだったから、彼の身体がいかに大きかったか、想像ができる。このポジョンはスクラムに「鍵」をかけるという意味から「ロック」と呼ばれる。スクラム押しの中心となる一方、ラインアウトのさいにボールを空中で奪いあうため身長も要求される。頑強な身体、突進力、そして不屈の精神。適材適所の配置でもあったが、小林はこのポジションであれば花形がラグビーに本気でむきあってくれるとおもってのことだった。素行が学校で問題になっており、このままではいつ退学になるかもしれない。花形の一本気な性格を惜しむ小林はラグビーで立ち直らせようとした。

「花形、おまえは突撃隊長だ。頼むぞ」

この言葉が花形の心をくすぐり、そして奮い立たせた。

タックル練習は壮絶をきわめた。選手がボールをだいて走り、それをめがけて渾身のタックルをかますのだ。生身の人間を相手にすることから小林は「生タックル」と呼んだ。その名手が花形だった。花形の名前はたちまち関東ラグビー界に鳴り響いた。花形のタックルをくらうと大ケガをするかもしれない。この恐怖から試合中、花形が唸り声をあげて突進してくるとボールをその場において逃げだす選手もいた。

創部わずか一年で千歳中ラグビー部は関東強豪校となり、全国大会が視野に入ってくる。このことが、皮肉にも花形をさらなる不良の道に追いやることになる。

「これから渋谷か？」

練習が終わり、部室でペテン帽にラッパズボンに着替えた花形を小林が呼びとめた。

「ええ。不良どもが俺に殴られたくて列をなして待っているんでね」

「じつは、おまえの素行をなんとかしろと学校がうるさいんだ。ウチのラグビー部も世間にしられるようになったんでな。それに」一瞬、躊躇するように言葉をきってから、「おまえはラガーとしては素晴らしい才能をもっているが、プレーが危険すぎると他校からクレームがきているんだ。あれはプレーじゃなく、ケンカじゃないかってな」

「わかりました」花形がおだやかな口調で言った。

「わかってくれるか」

「退部します」

「おいおい、先生はそんなこと言ってるんじゃないぞ」

「そろそろ潮時だとおもっていたもんで」

「短気をおこすな、待てよ、花形！」

「先生」花形の腕をつかむ小林の手をやんわりと外すと、「感謝してます」と言い残して部室を出ていった。

ラグビーはおもしろい。花形の正直な気持ちだった。だが、ルールのなかで強さを競うことにどれほどの意味があるのか。花形がいだきつづけた懐疑だった。売春婦（パンパン）を腕にぶらさげて渋谷を闊歩する米兵たちをみればわかるように、戦争も生存競争もルールはなく、相手を膝下に組み敷いたものが勝者であり正義なのだ。

花形は千歳中学を自主退学する。このままでは強制退学は時間の問題だと、小林は母親の美以に率直に言った。美以から話を聞いた正三が退学届けをしたためた。千歳中学ラグビー部はこの年、関東地区代表として念願の全国大会出場をはたすが、国士舘に転校していく花形の名前はもちろんメンバー表にはなかった。

国士舘で番長を張っていた石井福造は、花形が転校してくると聞いていやな顔をした。花形が手のつけられない暴れん坊で、昨年暮れ、夕方のラッシュ時に線路工夫が使うツルハシで玉川電車を破壊したという話も耳にしている。花形は改札は顔パスだったが、新人駅員がそのことをしらず、切符のない花形をとがめたことでブチ切れたのだという。

石井が引っかかったのは、電車の窓を滅茶苦茶にはしたが、駅員には手をだしていないことだ。

「なんでだ？」

舎弟に問うと、

「自分より弱い者には手をださない主義らしいですよ」

と言った。

弱い者には強く、強い者には弱い。これが不良の処し方だが、花形はいささか異質のようだと石井は感心した。

転校してきた初日、さっそく花形から石井に呼びだしがかかった。学校のそばにある松陰神社にこいと言う。舎弟たちはドスやチェーンで武装し、「花形を半殺しにしてやる」といきり

立ったが石井は笑って、

「いいから、おまえたちはここにいろ。俺が差しで話す」

と言った。

弱い者には手をださないという花形が呼びだしをかけるということは、俺の実力をみとめているということだ——石井は逆説的に解釈して満足した。石井は京王商業を含めて四つの学校を退学になり、不良として名がしれている。相当のワルでケンカも強かったが、視点が高く、しかも人なつこいところがあって、相手の心理をつかむのがうまい。後年、石井会を興して住吉会の重鎮になるが、それだけの器量があった。

花形が石井を見て怪訝な顔をした。

「ひとりか？」

「ああ」

「じゃ、やるか」縁なしメガネに手をかけた。

「待てよ、花形。国士舘の人間同士がツノ突き合わせてもしょうがねぇだろう。協力しあえば、俺たちは渋谷でもっといい顔になれるんだぜ」

石井のこの和睦の言葉を、花形は降伏とうけとった。

「そうかい。じゃ、そういうことにするか」

機嫌のいい声で言った。

そのころ渋谷の不良学生をおさえていたのは日大応援団長の藪中という男だった。戦地から復学した大学生はそれだけ歳をくっていて、藪中は二十代なかばだった。ヤクザにも顔がきき、兄弟分もいた。藪中は石井や花形など眼中になく放っておいたが、このころ態度が目に余るようになっていた。火事とおなじで、こうした連中は勢力が大きくなるまえにシメあげて傘下に取りこむのが鉄則だった。

藪中は舎弟に命じて、石井と花形を渋谷の大映裏に呼びだした。

「俺が誰かしってるな」

藪中が余裕の笑みをうかべて言った。背こそ高くはないが、ガッシリとした体軀で、外地で激戦の修羅場をくぐってきただけに凄味があった。

「石井、しってるか?」花形がとぼけた声で言った。

「しらねぇな。態度がでけぇから進駐軍のまわし者じゃねぇか?」

藪中が肩をすくめた。ガキのケンカはママゴト遊びだから本当の恐さというものをしらない。教えてやるのは先輩のつとめだろう。藪中が指をポキポキと鳴らすと、舎弟たち四人がいっせいに取り囲み、ふところに手を入れて身がまえた。

「しょうがねぇな。石井、持っててくれ」花形がゆっくりとメガネをはずして手渡した。

「てめぇ、カギだとおもって大目にみてやりゃ!」

花形の渾身の右フックが先に顔面をとらえていた。藪中が吹っ飛んで背中から地面に落ちた。

花形が唸り声をあげて取り囲む連中に体当たりしていく。重戦車が藁人形を弾き飛ばすようだ、と石井はおもった。石井はしらなかったが、これが〝千歳の生タックル〟だった。一瞬のうちに四人が数メートル先にもんどり打って倒れ、うめき声をあげた。

石井が胸をそびやかし、足で藪中の頭を踏みつけて言った。

「おう、〝進駐軍のまわし者〟。不良ごっこはもうよして家に帰りな」

このケンカの顚末はまたたくまに渋谷を駆け抜け、花形と石井にケンカを売る不良はひとりもいなくなった。花形にその意識はなかったろうが、石井にとって花形は最強のボディーガードだった。

警察沙汰がつづき、花形も石井も国士舘を退学になる。花形にいたっては在学期間はわずか数ヶ月だった。石井は不良仲間が集う中野学園に、そして花形はラガーとしての資質を買われて明治大学予科に入学したものの、たちまち武闘力で明大全学に君臨。ラグビー部には顔をだすことのないまま退部となり、明大を去る。

花形にとって戦うグラウンドは渋谷の盛り場だった。花形と石井、そして用賀小学校で石井の一学年後輩である森田雅の三人がつるんで渋谷を闊歩する。

そんな秋口の午後だった。

「あっ、安藤昇だ！」

石井がハチ公前で足をとめて言った。

「花形、見ろよ。あれが安藤さんで、隣りのオールバックが安藤さんの兄弟分の島田さんで、その隣りが舎弟の黒木さんだ」

声が興奮でうわずっていた。

島田は下の名を宏といい、安藤と同じ大正生まれで、安藤を支える一人として活躍する。

背広を粋に着こなした安藤昇ら三人連れが、駅の構内から出てくる。花形が目を細めて三人を見やった。

男を売る

テキヤの若い衆が構内の脇に新聞紙を敷き、子供むけの漫画本を並べて〝タンカ売〟をしている。墨痕で大きく五冊二十円の張り紙がしてあった。

「……さあさあ、お父ちゃんならお酒を呑むとこお水を呑んで、お母ちゃんなら映画を見るとこ看板見て。教育は無形の財産よ。ちょいと、そこのお父さん、カネないだろう。カネのない人、財産のない人は子供に託しなさい……」

三人連れが足をとめた。石井が「島田」と口にしたオールバックが笑顔でテキヤになにやら話しかけ、札を何枚か手渡した。テキヤが何度も頭をさげ、漫画本を束ねて差しだすと、島田が手をひらひらとふって歩きだした。

「見たか、森田?」憧憬の眼差しで言う。「あれ、きっとチップだぜ。〝あんたの啖呵バイは面白いね〟とかなんとかいって渡したんだな」

「ヤツら、どこの馬の骨だ」花形が舌を鳴らして言った。

「しらないのか?」石井があきれたように言って、森田と顔を見合わせた。「いま売り出しの〝安藤グループ〟だよ。ほら、銀座の不良を仕切っていた〝銀座のデカ市〟って大入道をよ、安藤さんが喫茶店の便所でシメちまって、銀座の不良たちは感電ビリビリでシビレちまったんだ」

「下北沢の三田組との抗争はすごかったらしいよな」森田が補足するように言う。

「あれはすげぇよ。三田組は代紋持ちのテキヤだぜ。三田剛造組長といや、泣く子も黙る武闘派の親分だ。それを相手に安藤グループは日本刀とドスで殴りこみかけたんだ」

「安藤さんは軍用モーゼルの45口径をふところにだいていたんだろう?」

「そうそう、森田の言うとおり。安藤さんは特攻帰りだからよ。新宿の小光さんの舎弟で、愚連隊やりながら法政の予科にかよってんだから、カッコいいじゃねぇか」

中野学園から専修大学予科に進学はしたものの、石井はすぐにカタギ社会に見切りをつけ、ヤクザでメシを食っていく決心をしていた。そのためにはどの組に入るのがいいか、どの親分につくのがいいか。それを見きわめるため、森田をつれて新宿や銀座の不良たちとつきあっていた。売り出しの安藤は新宿でも銀座でも評判だった。

ちなみに下北沢のテキヤ三田組との抗争は、野田が三田組の若い衆とトラブルになったことが発端だった。野田は日本刀で背中を割られ、意識不明の重傷を負った。新宿の兄弟分である加納も駆けつけ、武装して事務所に殴り込んだところが、急襲を察知した三田組の組員たちは逃げ、三田組長は野田を斬った一件で警察(サツ)に自首して身の安全をはかった。

最終的に、三田組長と関わりのあった万年東一があいだに入ったことで安藤たちは手を引くことになる。安藤の兄貴分にあたる小光が万年の右腕であることから、万年は安藤の親分筋ということになるが、万年はわざわざ下北沢の喫茶『パール』まで足をはこび、礼をつくした。三田組長は戦友で、万年が中国・北支戦線で負傷したとき三日三晩、寝ずの看病にあたってくれたのだという。万年はその恩義を感じて、

「不本意だろうが、そのことは重々承知のうえでの頼みなんだ。いっぺんだけ俺の顔を立ててもらえないだろうか？」

そう言って頭をさげ、安藤を感激させたのだった。

三田組と安藤グループの抗争は有名で、不良グループのあいだで周知のことだったが、孤高にして一本独鈷の花形はそうしたことにはうとい。渋谷の街しかしらない。ステゴロが生き甲斐なだけで、ヤクザになる気など毛頭ない。そもそも将来のことなど考えてもいないのだ。だから、どこの不良がどうしたこうしたといったウワサ話にまったく関心がない。渋谷をのし歩き、邪魔な人間がいたらブチのめす。それだけのことだった。

「安藤だか勘当だかしらねぇけどよ。俺とこれまですれちがわなかったとは運のいいヤツじゃねぇか」

花形が不敵な笑みをうかべて安藤たちを目で追っている。三人は談笑しながら花形たちの七、八メートルほど先、駅前地下にある外食券食堂『菜館（さいかん）』に近づいてきた。「よせよ、敬さん」

石井が顔をこわばらせて腕をつかむ。

「かまうことねぇ。モーゼルがどうしたってんだ。ケリをつけてやろうじゃねぇか」

花形が足を踏みだそうとした、そのときだった。

「てめぇ、この野郎！」

怒声が飛び、『菜館』の前で人混みが割れた。「ここを誰の縄張（シマ）だとおもってやがる！」

愚連隊四、五人が、小柄で痩せた角刈りの若い男をとりかこんだ。

「あんたらの縄張かもしれないけど、俺だって警察（サツ）に追っかけられてヤバイ橋を渡ってんだ。ただで券をやるわけにゃいかねぇよ」

「小僧！　能書きたれてやがると明日からバイさせとかねえぞ！」

どうやら外食券のヤミ売りに対して、ショバ代として外食券をよこせと言って脅しているようだ。外食券食堂とは公営の簡易食堂のことで、逼迫する食糧対策のため地区役所が外食券を配給し、国民はそれがなければ店で食事できなかった。ヤミ売りの元締めは人数をごまかして幽霊人口をつくり、不正に外食券の配給を受けてそれを捌かせるわけだ。違法なので、土地のヤクザや愚連隊に脅されても警察に駆けこむことができないため、いいカモにされていたのである。

若いバイ人はこれまでムシリ取られてきて我慢の限界だったのだろう。

「どこで商売しようと俺の勝手だろう！」

噛みつくように言ったところが、「この野郎！」背後からいきなりブン殴られ、つんのめったところを袋叩きにされて地面にころがった。

それでもバイ人は起きあがって殴りかかっていく。

「あいつ、いい根性してるな」森田が感心すると、石井は「だけどショバ代を払わないのはよくねぇな」と不良らしいことを言う。花形はだまって見ている。

「聞きわけのねぇガキだ」

キツネ顔がジャンパーの胸元からドスを引き抜いた。仲間三人がバイ人を背後からかかえるようにして立たせた。鼻血が顔からしたたり落ちている。

「死にゃがれ！」ドスを腰だめにした。

「待ちな」

三人連れのひとり――石井が「安藤昇」と呼んだ男がキツネ顔のまえに立ちはだかった。

「なんだ、てめぇ」

「バイ人ひとりに四人がかりとは感心しないな」

「なに気取ったこと言ってやがる。てめぇが野郎のケツを持つのか！」

「お望みなら」

無造作にズボンのポケットからジャックナイフを取りだしてボタンに親指をかけた。パチンと乾いた音を立てて刃が飛びだすや、半歩踏みこんで袈裟に斬(ハス)った。ジャンパーの胸元がスパッと切れた。

「てめぇの顔、アゴが少し長いな。切り落としてやろう」表情も変えずに言った。

「ま、待ってくれ……」

手を突きだしてあとずさった。脅しではない、本気だ、本気でハスってくる。「悪かった、あんたとやり合う気はないんだ。俺たちの縄張で勝手に商売(バイ)されたんじゃ示しがつかないから……」

「ところで」石井が「島田」と呼んだ男がネクタイに指を当てて曲がりをなおしながら、「ここがおまえさんたちの縄張だって誰がきめたんだい？」おだやかな声で言った。

「誰といわれても……。一応、ここでの商売(バイ)は俺たちを通すということになっているんで」

「なるほど。勝手にお宅たちが決めただけか。じゃ、たったいまからここでカスリを取るのは禁止ということにしよう」

ニヤリと笑って、

「俺たちが決めたんだ」

「そ、そんな」

「二度は言わねぇぜ」

安藤が低い声で言った。「カスリを取りたきゃ取ればいい。その結果どうなろうと、おまえたちの命だ。好きにしたらいい」

「わかったよ」

「俺は法政の安藤ってんだ。気に入らねぇならいつでもきな」そしてバイ人に笑いかけて言った。「兄ィちゃん、しっかり稼ぐんだぜ」

安藤たちが何事もなかったように歩きだす。

「石井、カッコいいな。俺、安藤ファンに……」

森田が目を輝かせて言いかけるのを、石井が大仰に咳をしてさえぎって、「たいしたことねぇよ。敬さんにゃかなわねぇ」と機嫌をとるように言った。安藤をヨイショして花形がヘソを曲げたらえらいことになる。安藤にケンカを売るだろう。とんだとばっちりである。森田も石井の意図を察して口をつむぎ、花形を盗み見る。

花形は無言で安藤たちが去っていく背を見ている。

森田と石井の目が合う。

(花形はなにを考えているんだ?)

ヤクザ戦国時代

明けても暮れてもケンカがつづいた。

下北沢から新宿に根城を移した安藤グループは都内各地に足をのばし、土地の不良だけでなくヤクザ組織とも渡りあった。浅草から銀座にかけて勢力を張るテキヤ一家ともめたときは、安藤グループ三十人が〝道具〟をもって新宿からタクシーをつらねて乗りこみ、宵の銀座で組員たちを狩りたてた。幹部に拳銃をつきつけてさらい、壮絶なヤキを入れた。テキヤ一家も黙っていたのではメンツがつぶれてメシの食いあげになる。報復に動く。新宿VS銀座の本格的な抗争事件に発展し、安藤の兄貴分である小光はダンスホール『グランド東京』に武装して陣取ると、「叩きつぶせ！」と檄を飛ばした。

警察は敗戦で弱体化したとはいえ、この派手な抗争を看過するはずがなかった。首謀者として安藤の逮捕を狙った。起訴されれば数年はくらいこむ。安藤も今度ばかりは覚悟したが、小光を介して親分筋にあたる万年東一が淀橋署と話をつけてくれた。三田組組長の三田剛造の一件での借りをかえしてくれたのかもしれないが、万年はなにも言わなかった。双方から拳銃一挺ずつを任意提出し、警察(サツ)の顔も立てつつ、テキヤ一家とも手打ちにしたのだった。

こうした抗争は枚挙にいとまがなく、ヤクザのしきたりが通じない安藤グループはアンタッチャブルな集団としてその名を轟かせていく。食い殺すか、食い殺されるか――。安藤の処し方はそのどちらかであって、どんな組織に対してもシッポを振ることは絶対になかった。

だが、グループが一定規模になれば、舎弟たちにひもじいおもいをさせないためにシノギのことも考えなければならない。

「安ちゃん、渋谷に出たらどうだろう」

参謀役の島田宏が一杯やりながら言った。安藤と同い年で、少年時代からのつき合いだ。ふたりになると島田は「安ちゃん」と呼んだ。

「新宿は飽和状態だ。新宿で勝負するのは得策じゃないとおもうんだ」

安藤が返事をしない。気にいらないときの癖だった。フロアで、生バンドが演奏するタンゴに合わせて客たちが踊っている。

島田がつづける。

「いくらケンカに勝っても、ケンカは手段であって目的じゃない。安藤グループの名が売れてシノギが楽になる――これが目的だとおもうんだ」

「ケンカは理屈じゃない」

「そうだけど、これだけの舎弟が安ちゃんを慕って集まってきているんだ。面倒をみてやるのも器量じゃないかな」

西口は安田組、東口は尾津組、野原組がそれぞれマーケットをもって勢力を張っている。武蔵野館裏は和田組、新宿二丁目界隈は博労会河野一家のほか分家前田組、博徒小金井一家、さらに愚連隊、不良少年グループ、新興外国人グループが入り乱れ、カラスの鳴かぬ日はあっても血を見ぬ日はないというヤクザ戦国時代だった。

安藤グループは一目置かれてはいるが、島田の言うとおりかもしれないと安藤はおもった。渋谷も博徒の落合一家、テキヤの武田組といった老舗の組織のほか、愚連隊や外国人グループがシノギを削っていたが、新宿とは街の規模がちがう。しかも街の構造が、新宿は面として大きく広がっているのに対して渋谷は駅を中心とした擂鉢(すりばち)状になっている。

「押さえやすい街だ」

と島田は言うのだ。

菜館で外食券のバイ人を助け、カスリをとられなくしてやったことでバイ人の元締めに感謝され、依頼されるまま安藤グループが彼らのケツ持ち（用心棒）をやっている。助けてやった若いバイ人の三崎清次はヤミ食券売りの足を洗って安藤の舎弟になり、渋谷で不良連中を何人かかかえている。安藤のしらないところで、グループの人間は渋谷でも次第に増えつつあった。

島田の言うことも一理ある。

「わかった」

安藤が短く言った。

午後、石井福造と森田雅がいつものように道玄坂をブラつきながら百軒店にむかっていた。百軒店は五間幅の通りを中心に細い道が縦横に走り、バー、クラブ、喫茶店、食堂、さらにテアトル渋谷などテアトル興行系の映画館三館が建ち並ぶ盛り場で、その奥が渋谷の奥座敷といわれる円山の花街となっている。ふたりはトッポイ野郎をみつけて恐喝するつもりだった。

『百軒店入口』と大書したアーチをくぐり、石畳を歩いていく。バーのドアを半分開けて厚化粧の女がタバコをくわえて立っている。ＧＩ相手の売春婦(パンパン)だ。

「ネエちゃん、どうだい商売は」

石井が冷やかすと、

「生意気な口きくんじゃないよ」

女が負けずに言いかえす。

この一帯は不良やヤクザにとって生活の場のようなものだった。

「おう、石井！」

背後から呼びとめられた。不良仲間の大山三郎だった。

「呼び捨てはねぇだろ」石井が表情をけわしくした。

「バカ野郎。気をつけて口きけよ。俺はいま安藤のところにいるんだぜ」

「安藤さんの？」

「ああ。そのうち舎弟にしてもらうんだ。おめぇら、なんなら安藤グループに入れてもらってやろうか?」

「頼むよ!」

意気ごむ森田を制して、「いいよ」と石井が口をとがらせて言った。

願ってもない話だが、大山の口ききとなれば、この先ずっと大山の風下に立たされることになる。そういう計算が瞬時に立つところがリアリストだった。終戦まぎわ、森田が海軍特別少年兵を受験するとつげたとき、石井は言下にこう言って反対した。「森田、海軍は腹が減っても海の上だぜ。差し入れはきかねぇからやめろ」

ものごとを単純に考える森田と正反対で、そういう意味ではいいコンビだった。

石井が断ったことで、大山がいきり立った。

「なんでぇ、そのいいぐさは! 安藤グループをナメてんのか!」

「いや、そういうつもりじゃ……」

「バカ野郎!」

いきなり石井を殴りつけた。森田が身がまえるのを石井があわてて制した。森田は深くは考えていないが、グループの名前をだされてケンカしたとなれば、グループに対する挑戦ということになってしまう。とりあえずここは穏便にすますことだった。

「悪かったよ」

「せっかく俺が口きいてやると言ってるんだ。よく考えてから返事しな」

大山としては舎弟を何人かもっていい顔がしたかったのだろう。

そして、翌日の昼――。石井と森田、花形の三人が百軒店の喫茶『カーネーション』でお茶を飲んでいると、たまたま大山が入ってきた。石井と森田をみつけると肩を揺すりながらやってきて、

「おう、どうした、決心したか」

と言ったときだった。

花形がトイレから出てきた。「おい、石井、野郎はなんのことを言ってるんだ？」

大山があわてる。

「な、なんでもねぇよ」

そこへ派手なスーツにソフト帽をかぶった細身の若い男が颯爽と入ってきた。先日、『菜館』のまえで安藤昇といっしょにバイ人を助けた男だった。

「あっ、島田さん」大山が最敬礼した。「ご紹介します。石井と森田と……」ひと呼吸おいて
「花形です」

「石井です！」

「森田です！」

ふたりは立ちあがってペコンと頭をさげ、花形はそっぽをむいたが、島田は頓着せず快活な笑顔をみせると、「大山、みんなでメシでも食ってくれ」長財布から素早く何枚かの札を引き

抜いて渡し、「じゃ、待ち合わせているもので」と言って店の奥にむかった。大山は札をポケットにねじこむと、そそくさと出ていった。

「垢抜けてんな」森田が感心する。

「そうだ、島田さんに頼めばいいんだ。森田、安藤さんのグループに入れてもらうぞ」

石井が奥の席に急ぎ、森田があわててそのあとを追った。

花形が席を立った。島田に頭をさげる石井と森田を一瞥してドアを押した。

安藤グループの跳躍

ケンカをふっかけて叩きつぶす。

単純明快だった。

勝てば兵隊が傘下に集まってきて勢力は拡大していくが、一度でも〝負け犬〟になったら渋谷に住んではいられなくなる。小光が安藤に言ったように不良やヤクザの世界は〝椅子取りゲーム〟であり、椅子の数は上にいくほど少なくなって最後はひとつになる。誰がその椅子に座るか。命懸けのケンカだった。

安藤グループは不良と見れば問答無用でシメていった。危機感をつのらせた不良たちが泣きついたのが、丹下次郎——通称「渋谷(シブヤ)のたんちゃん」という暴れん坊だった。兵隊帰りの二十代後半。無精髭をいつも生やしていて、熊をおもわせるような獰猛な顔と体軀をしていた。中国戦線で敵兵三人を銃剣で刺し殺したとウワサされている。一本独鈷の不良だが、たんちゃんの度胸を買って親分衆が可愛がっていて、映画館『テアトル渋谷』の用心棒などをやっていた。「安藤ってな、しょうもねぇ野郎だな」不良たちの直訴にたんちゃんが舌を鳴らし、「わかった。俺が注意しといてやるぜ」と言った。

この話がすぐに安藤の耳に入った。

「そうかい。じゃ、注意してもらおうじゃないか」

加納と島田にニヤリとした。

三人は喫茶店を出ると、夜の街を『テアトル渋谷』にクルマを走らせた。たんちゃんは入口の椅子に座っていた。不良やヤクザたちが挨拶すると「おう、入っていいぞ」「だめだ、てめぇは」と追いかえしたりしている。

安藤たちが入っていく。

「おめぇらはだめだ」たんちゃんが立ちあがって通せんぼした。

「なんでだ、入場券をもってるんだぜ」安藤が言う。

「入場券だと？　見せてみろ」

「ほらよ」

安藤が手のひらを見せ、加納も島田も「ほらよ」と言ってそれにならい、ニタニタ笑った。

「てめぇら……」たんちゃんの獰猛な顔に朱がさした。「渋谷から出ていけ。調子に乗ってると命を落とすことになるぜ」ふところに手を差し入れようとして顔がひきつる。安藤が拳銃を脇腹に突きつけていた。

「命を落とすのはどっちだ」

「撃てるのか？　撃ってみなよ」たんちゃんが居直った。「てめぇ、死ぬまで刑務所（ムショ）だぜ」

加納の腕が動いた。〝象さんパンチ〟がアッパーでたんちゃんの鳩尾（みぞおち）にくいこむ。呼吸がとまる。目を鬱血させ、加納に身体をあずけるようにして膝を折る。加納と島田がたんちゃんを両脇からかかえて外へ引きずりだし、クルマの後部座席に押しこむと後ろ手に縛り、猿ぐつわをした。

「箱根だ」

安藤が命じ、島田の運転でクルマは箱根にむかった。

箱根山中でクルマを停めると、トランクから携帯スコップを取りだし、地べたに正座するたんちゃんの前に放り投げて安藤が言う。

「掘れよ、てめぇが入る穴だ。大きさはまかせるぜ」

「ま、待ってくれ……」

哀願した。

「助けてやったらどうです」

島田が言う。

「そうだな。渋谷の仲間だ。助けてやるか」

安藤の言葉に、たんちゃんが安堵の表情をうかべたところで、

「いや、殺っちまおう」

安藤の冷酷な言葉に小便をもらした。助かるかもしれないという一縷の望みを断つことで、心が凍るほどの恐怖を味わったはずだ。安藤流だった。たんちゃんはその夜のうちに渋谷から姿を消す。

たんちゃんを可愛がっていた親分衆や幹部たちは見て見ぬふりをした。ヘタに口をはさんで、安藤たち〝狂犬グループ〟に嚙みつかれたら面倒なことになる。ヤクザたちの黙認は、渋谷の不良は安藤が制したということのお墨付きでもあった。

ヤクザたちとは一線を画し、混沌とした戦後社会を腕一本で颯爽とのし上がっていく安藤とそのグループに、東京中の不良たちがあこがれた。勝手に安藤グループの一員を名乗る者もいて、彼らはこう嘯いた。

「よその不良ともめてヤバクなったら、安藤の名前をだせばいいんだ。〝おそれいりました〟になる。安藤の名前はペニシリンよりよく効くんだ」

当時、もてはやされた抗生物質のペニシリンに安藤をたとえるのだった。

島田の言ったとおり、渋谷進出によって安藤グループは経済的にもうるおう。ヤバイがカネになる仕事の依頼は、武闘力に比例するからだ。最初の大きなシノギは、中国人のクーポン偽造団のメンバーのひとりである張（ちょう）という男からだった。分け前のことで仲間割れしたので、「リーダーからカネを巻きあげてくれ」という依頼だった。

戦後間もない時代、物資は配給制になっており、通産省発行のクーポン券がなければ物資を調達できなかった。そこでこの中国人グループがクーポン券を偽造し、統制品の配給物資を横流ししていた。

「日本を食いものにしゃがって、とんでもねぇやつらだ」

安藤が憤ったが、島田は平然と言った。

「ワルを脅してカネをむしりとる。いいんじゃないですか」

「よし」

安藤は決断した。

その夜、舎弟の三崎清次と32口径のブローニングを用意し、張の案内でリーダーである王（ワン）の邸宅を急襲する。安藤が感心したのは、王があっさり話を呑んだことだ。争うよりカネで解決したほうがリスクがすくない。そう判断してのことだろう。金持ちケンカせず、といったところか。今回だけ、そして誰もこのことを口外しないことのふたつが条件だと言った。

明朝、王はトラックをつらねて紙問屋の倉庫にいくと、配下たちがドラム缶ほどもある新聞用ロール紙を積みこみ、五分ほど離れた別の倉庫に運んでおろした。仕事はこれだけのことだった。王は安藤と三崎を中華料理店に案内すると札束をテーブルにおき、ふたつの山に分けて、

「二百万――。これ、あなた方のぶん（分）です」

と言って、山のひとつを手で押しだした。現在の貨幣価値に換算すれば億単位になる。目もくらむような大金だった。その半分をあとで依頼者の張に渡した。

安藤は虎ノ門でレストランを経営する中国人の友人に頼んで、ウイリース・ジープを売ってもらった。自転車でさえ庶民には高嶺の花で、日本人がまだ車を持てぬような時代に安藤は得意になってジープを乗りまわした。

さらに、渋谷の繁華街である宇田川町にあった喫茶『故郷』を買い取り、安藤グループの拠点にした。ヘンリー山田という二世の下士官と知りあったのもこのころで、『故郷』を事務所がわりにしてＰＸ（軍隊内の売店）物資の横流しをはじめる。食料品からタバコ、衣類……などをヘンリーがＰＸで購入し、それを安藤たちがさばくのだ。バレれば重刑だが、そんなことはいってはいられない。安藤はこれを組織化し、所沢、府中、朝霞、横浜、横須賀、御殿場といった進駐軍のベースキャンプから仕入れ、売りまくった。安藤の兄弟分で、「銀座警察」として名を馳せる高橋輝男の紹介で、銀座三丁目に洋品店『ハリウッド』を開き、ここを隠れ蓑に銀座の出先として荒っぽい闇商売をつづける一方、原反（製品になるまえの生地）を仕入れ、手堅いビジネスもはじめた。

飛ぶ鳥を落とす勢いだった。アメ車を次々と買い換え、ハンドルを握って安藤が颯爽と渋谷にあらわれると、不良やヤクザ、商店主、そして水商売の女やボーイたちが憧憬のまなざしで見るのだった。

二十二年春、安藤は昌子と結婚する。その半年前、三重航空隊に昌子が訪ねてきて以来、二年半ぶりに再会した。営業をはじめた新宿の喫茶店『ジャスミン』で消息を聞き、渋谷を探し歩いたのだという。昌子の一途な気持ちがいじらしくもあったが、毎日を修羅場に生きる安藤は世帯をもつ気はなかった。


「結婚はできない」

「どうしてですか」

「お前が不幸になるだけだ」

「不幸かどうかは、わたしがきめることです」

「いつ死ぬかわからないぞ」

「かまいません。わたしもあとを追います」

「長い長い懲役に行くかもしれないぞ」

「覚悟しています」

「女遊びするぞ」

「はい」

そこまで言うのなら——。安藤は結婚することにした。昌子の父親は教師で、愚連隊との結婚に猛反対したが、妊娠していることを打ち明けられ、折れた。安藤の両親とも会い、ふたりは結婚する。挙式は四月二十三日、昌子の阿佐ヶ谷の自宅ときまった。ところが当日、安藤は姿をみせなかった。安藤の父親が新郎のかわりをつとめ、前代未聞の挙式は執りおこなわれた。

「忘れていた」

安藤はそう言った。

忘れる人ではない。昌子にはわかっている。「忘れていた」という一言に、これから苦労するぞという言外のメッセージを読み取ったのだった。

安藤は渋谷を睨み、渋谷駅にほど近い高台の金王町に新居をかまえた。

自分の眼力を信じる

参謀役の島田は、つねに安藤グループの今後に思いをめぐらせていた。ＰＸの横流しは順調にいっている。組織化したことで利益は飛躍的に伸びたが、当然それに比例してリスクも大きくなる。このままつづくとはおもわない。さいわい『ハリウッド』でやっている原反の仕入れビジネスは手堅く、大きな利益をあげているが、安藤グループは愚連隊なのだ。不良集団に堅気ビジネスがどこまでつとまるだろうか。

そんなことを考えているところへ、人を介して中国人ギャングから用心棒の打診がきた。《玉ころがし》という大通りに店舗を張った賭博の元締めで、渋谷を縄張りにする徐可連だった。中国人グループはヤクザなど〝外敵〟に対しては一致団結して戦うものの、横浜系、台湾系、中国本土系などいくつかのグループに分かれていて、内部抗争もすくなくないと聞いていた。徐可連は台湾系だった。

島田はどうすべきか判断に迷った。いま、中国人ギャングのケツ持ちという危ない橋を渡ることのメリットがあるのかどうか。島田は安藤と三崎と三人で食事をしながら話してみた。

「ウチがチャイニーズのケツ持ちですかい?」

三崎が渋い顔をした。戦勝国民としてデカい顔しているのが気にいらないのだ。食券のヤミ売り時代、彼らに何度も絡まれた苦い経験があるからだろう。

だが、安藤はちがった。

「俺たちは商人じゃない」

グラスをおいて言った。「PXの横流しはうまくいっているが、仕入れて売るというのはカタギの商売で俺たちがやることじゃない。ケツ持ちがつとまるかどうか、ヤクザも愚連隊もここで値打ちがきまる」

「そりゃ、そうですが」三崎が遠慮がちに異をとなえる。「中国人ギャングのケツ持ちというのは気分的にしっくりこなくないですか？」

「おまえ、いつから金主を選ぶようになったんだ」安藤が三崎を見すえて言う。「アメ公と組んでPXの横流しはよくて、中国人ギャングのケツ持ちはなぜだめなんだ。俺たちは愚連隊だぜ。しっくりくるとかこねぇとかエラそうなこと言える立場じゃない。徐に会って話をする」

二日後、喫茶『故郷』の奥にある特別室に徐を呼んで、安藤、島田、三崎の三人が会った。同じ渋谷なのでお互い顔はしっているが、こうして話をするのは初めてだった。徐の声は青白い神経質そうな顔そのままに甲高かった。

「ワタシと賭場を守って欲しい」

安藤がうなずいて言う。「支度金百万、月々三十万。俺は〝上げ下げ〟の交渉はしない。呑むか蹴るかどっちかにしてくれ」

三十万円は現在の実質的な価値観からいえば五百万円に相当する。「いくら出す？」と問いかけるのは商人のやることだ。「高い」「安い」の駆け引きをし、お互いが泣くことで折り合いをつける。安藤はちがう。八百屋がニンジンやダイコンを売るわけじゃない。自分の命を懸ける値段なのだ。だから自分できめる。呑むか呑まないかは相手の問題なのだ。

徐は安藤をじっと見つめた。これまでいろんなヤクザと仕事をしてきたが、彼らとの交渉は駆け引きだ。「いくら出すか」「いくらなら呑むか」――押して引いて、ハッタリをカマシながらお互いが腹をさぐりあう。だが、この男は駆け引きする余地がない。オール・オア・ナッシングなのだ。こんな交渉の仕方は初めてだった。若いが、たいした男ではないか。

「ワカリマシタ」徐が手を差しだした。

「あんたの商売は誰にも邪魔させない」安藤の言葉に気負いはなかった。

三崎を責任者にして徐の身辺警護をさせ、若い者三人に〝道具〟をもたせて賭場に張り付かせた。石井と森田のふたりには連絡係を命じた。何事もなく一ヶ月がすぎた。島田は何事もないことが気になった。中国人は二千年近くをかけて万里の長城を造成する国民性だ。あわてず、あせらず、じっくりと狙いを定めて手をだしてくるだろう。「油断するな」と三崎に念を押した、まさにその直後だった。

「兄貴！」

森田が喫茶『故郷』に駆けこんできた。「陳とかいうギャングが事務所に乗りこんできて、徐とやりあってます！」

安藤がブローニングの安全装置を外して素早く立ちあがった。「陳は横浜系だ。ヤバイことになるかもしれねぇ。島田、おまえはここに残って、うちの連中に待機させろ」

店を出ると、森田がエンジンを吹かして待つビュイックに飛び乗った。

事務所は殺気が張りつめていた。

黒いチャイナ服を着た初老の男が鋭い眼光で安藤を一瞥した。眼窩が落ちくぼみ、顎が異様にとがっている。この男が陳にちがいない。ソファに背をあずけて座る陳のまえに顔面を蒼白にした徐が立ちつくしている。そして徐を背後から囲むようにふたりの中国人ボディーガードが立っている。大型の拳銃を仕込んでいるのだろう。派手なスーツを着たふたりの胸元がそれぞれふくらんでいた。

三崎と目があった。三崎がかすかにうなずく。安藤がふところからブローニングを抜きざま陳の胸元に狙いをつけた。ボディーガードの手が動く。「じっとしてろ！」三崎がリボルバーを両手で拝むようにかまえた。ボディーガードたちがその場に固まった。

「森田、石井、ヤツらの銃だ！」

三崎に言われて、弾かれたようにボディーガードたちのふところから拳銃を取りあげた。

「徐さん、通訳してくれ」安藤が言った。「渋谷から手を引くか、地獄に落ちるのがいいか、好きなほうを選べ、とな」

壁のむこうから賭場の喧噪と歓声が聞こえてくる。陳がゆっくり二度、三度うなずいてから薄ら笑いをうかべた。

「そんなに面白いか？」安藤が薄ら笑いをかえすと、無造作に引き金を絞った。32口径の乾いた発射音は賭場のどよめきにかき消された。右肩を撃ち抜かれた陳がもんどりうって床に落ちた。陳の顔が恐怖にひきつる。

「笑えよ」安藤が拳銃をかまえた。

「ヤ、ヤメテクレ……」

「さっきのようにニタニタ笑ってみせろよ」

「ワルカッタ」片手をついて土下座した。

だが、帰せばかならず報復にくる。面倒なことになるだろう。

（殺（や）っちまうしかないか）

安藤は胆をくくったが、骸（むくろ）の後始末を考えたらここで殺るわけにはいかない。

「三崎、桜ヶ丘へつれていけ」

と命じた。抗争にそなえ、前線基地として秘密の部屋を何ヶ所か借りてあり、「桜ヶ丘」とは三楽荘というアパートのことだった。

三人を一室に監禁し、三崎が拳銃を握って監視している。陳のチャイナ服は黒色なのでよくわからないが、ぐっしょり濡れているところをみると、かなり出血している。渡世の義理で弾きはしたが、陳に恨みがあるわけではない。殺るにしても、とりあえず止血してやろうと安藤はおもった。森田に命じて傷口を消毒してやり、アカチンをぶっかけ、包帯できつく縛ってやった。陳は険しい顔のまま一言も口をきかなかった。

島田が合流し、「全員待機させています」と報告した。三人を監禁した一室のドアを見やり、

「殺りますか？」と目で問いかけた。

「話してみよう。中国人は信義に篤いという。殺るかどうかはそれからだ」

隣室に入り、安藤が言った。

「あらためて挨拶しよう。私は安藤だ」

陳が無言でうなずく。

「私は徐に雇われた用心棒だ」一語ずつ区切り、陳が理解できたかどうか確認しながら語りかける。

「徐と、彼の賭場を護るのが私の仕事だ。これは徐との約束であり、約束の上にビジネスが成り立っている。私は命を懸けて約束を守る。あんたが正しいか、徐が正しいか、それは私には関係のないことだ。わかるか？」

陳がうなずくのを待ってつづける。

「これからも私は徐を護らなくてはならない。あんたが徐に手をださないと約束するなら解放しよう。だが徐を狙うというなら、いまここで命をとらなければならない」

陳がじっと安藤の目を見る。その視線を安藤が跳ねかえす。島田は息を呑んで陳の返答を待った。

「ワカッタ」陳の顔がほころんだ。「約束スルヨ、安藤サン。徐ハ許サナイ。タケト、アナタ、信用スル」

陳が差しだした手を安藤が握りかえした。

島田が安藤の横顔を見つめる。口約束だ。陳が約束を守るかどうか保証はない。陳が報復に動けばグループから多くの死傷者をだす。それでも安藤は陳の〝男の一言〟を信じて解放する。自分の眼力を信じる。これほどのすさまじい度胸があるだろうか、とおもった。

「殺せ！　耳も鼻も落とせ！」

梅雨が明け、初夏の日差しが目にまぶしい季節になった。花形が宇田川町の喫茶『マイアミ』でビールを飲みながらひとりで涼んでいた。

店の外が騒がしくなった。

「安藤昇がきたぞ！」

声が聞こえてくる。

ボーイが外へ飛びだしていった。

花形が窓から外を見た。車種はわからないが、でっかいアメ車が通りに停まった。助手席から石井が飛びだし、大急ぎで後部ドアをあける。白いスーツの安藤が降り立つ。通りに何人もが出ていて、〝ウワサの安藤〟をひと目みようとクルマを遠巻きにしている。森田が運転席から急いで出てくるとトランクを開け、ダンボールをかかえて喫茶『故郷』へはこんでいく。

花形がじっと眺めている。五分ほどで安藤が『故郷』から姿をみせ、島田を先頭に舎弟たちにまじって石井と森田もあとにつづく。安藤が運転席に乗ると、いっせいにお辞儀して見送った。

「石井、森田！」

花形が窓を開けて怒鳴った。ふたりは顔を見合わせてから『マイアミ』に入ってきた。

「敬さん、しばらく」

「ちょいと見ねぇとおもってたら、おまえら安藤の三下やってんのか」

「おいおい、三下は勘弁してくれよ」石井がやんわりといなし、「修行中と言ってくれねぇか。なあ、森田」

「ああ、俺たち修行してるんだ」

「バカ野郎が、男は一本独鈷だろう」

「そんなこといわねぇで、敬さんもウチに入ったらどうだい。いま安藤を見ただろう？　カッコいいだろう？」

「石井、ケンカは格好でするもんじゃねぇよ」

そうは言ったが、花形は『菜館』のまえで安藤が若いバイ人を助けたときから、ずっと気になっていた。ケンカには自分も自信がある。だが、安藤の強さは自分とはちょっとちがうのではないか。胆をくくったなら平然と人を殺す——そんな凄味があった。

「まあ、敬さん、その気になったらひと肌脱ぐから考えておいてくれよ」

石井が話を切りあげ、サッと伝票をつかんで腰をあげた。

（バカ野郎たちが、カッコつけやがって。安藤がなんだってんだ）

ジョッキをあおった。

「おい、もう一杯だ！」

怒鳴りつけるように言った。

安藤がドスで頬をハスられ、重傷を負うのは、この数日あとのことだった。


その日の夕刻、三国連盟の蔡劉邦は銀座並木通りをぶらついていた。赤っぽいチェック柄のハデなジャケットの襟に《連盟》の金バッジが光っている。前方から若いアベックが談笑しながら歩いてくる。すれちがいざま、

「てめぇ、とこ見てやがる！」

青年にインネンをつけた。

「い、いいえ、僕はなにも見てません」

「なにをこの野郎！」

いきなり顔面をブン殴り、

「このオンナ、もらていくぞ！」

「や、やめてください！」

「よし、勘弁してヤル。カネをたせ」

流暢な日本語だが、すこし訛っている。戦前戦中は嘲笑されバカにされたその訛りが、いまは〝戦勝国民〟の証となって日本人を威圧していた。蔡は財布ごと巻きあげると肩を揺すって歩きだした。

彼らは満員電車で座席に大の字に寝ころぶなど好き勝手にふるまっただけでなく、隠匿物資の摘発と称して強盗同然に押しいることもあった。縄張を荒らされる地元ヤクザとぶつかり、浜松事件、広島事件、渋谷事件、京都、福岡など全国各地で抗争事件が続発した。著名な新橋事件では、松田組が物干し台に旋回機銃を据え付けて応戦している。渋谷でも三国連盟の連中とのトラブルはしょっちゅうで、安藤は傍若無人な振る舞いを目にすると容赦なく叩きのめした。「渋谷のアンドウ」はアンタッチャブルとして彼らのあいだでよくしられていた。

蔡が馴染みの喫茶店でひと息いれようと、一本筋違いのみゆき通りの交差点をわたったときだった。前方から真っ白いスーツに花柄の派手なネクタイを締め、ソフト帽をあみだにかぶった男が歩いてくる。

（安藤だ！）

足をゆるめた。

安藤が歩きながらショーウィンドウに身体をむけ、ソフト帽のかぶり方を直している。

（キサな野郎だな）

敗戦国民のくせに、おしゃれで垢抜けている。それが蔡は気にくわなかった。

すれちがった。

「安藤サン」

呼びとめた。

安藤がふりかえる。

蔡の襟元に視線を走らせる。

「なんのようだ」

「挨拶したのに、トーして黙って行く」

「そういうことか」

安藤が肩をすくめた——蔡がそうおもったと同時に鼻が衝撃で曲がった。パンチを顔面に受けて尻から仰向けに倒れる。安藤が馬乗りになってきた。

「てめぇ、誰にケンカ売ってるのかわかってんのか！」

襟をつかんでなおも殴りかかってきた。

「待ってくれ！」

思いもかけない先制攻撃に叫ぶと、安藤の拳がとまった。

「ジャケットを脱カせてくれ」

「対でやる気か。よし、いいだろう」

安藤が手を放した。のろのろと起きあがる。ジャケットから片手を抜き、もう片方を脱ぐとみせかけておいて、ズボンのベルトの後ろに差したドスを抜きざまに安藤の顔をハスった。一瞬の間があって血が噴水のように中空に飛んだ。安藤が頬を押さえている。指の間から血がしたたり落ちた。腕をつたい、白いスーツが真っ赤に染まる。「渋谷のアンドウ」の顔を斬ったのだ。喝采を叫びたい気分だった。

「ザマミロ、でかい顔して歩いていると……」

言いかけて凍りつく。血染めの安藤の顔は怒りに燃えて阿修羅のようだった。

「てめぇ、殺してやる」

地獄の底から聞こえてくるような凄味のある声で言った。

(刺せ！　刺し殺せ！)

蔡は自分に言いきかせるが、恐怖で手も足も動かない。

安藤が足もとのレンガを拾いあげた。蔡の足が勝手に走り出していた。ドスを握ったまま路地から路地へ死に物狂いで駆ける。背後に安藤の足音がする。ドスをもって逃げる男と、それを追う血だらけの男。通行人が悲鳴をあげて脇によけた。

銀座五丁目の交詢社ビルの裏道を抜け、七丁目まできて蔡は息があがった。逃げきれない。『山小屋』という酒場の看板に灯りがともっている。飛びこんだ。木製の厚い扉を渾身の力で閉めるとカギをかけた。

――開けろ！　てめぇ、殺してやるから開けろ！

ドアに体当たりしている。中年マスターが腰を抜かして口をパクパクさせている。サイレンの音が次第に近づいてきて、店のまえで停まった。
——警察だ！
——What are you doing!（おまえ、なにをしている）
ドアのむこうで英語と日本語の両方が聞こえる。市民が通報したのだろう。警察とＭＰがいっしょに駆けつけてきたのだ。
——放しゃがれ！　野郎にオトシマエつけるんだ！
——Be quiet!（おとなしくしろ）
——Arrest you!（おまえを逮捕する）
——バカ野郎！　俺は被害者だ！
安藤が抵抗していたが、強引に連行されたのだろう。静かになった。安堵する。ニヤリと笑ったが、すぐに不安に襲われる。安藤がこのまま黙っているわけがない。
ＭＰはわめく安藤を押さえつけ、新橋の十仁病院にはこびこんだ。安藤の右頬は手が入るくらいの傷が口を開け、肉片がザクロのようにぶらさがっている。安藤は麻酔をかけないでくれと医者に言った。麻酔をかけると傷痕が汚くなると聞いていたからだ。医者はそんなことはありえないと否定したが、安藤が頑としてきかなかったため、麻酔なしで執刀した。中縫い七針を入れ、計三十針を一時間半かけて縫合した。激痛に脂汗を流した。

急を聞いて島田や三崎たちが駆けつける。入院するよう医者は強く言ったが、安藤はそれをふりきり、新宿の紅葉館という旅館にクルマを走らせて横になった。島田が安藤に付き添い、渋谷に帰った三崎が陣頭指揮をとる。蔡を探して安藤グループが東京中の盛り場に散った。


蔡は安藤に対する傷害罪で逮捕され、築地署に留置された。弱体化したとはいえ、警察が護ってくれるのだ。ここ以上に安全なところはあるまい。蔡は安堵し、この夜は留置場でぐっすり寝た。

そして二日目の昼前。司法主任の言葉に鳥肌が立つ。

「さっき安藤が示談書をもってきたんだ。〝俺が悪かった〟って言ってるし、おまえと友達なんだってな。保釈してやってくれって、安藤が包帯巻いたままやってきたよ。ありがたい話じゃないか。どうした、蔡？　具合でも悪いのか？」

蔡の身体が小刻みに震えた。「主任、ちがう、友達じゃない。安藤は俺を殺る気ダ」

主任は結局、安藤には翌朝十時に保釈するとつたえておいて、九時前に蔡をだした。署の玄関先で保釈人が殺されたとあってはメンツが丸つぶれになる。築地署のまわりを固める安藤グループを見て胸をなでおろすのだった。

千載一遇のチャンスを逃して、安藤はこぶしを握りしめて三崎に命じた。

「絶対に探しだせ。見つけたら、その場で叩き斬れ！　殺せ！　耳も鼻も落とせ！」

紅葉旅館に島田と帰った安藤は鏡台のまえに座った。

鏡をじっと見つめる。顔半分を包帯で巻いている。

「これじゃ、お岩さんだぜ」

冗談を言ったが声は固かった。

背後の島田も返事をしないで見まもっている。安藤が包帯に手をかけ、ゆっくりと解いていき、ガーゼを引き剝がした。安藤が凝視する。倍ほどに腫れあがった顔の左の耳の上から口元にかけて、大きな百足(むかで)が一匹へばりついていた。血が黒く固まっている。島田が息を吞む。

「みっともねぇな」安藤がつぶやくように言う。「ヤクザでも、こんなひでぇ顔したのはいねぇだろう。カタギに未練はねぇけど、二度とカタギにゃもどれねぇな」

「安ちゃん、蔡はかならず見つけだすから」

安藤がうなずいて、

「ヤクザでけっこう。特攻隊で死ぬ命を、おまけで生きているんだ」

毅然と言った。

蔡は三国人連盟に匿われ、仲間の住まいを転々としていた。二ヶ月がたったが、安藤グループはいまも自分を探しまわっている。「殺せ！」と命じられていることもつたえ聞いている。

「蔡、逃げ切れないんじゃないか」連盟の幹部である黄雄仁が言った。

「じゃ、地方へ？」

「バカ野郎、もっと目立つじゃねぇか。手打ちにもっていくしかないな」

「無理ですよ」

「どうかな。高橋が間に入ればなんとかなるかもしれねぇ」

「高橋さんて、銀座の？」

「安藤と兄弟分なんだ」

高橋輝男は安藤より三歳年長で、浦上信之率いる〝銀座警察〟の実質的責任者であった。目黒区の祐天寺の出身であることから「祐天のテル」と呼ばれる。のち住吉一家大日本興行を設立してその名を馳せる。武闘派としてだけでなく、近代的な経営感覚の持ち主としても聞こえていた。黄は高橋と仕事上のつき合いがあり、蔡を紹介するというのだった。

翌日、黄が高橋に会って打診した。

「それはできない」

高橋は断った。話は逆だ。高橋は蔡を殺る側なのだ。

「立場はよくわかっている」黄は粘り強く説得した。「カネの話じゃないことは承知のうえで言うんだけど、俺が治療費として三十万用意する。話をまとめてくれなくてもいい。安藤サンに伝えてくれるだけでいい」

三十万円はいまの実質的な貨幣価値で五百万円に相当する。これが高いか安いかはともかく、三国人連盟と銀座のシノギに絡んで交渉事があった。

「つたえるだけだぜ」

「頼む」


翌日の夜、高橋が喫茶『故郷』にやってきた。島田と三崎が奥のテーブルで安藤を囲んでいた。

「いらっしゃいませ」

島田と三崎が遠慮してすぐさま立ちあがって席を離れようとすると、

「いや、いいんだ。かまわないから座っててくれよ」

高橋が言って安藤の頬をのぞきこんだ。

「抜糸したそうだな」

「縫ったあとがギザギザになって鏡餅のひび割れみてぇだろう」苦笑してすぐに真顔にもどり、

「で、なんだい？」多忙な高橋が用もないのにくるわけがなかった。

「蔡の兄貴分からたのまれてきた。治療費で三十万だすと言っている。俺に免じて辛抱してくれないか？」

「高橋、俺とおまえとの仲だが、こればっかりは呑めねぇな。手を引いてくれ」

「お前の気持ちはよくわかる、よくわかるぜ。じつは、蔡も悪かったと言って、そこのガード下まできているんだ」

安藤を見つめて言った。

三崎がすっと立ち上がった。


蒸し暑い夜だ。

蔡は首筋の汗をぬぐった。

高橋にここで待つように言われて十五分ほどになる。話はうまくいってるだろうか。「大丈夫だから、逃げたりしないでおとなしく待ってろ」高橋はそう言ったが、ここは安藤グループのお膝元である渋谷だ。

（もう十五分待って高橋がもどってこなかったら帰ろう）

そうおもったときだった。

足音がしてハッと顔をあげた。

「蔡、探したぜ」

三崎が冷たい声で言った。右手のドスが薄暗い裸電球に光っていた——。

渋谷の厄ネタ

安藤昇が《連盟》の男に銀座で顔を斬られたという話は、渋谷のヤクザや不良のあいだでもちきりだったが、二ヶ月ほどして蔡にオトシマエをつけたというウワサが流れた。蔡の顔をメッタ斬りにし、命はとりとめたが鼻も耳も削ぎ落としたらしいということだった。安藤グループの戦闘力があたらめて評価された。安藤の頬の傷はトレードマークとなった。

その日、花形が『マイアミ』のドアを押し、店内に足を踏みいれて顔をしかめた。不良たち数人が入口をかためるように席に陣取っていた。

石井と森田の顔があった。

「おまえら、なにやってんだ」不機嫌そうな声で言って、隣りの席にどっかりと腰をおろすと、不良たちを睨めるように見て言った。

「奥にいるんだ」森田が油断のない目配りをしながら人差指を頬に当てて言った。

花形が奥の席を見やる。安藤が中年紳士と差し向かいで談笑していた。「これってのは、安藤のことかい」花形が自分の人差指を頬に当てて笑った。

石井が渋い顔をした。「花形、口をつつしんでくれよ」

「なに言ってやがる」花形が鼻を鳴らして、ふと石井と森田の背広に目をとめる。胸元がふくらんでいる。「おまえら三下からボディーガードに格上げになったのか」

「ああ、命に代えて守るんだ」森田が得意そうに言って鼻をうごめかせる。「《連盟》の一件もあるからな。これからは、兄貴に指一本さわらせねぇ」

「兄貴？　ほう、安藤を兄貴って呼ぶのか。たいしたもんだぜ。ちょっと見ねぇあいだに、ふたりともいい兄ィになったじゃねぇか」

花形にほめられ、

「そうでもねぇけどよ」

森田がはにかむように笑ったところで、

「安藤を紹介しろよ」

切りこむように言った。

「い、いや、紹介といっても……」

「兄貴なんだろう？　身体張ってんだろう？」花形が眉根を寄せた。「まさか、自分はただの兵隊なんで紹介なんてできませんなんて言うんじゃねぇだろな」

「まあまあ花形」石井がなだめるように言う。「いきなり紹介というのもなんだから、またつぎの機会でいいじゃないか」

「つぎも今度もあるかよ。いま、この場で紹介してみろよ」

花形は執拗だった。安藤を「兄貴」と呼び、自分に対して胸をそびやかしてみせたように感じたのだろう。

安藤が席を立った。客人と握手をしてから島田をともなってこっちに歩いてくる。ボディーガードたちが立ちあがり、外に出て待機する。森田は迷った。気安く紹介できる立場ではない。ましてて花形が不遜な態度でもとったらどうしよう。安藤が近づいてくる。決心がつかないまま、「あ、あのう」と声が勝手に出ていた。

安藤が足をとめる。

「じ、自分たちの友達（ダチ）で、花形といいます。お見しりおきを」森田が最敬礼して一気に言った。

花形が立ちあがった。森田も石井も固唾を呑んだ。花形が軽く頭をさげた。

（花形が頭を！）

これには石井も森田も衝撃を受けるほどに驚いた。安藤がニコリとしてうなずくと、そのまま店を出ていく。われに返った石井と森田がそのあとを追った。

安藤がビュイックのハンドルを握る。助手席の島田が言う。

「あの花形というのは、ヤクザ連中も〝渋谷の厄ネタ〟といって敬遠しているそうです。親分だろうが幹部だろうがおかまいなしで、自分のことを〝さん付け〟で呼ばない人間には片っ端から勝負をかけてくるとか。それもステゴロで」

「そうか」安藤が短く返事してから、「こすっからく立ちまわる連中より、よっぽど気持ちがいいじゃないか」と言った。

第三章

朝鮮特需

昭和二十五年六月二十五日朝、ラジオのアナウンサーが切迫した声で朝鮮戦争勃発の臨時ニュースを報じた。米ソ冷戦の緊張が高まるなか、北緯38度線を挟んで対峙していた朝鮮人民軍が突如として南侵、韓国に攻めこんだのだ。米国トルーマン米大統領はただちに在日米海・空・陸軍に攻撃命令を発し、朝鮮半島全域が戦場となった。

「安ちゃん、臨時ニュースを聞いたかい？」

島田が『故郷』に顔をだすなり早口で言った。いつものようにふたりのときは「安ちゃん」と呼び、島田は友達言葉で話す。

「聞いた。特需が起こるな」安藤が即座に反応する。「すぐに原反を大量に仕入れよう。手持ちのカネだけじゃなく、あちこちから引っ張ってくれ」

「わかった」

島田があわただしく出ていった。

銀座・松屋デパートの裏の洋品店『ハリウッド』はＰＸ横流しの隠れ蓑だけでなく、原反

（衣服の生地）もビジネスにしていた。進駐軍の統制令によって品物の売買が自由にできないことに目をつけた安藤は、仲間の米軍二世にニセ書類とドルを用意させ、進駐軍の買い付けと偽ってデパートから原反をロールで仕入れ、問屋におろすのだ。横流しするだけで二千ドルの仕入れが三倍の六千ドルになった。統制令違反は進駐軍の軍法会議にかけられ、沖縄あたりの基地で強制労働だが、リスクを犯すだけの価値はあった。

そこへ降ってわいたのが朝鮮戦争だった。占領政策によって厳しい不況にあえいでいた日本経済は特需景気にわいた。ことに繊維・機械金属工業の活況はすさまじく「糸ヘン景気・金ヘン景気」と呼ばれた。千載一遇のチャンスと安藤はみたのだ。

ところが大量の設備投資によって繊維は過剰生産となる。しかも、劣勢だった米軍がソウル西方二十キロの仁川へ上陸を敢行してソウルを奪還。休戦がウワサされるようになって、繊維相場は次第に下降に転じはじめた。

「ヤバイよ、安ちゃん」

「よし、手仕舞いだ」

決断したが繊維相場は一気に暴落。原反を叩き売ったものの、借金を埋めれば手もとには一銭も残らなかった。『ハリウッド』は畳んだ。ＰＸの横流しは、買付の米軍グループが朝鮮戦争に出征したりしてネットワークが機能しなくなっている。

「もっと早く売り抜けておけばよかった」島田が溜息をついて、「ケンカとおんなじで、ブッ飛ばしたらさっさとズラかるべきだったね」

「しょうがないさ。人生という丁半バクチの壺振りは神様なんだ。どっちの目が出るかなんて、俺たちにわかるわけがないだろう」

「どうしようか？」

「どうもこうもないさ。頬にこの傷だ。いまさらカタギにゃもどれないだろう」

島田が笑う。「その傷は神様のイタズラで、安ちゃんはひょっとしてヤクザになるために生まれてきたのかもしれないね」

「じゃ、責任（ケツ）は神様に拭いてもらうさ」

当面、これといったシノギもなく、知人に鎌倉海岸に葦簀（よしず）張りを一軒世話してもらい、この年の夏場は遊びをかねて海水浴客相手の氷屋を開いた。三崎は「いい兄ィが氷かきですか」と渋い顔をしたが、安藤は「突っ立ってるだけでメシがくえるのはデパートのマネキン人形だけだ」と意に介さなかった。安藤にとっても舎弟たちにとっても、このひと夏は平穏で命の洗濯でもあった。

多少まとまったカネが手もとに残ったので、島田の助言で渋谷・宇田川町の栄通りに十二坪ほどのバーを買いとった。「安ちゃんはこれからもウチのグループから上納金（カスリ）をとらないだろう？　安ちゃんの身に万一のことがあっても家族が生きていけるようにしておいたほうがいいんじゃない？」島田はそう言った。八人のカウンター席、奥に四人掛けのボックス席が三つあった。インテリアが趣味の安藤が内装のデザインをした。看板はつくらず、ドアに『ATOMU』というローマ字のプレートを貼った。フランス風のしゃれた店がまえと、銀座から可愛い女の子を三人つれてきて雇った。店は繁昌した。

一方、道玄坂に東京宣伝社を設立する。宣伝といっても、当時はサンドイッチマンとプラカード持ちだ。店から強引に宣伝費をださせ、集めてきた浮浪者に衣装を着せてサンドイッチマンに仕立てたり、プラカードを持たせて店の前を行ったり来たりさせるのだ。こうして安藤グループは東京宣伝社を拠点としてあらたなスタートをきった。

朝鮮戦争が休戦にむけて動きはじめたことで、国内の米軍基地が一応の落ちつきをとりもどしてきた。朝鮮戦争で基地に物資は豊富で、安藤はＰＸの買い付けグループを再編成して横流しビジネスを再開した。経済力を得て陣容もさらにふくれあがる。府中刑務所から出所した志賀日出也が十数名を引き連れ、副将格として安藤グループに入る。兄弟分として新宿に加納貢、そして銀座に高橋輝男がいる。安藤グループは渋谷で〝台風の目〟となり次第に周囲を席巻しつつあった。

覚悟を磨く

その夜、花形はいつものように宇田川町を流して歩き、これもお決まりの三升(みます)屋というカウンターだけの小さな一杯飲み屋に腰を落ちつけた。

「はいよ、敬ちゃん」

店主の中村吉蔵が、花形の好物であるウナギの蒲焼きをカウンター越しにおいた。ウナギは花形にしかださない。先夜、花形が帰ったあと、匂いにつられたヤクザ連れが店に入ってきてウナギを注文すると、

「ない」

吉蔵が素っ気なく言ったため、

「てめぇ、このジジィ！」

怒ってコップ酒を床に叩きつけたが、吉蔵はもの静かな口調で言った。

「ウナギは花形敬さんの特注なんだ。それを承知でだせというならかまわないが」

花形という名前を耳にしたとたん、ヤクザたちが顔色をかえた。

「い、いや、いい」

あわてて席を立った背に、吉蔵が怒鳴りつける。

「チンピラ！　割ったコップ代をおいていけ！」

頑固者の吉蔵はヤクザや愚連隊に容赦なかったが、花形だけは別で「敬ちゃん」とちゃん付けで呼び、そう呼んで花形が怒らないのは吉蔵に対してだけだった。

「敬ちゃん、今日のケンカは？」

「うん、三人ばかり」

冷や酒をやって蒲焼きに箸をつけた。

「敬ちゃんが強いのはわかっているけど、身体は大事にするんだよ」

「大事にしたって死ぬときは死ぬさ」

「すぐそういうことを言うんだから」

吉蔵が苦笑する。

宇田川町は路地がいりくみ、キャッチバーや暴力バーが軒をつらねる非合法地帯で、「渋谷のカスバ」と呼ばれている。料金トラブルからケツ持ちのヤクザが駆けつけ、客を天井からロープで逆さ吊りにするなど荒っぽいことが平然とおこなわれていた。ケンカは毎夜のことで、花形は日が暮れると、あたりを睥睨（へいげい）しながらこの街を流して歩き、挨拶しないでシカトするヤクザがいればたちまち仁王の顔になってケンカを売った。花形が飲食店に用心棒代を要求すれば払う店は何軒もあるだろうが、シノギにはまったく関心をしめさない。だから〝厄ネタ〟と呼ばれるのだが、吉蔵はそんな花形が好きだった。

表で言い争う声がした。巻き舌のタンカはヤクザ者だろう。数人がひとりに脅し（ミカジメ）をかけているようだ。花形は気にもとめないで酒を口にはこんでいる。他人のケンカになど興味がないのだ。

「てめぇ、この野郎！」

怒声と同時に店の引き戸が大きな音をたて、ガラスが一枚割れた。殴られた男の身体が当たったのだろう。花形がコップをおいて立ちあがった。引き戸を開けて外に出る。四人のヤクザが路上に倒れた若い男を足で蹴っている。

「静かにしろや。酒がまずくなるぜ」

「あっ、花形！」

ヤクザのひとりが目を剝いた。

「呼び捨てにされたのは何年ぶりかな」

「そ、そんなつもりじゃ……」

「バカ野郎が、どんなつもりだ！」

花形のパンチが顔面にとんだ。男は悲鳴をあげて背中から倒れた。残りの三人は顔面を蒼白にしている。ドスで突っかかっていって勝てる花形ではない。渋谷のヤクザなら誰でもしっているいることだ。

「ガラス代をおいてとっとと帰りな」

花形がアゴをしゃくった。ひとりが財布ごとおくと三人がかりで倒れた男をかかえるようにして逃げていった。

花形が店にもどろうとすると、

「ありがとうございました！」

男が土下座して礼を言った。

「助けたわけじゃねぇよ。酒がまずくなるから、ちょいと注意しただけだ」

「あなたが花形さんでしたか。お名前だけはしっております」

小柄で、人なつこそうな童顔に花形は気をゆるしたのか、「寄っていけよ」と言って店に入った。

男は飯山五郎と名乗った。ヤクザ連中と肩がふれたことでインネンをつけられ、恐喝されたのだという。

「仕事はなにやってるんだ」花形がウナギの蒲焼きが入った皿を五郎に押しやった。

「栃木県から出てきたばかりなんですが、『クラブ宇田川』でボーイをやっています」

「そうかい。ちかいうち顔をだしてやるよ」

「ありがとうございます」

頭をさげたが、五郎は花形が言った意味がわかっていない。

「敬ちゃんがあんたのしりあいだということになれば、みんなが一目置くようになるよ」

吉蔵が口添えしながら、敬ちゃんは五郎のことが気にいったのだろうとおもった。敬ちゃんは飲みにくるときはたいていひとりだ。人間は粗暴であればあるほど気を許せる友だちに飢餓していることを、若い時分に渡世に身をおいた吉蔵はわかっていた。五郎は三十分ほどして席を立ち、何度も花形に礼を言って帰っていった。

「敬ちゃん、お父さんの具合はどう？」

「寝たきりだ。だから、おふくろが働きに出ている。進駐軍の将校の家でコックをやっているんだ」自嘲するように言った。「名家だなんだって威張ったところで、このご時世、土地をもっているだけじゃメシは食えねぇよ」本音を口にするのは、それだけ吉蔵に心を許しているからだろう。

「じゃ、敬ちゃんも仕事しなくちゃね」

「俺にできるのはヤクザくらいだ」

「安藤昇さんのところはどうなの？」真顔で言った。「安藤さんは垢抜けているし、ほかのヤクザとはちょっとちがうんじゃない？　評判がいいね」

花形は『マイアミ』で紹介されたときの安藤の笑顔を思いうかべた。たしかに魅力はある。あの人なら理不尽なことはやるまい。安藤の下でならヤクザをやってもいいというおもいがないでもないが、口をついて出る言葉はちがった。

「安藤だってヤクザはヤクザさ」

苛立ったように言った。

吉蔵に言われるまでもなく、身の振り方をそろそろきめなければならない。不良をやってはいるが、ヤクザじゃないという一点においてカタギの世界の住人なのだ。子供のころ、父親の正三がアメリカで自動車ディーラーに勤めていた当時の話をよくしてくれた。海軍兵学校に進む夢に揺るぎはなかったが、ビジネスの面白さや醍醐味は子供心にもわかっていた。ヤクザじゃない自分は足など洗う必要はなく、カタギの世界で働こうとおもえばすぐにでもできるはずだ。

だが、足がすくむ。商談でモミ手する自分など想像するだけで吐き気がしてくる。頭を下げるか下げさせるか、命をかけたステゴロ勝負の世界に身をおいた男は、カタギ社会の複雑な人間関係に身を置くことに二の足を踏むのだった。

ならば、ヤクザになるのか。そういう生き方が誉められたものでないことは、聡明な花形にはわかりすぎるくらいわかっている。「ヤクザなんかになって」といわれる世界なのだ。わかっていてなお、底の見えない暗い穴に身体が吸いこまれていくように、ヤクザ社会に同化していく自分を意識する。花形の苛立ちはここにあった。

二日後、花形は『クラブ宇田川』に顔をだした。花形が来店したと聞いて経営者がわざわざ店まで挨拶にやってきた。花形の口から飯山のしりあいだと言われて驚き、五郎の給料はその日から上がった。ヤクザ連中も、五郎には気を使うようになり、店でトラブルは一件もおきていない。五郎はマネージャーに抜擢され、店をまかされるようになった。花形のおかげと、義理堅い五郎は感謝を忘れなかった。以後、二人のつき合いがはじまる。

花形は三日にあけず店にきた。指名は千鶴子だった。色白で、背は小柄だがバストとヒップが張り出していて花形の好みだったのだろう。大人びていて、とても十八歳にはみえなかった。

千鶴子も花形を憎からずおもっていた。花形という人間よりも、肩で風切って歩く彼にあこがれたのだろう。腕を組んで歩けば、ヤクザや愚連隊が挨拶する。若い娘にとって最高に気分のいいことだった。千鶴子の実家は渋谷にほど近い代々木にあり、ここから渋谷区の関東女学院に通っていたが、ほどなく不良グループに入って退学、そして家出。ホステスとして店を転々としながら自活していた。

ごく自然に同棲し、やがて身ごもる。千鶴子は堕ろそうとおもったが、花形はそれをゆるさなかった。

のち、千鶴子は花形とのことを安藤にこう語る。

「敬さんはご存じのように短気でしょう。カッとなると平手が飛んでくるんだけど、そうじゃないときはとってもやさしいんです。外で見る敬さんは別人かとおもうくらい。妊娠してからは特にそう。重いものは持つな、立ちっぱなしはだめだ、栄養のあるものを食べろって、もう口うるさくて大変。ひょっとして、これが敬さんの素顔なんじゃないかとおもうくらい……。たぶん、安藤さんならおわかりいただけるんじゃないですか？」

このとき安藤は千鶴子が逮捕されたときのことをおもいだす。石井に聞いた話だが、千鶴子が知人のヤクザ宅で花形を待っていたときのこと。時間つぶしにヤクザの情婦と花札を繰っているときにガサ（手入れ）をくい、賭博現行犯で渋谷署に逮捕されてしまう。

これに花形が怒った。

すぐさま渋谷署に乗りこむと、

「千鶴子を釈放しろ！　代わりに俺が入ってやる！」

と大騒ぎしたという。

当然、聞き入れられる話ではなく、花形は渋谷署を出ると毛布を差入れし、「いいか、俺の女だ。大事にしろよ」と刑事に念を押したとかで、「あいつは平気で千鶴子を殴るくせに、あのやさしさはなんですかねぇ」と石井が首をひねったものだった。

花形は千鶴子を入籍した。このことは三升屋の店主である吉蔵と五郎にだけ話した。三升屋を臨時休業にし、花形と千鶴子、そして五郎を呼んで祝ってくれた。

吉蔵が乾杯の音頭をとってから言った。「千鶴子さん、敬ちゃんはね、亭主としてはどうかわからないけど、いい親父になるよ。おめでとう」

花形がさかんにテレている。吉蔵も五郎も、そして千鶴子も、花形のはにかむような笑顔を初めて見たような気がした。


「**俺は、あの人に呑まれている**」

ＰＸ物資の横流しなどビジネスは順調で、安藤は取引相手の外国人を円山町にある市松旅館に泊めたりすることがよくあった。食事もとれてくつろげるし、芸者を呼ぶこともできる。なにより人目につかないのが好都合だった。

ところが、安藤が出入りするうちに四十がらみの旅館の女将が熱をあげ、安藤も軽い気持ちで誘いに応じたところが話は意外な展開になっていく。女将は資産家で、市松旅館のほか渋谷駅前にパチンコ店と大きなアパートをもっていたが、ヒモがくっついていた。これと手を切りたいというのだ。追いだしてくれたら市松旅館の経営はまかせるともいう。和風の二階建てで部屋数は八つ。立派な風呂、そしておいしい食事となれば、行き場がなくて不自由をかこっている舎弟たちに一、二部屋をあてがってやることができる。

安藤はふたつ返事で引き受けると、女将といる道玄坂のレストランから石井に電話し、すぐにくるようつげた。

石井が息せき切って駆けつけた。

「あっ、ママさん！」

「なんだ石井、しってるのか？」

「じつは……」

石井が頭を掻きながら言うことには、市松旅館で仲間とヒロポンを打って女と遊んでいたのだという。ヒロポンはついこのあいだ——昭和二十六年に覚醒剤取締法が制定されるまでは薬局で売っており、石井に罪悪感は希薄だったが、安藤がヒロポンを嫌っており、グループの人間に使用も売買も厳禁していた。それで安藤の目をかすめ、市松旅館で打っていたというわけだが、まさか安藤が女将とつれだってあらわれるとは思いもしなかった。

「今回に限り大目に見てやる」

安藤が言ってから、女将のヒモと話をつけるよう命じ、口上を教えた。

――今日から安藤昇さんが市松旅館を経営することになりました。つきましては二度と立ち入らないでいただきたい。

「もしグズグズ言ったらどうしますか？」

「張り倒せ」

こうして市松旅館は安藤が経営することになった。階下の十畳間が島田、三崎クラスの舎弟たちが使用し、旅館の番頭役を安藤に命じられた石井は六畳間を番頭部屋と称して独占することになった。

縁とは不思議なもので、石井がここに住みこむことによって花形は安藤グループに入ることになる。

石井は森田にもクギを刺し、市松旅館の番頭役になったことを花形にないしょにした。かつては花形をボディーガードとして重宝したが、安藤の舎弟になったいま、〝厄ネタ〟の花形は鬱陶しい存在になっていた。だが、安藤グループは渋谷では目立つ。市松旅館に陣取っていることがすぐにしれ、花形が酔って乗りこんできたのである。

「石井、この野郎、結構な生活しやがって、なんで俺にだまってるんだ」

「だまってたわけじゃないよ」

「森田もなんにも言わねぇ。おかしいじゃねぇか」

「しってるとおもったんじゃないか」

「バカ野郎、いい加減なこと言うんじゃねえ。酒をだせ。腹へったな。なにか食わせろ」

花形が冷蔵庫を開けて、ハムを一本とりだした。

「そいつは困るよ、お客さんにだすハムだから」

「客にゃタクアンでも食わせろ」

花形が丸かじりした。シラフでも厄介な男だ。酒が入れば手がつけられなかった。

こうしたことが何度かつづいた。敬遠されればつきまとうのは人間の本能かもしれない。石井は危機感をつのらせていく。島田や三崎が花形の狼藉を目にすれば黙ってはいない。トラブルになれば、旅館ひとつあずかれなかったということでメンツにかかわる。石井も十代のころから不良として鳴らした男だ。ある夜、酒を呑んでやってきた花形に面とむかって言った。

「敬さん、よしてくれよ。俺は安藤の舎弟なんだぜ。あんたとは古いつき合いだが、立場ってものがある」

「バカ野郎！　安藤がどうした！　やってやろうじゃないか」

「あっ！」

石井が叫んだ。

安藤と島田が玄関から廊下を歩いてきたのだ。

「こ、こいつは自分の友達で花形と……」

「『マイアミ』で会っている」

仏頂面した花形がペコンと頭をさげた。これには島田も石井も驚いた。いや、花形自身、自分がなぜそうしたか当惑していた。安藤を罵った声は聞こえているはずだ。ところが歯牙にもかけないかのように、安藤はさらりと受け流した。

（俺はあの人に呑まれている）

花形は貫目のちがう男をまえにしてたじろいだ。

一方の安藤にしてみれば、花形は森田と同い年だと聞いている。自分より四歳年下だ。聞き分けのないヤンチャな弟のようなもので、ケンカは強いだろうが、自分たちは拳銃（ハジキ）で命のやりとりをしている。目くじら立てるほどじゃない。そうおもっていた。

「兄貴――」

石井が花形の気持ちを読んで咄嗟に言った。「よかったら花形も仲間に加えてやってくれませんか」

かつての国士舘時代がそうであったように、花形が同じグループに入ってくれれば人間関係がもっとうまいくと考えたのだった。

「本人の好きにすればいい」

安藤はそれだけ言うと、廊下を歩いて行った。

翌日、新宿の加納が島田に電話をかけてきた。

——おい、安藤が花形を舎弟にしたって本当かい？

例によってのんびりとした口調で言った。

「早いですね」

——なんだってあんな〝厄ネタ〟をかかえるんだ。

「さあ、安藤は安藤の考えがあるんでしょう」

——ノンキなこと言ってるな。〝厄ネタ〟の後始末をして歩くようになるぞ。

「加納さん、闘牛を牛小屋で飼えば暴れて厄介ですが、柵をした放牧地で飼えばおとなしいものです」

——わかったよ。安藤の器の大きさは認めるよ。

笑って電話が切れた。

一匹狼で、誰の下にもつかなかった花形が安藤グループに加わったというニュースはまたたくまに渋谷の盛り場を駆け抜けた。これで花形におさえがきくだろうと期待する者もいれば、ますます手がつけられなくなるのではないかと危惧する者もいて、ネオン街のうけとめ方は両極端だったが、花形は相変わらずだった。

安藤のまえでは軽口を叩くことさえなかったが、粗暴さは一段と激しさをましていた。花形が酔って宇田川町を歩くと、それを見つけた路上のキャッチが、

「敬さんがくるぞ！」

警告を発し、それが伝言ゲームのように歓楽街につたわっていってチンピラが蜘蛛の子を散らすように逃げていく。そしてバーやクラブの支配人は「うちの店にこないように」と身体を固くして祈った。

だが、一杯飲み屋の三升屋では吉蔵と楽しそうに話をしている。殴られているところを助けてやった五郎とその後もつき合っているが、花形の虫の居所が悪くてネオン街で暴れても、いっしょにいる五郎が、

「敬さん、そろそろ帰ろう」

と言うと、

「しょうがねぇな、五郎ちゃんがそう言うなら」

おとなしくしたがうのだった。

この話を若い連中から聞いた島田が「花形はジキルとハイドが棲んでいるんですかね」と安藤に首をかしげると、

「さあ、どうだかな。人間というのは、自分のことを嫌っているとおもえばよけいに暴れるし、この人ならと信頼を寄せる相手には足を踏まれても笑顔でいる。その振幅が花形はちょいとば

かり大きすぎるんだろう。純粋で不器用なんだな。こんなこと言っても信じる人間はいないだろうけど」

島田がうなずいた。純粋で不器用ということにうなずいたのか、信じる人間はいないということにうなずいたのか。島田自身もよくわからないことだった。

潮目の時

規律のない集団は〝烏合の衆〟であって、組織とはいわないのではないか。

島田の懸念はここにあった。

安藤グループはめざましい勢いで膨張をつづけている。愚連隊や不良外国人グループを蹴散らし、渋谷では博徒の落合一家、テキヤの武田組につぐ第三勢力にのしあがった。

だが、両組織と安藤グループが決定的に異なるのは組織としての結束力だ。落合一家も武田組も老舗組織で、筋が一本通った完全なる疑似家族組織になっている。たとえていえば四角い石を一個ずつ積みあげて完成させたピラミッドだ。だから強固で強い。

安藤グループはちがう。安藤というカリスマの下に舎弟たちが集まり、全員が安藤を仰ぎ見ることで成りたっている。当然ながら組織としての結束力は弱い。安藤グループの今後を考えた場合、ここをどうするか。

それが島田の懸念であり、避けては通れない問題だった。

「安ちゃん、どうおもう?」ふたりになったとき、島田が問いかけてみた。「うちの舎弟たちはてんでバラバラで、組織として考えた場合、やはり規律をきちんとすることが大事だとおもうんだ。安藤グループといっても、正確な人数すらわからないんだから」

「いいじゃないか。来る者はこばまず、去る者は追わずだ」

「でも、一本に固まっていないグループは弱くない? われ関せずだけならまだしも、ツノを突き合わすようだと、ちょっとまずいかなと」

　島田の懸念は石井と花形だった。渋谷のにぎわいは大きく宇田川町と大和田町に分かれていて、宇田川町は「渋谷のカスバ」と呼ばれるように飲食店が密集する歓楽街。大和田町は井の頭線のガード下から渋谷駅南口方面へ扇状に広がる一角で、この地区に大小数百の店舗からなる大和田マーケットがある。宇田川町を垢抜けた街とするなら、大和田町は一杯飲み屋に代表されるような庶民的で野暮ったい街といっていいだろう。安藤を見習っておしゃれに気を配る連中や花形は宇田川で遊び、石井のように大和田町が肌に合う人間は、この一帯を根城にしていた。そして、一匹狼の花形に対して、人間の機微につうじる石井は次第に最大派閥を形成するようになっていく。のち百人をこえる若い衆を擁し、「大和田」といえば石井一派をさした。

　島田は安藤の言葉を待った。なにも言わない。溜め息をもらすような、意味不明の生返事をした。関心のない話題に対して、安藤が生返事をすることを島田は承知している。いまの安藤は組織論など関心も興味もないのだ。特攻隊員として死ぬべき人生が敗戦で一転、想像だにしない方向に跳ねていく。明日のことをあれこれ考え、心を砕くことにどれほど意味があるのか。安藤の生返事はそうつげていた。

「じゃ、ちょっと用足しがありますので」

島田が話を切りあげて席を立った。

そして三日後、島田の懸念が現実のものとなる。

三崎清次は『アトム』の経営をまかされ、『くるみ』と店名をかえてキャッチバーをやっていた。安藤グループは自由気ままな愚連隊であって、代紋を掲げるヤクザ集団ではない。飲食店を経営する者もいれば、パチンコ店の用心棒をする者、出店のカスリをとる者など、それぞれの才覚でシノギしていた。博徒であれば賭場を開帳し、テキヤであれば庭場での商売(バイ)を仕切るなど代紋でメシを食うが、安藤グループはそうではなかった。言い換えれば、愚連隊の魅力はそこにあり、既成の価値観に反逆する若者たちが安藤グループにつらなっていた。

島田を安藤の参謀とするなら、三崎清次はグループの戦闘指揮官だった。新宿の不良時代から安藤と行動をともにした島田をナンバー2とすれば、三崎は安藤が渋谷に進出して最初に舎弟にした男でナンバー3の立場にあった。眼光鋭く、削ぎ落としたような細面は瞬時に火がつくような危険な雰囲気をもっている。島田がみんなの意見をまとめる協調派とするなら、三崎はおのれの信念を貫く孤高派だった。

　それだけに、花形とぶつかるのは時間の問題だったろう。島田は安藤との関係から別格として花形も認めているし、協調派であることからぶつかることもない。だが、三崎はちがう。元食券のヤミ売りで、『菜館』のまえで袋だたきにされているところを安藤に助けられた男だ。この場面を花形は見ている。しかも、安藤の片腕然として他の舎弟たちにさしずしている。花形としては、おもしろくない存在だっただろう。

　森田が『くるみ』で三崎とテーブルに座って飲んでいると、酔った花形があらわれた。

「おう、森田じゃねぇか。三崎にくっついてなにやってやがる」

「ちょっと飲んでるだけだよ」

　森田も心得ていて笑顔で応じる。

「ロックだ！」ボーイに怒鳴り、テーブル席をふたつ挟んで座ると、両脚をテーブルに乗せた。

「森田、このごろ俺たちのまわりに町公（商売人）がふえてきたとおもわねぇか？」

「そうか？」

「そうかじゃねぇだろ、バカ野郎」舌打ちをして、「俺たちゃよ、ガラクタ連中（外国人の闇商売人）から渋谷を守る〝守り神〟なんだ。そうだろう？　それがどうでぇ、町公じゃあるめぇし、いい兄ィが飲み屋のマスターやったりよ」

　森田に話しかけてはいるが、兄貴分の三崎を挑発しているのだ。花形に同調するわけにはいかない。さりとて否定したのでは花形は黙っちゃいない。森田はあせった。

「まあまあ敬さん、もうすぐジングルベルだ。気持ちよく飲もうぜ」

笑顔をみせたが、

「なにがジングルベルだよ。おい、お代わりだ！」

「花形」

三崎が抑揚のない声で言った。「お客さんがいるんだ。テーブルから足をおろせよ」

花形が三崎に視線を絞ると、ゆっくりと足をおろした。森田が息を呑む。花形がポケットからジャックナイフを取りだした。

「さっき余所者（よそもの）がこんなものだしやがったんで、半殺しにしてやったんだ」

ボタンを押す。カシャッと乾いた音を立てて刃が起きる。薄暗い店内で、ナイフが天井のスポットライトにキラリと光った。

森田があわてる。「け、敬さん、それはいくらなんでも」

花形の右手が動いた。ナイフが飛ぶ。森田と三崎の足もと近くの床に突き刺さって刃がブルルンと揺れた。三崎と花形の視線がからむ。

（ヤバイ！）

森田がなにか言おうとするが言葉が出てこない。

三崎が苦笑いした。

「花形、このへんでお開きにしたらどうだい」

瞬間湯沸かし器の三崎が自分をおさえて器量をみせた。森田はそうおもった。ところが花形は引かなかった。

「ナイフの始末はどうつけるんだ？」

てめぇはナイフを投げつけられたんだ、黙ってるのか——そう言っているのだ。

三崎はこともなげに言った。

「森田に投げたんだろ？　ふたりでケリをつけてくれよ。学生時代からの仲良しグループじゃないか」

さっと立ちあがってカウンターに入ると、クロスでグラスを磨きはじめた。

「森田、もう一軒つきあえよ」

花形も腰をあげた。カウンターのなかに拳銃がおいてあることは花形にもわかっている。ここでさらにもめれば三崎のことだ。躊躇なく引き金を引く。殺されるのは恐くはないが、安藤グループの先輩に酔ってケンカを売ったあげく射殺されたとあっては聞こえが悪かろう。

（それに）

と花形はおもう。

三崎の野郎、ケンカの呼吸はさすがだと納得もするのだった。以後、花形と三崎が衝突することはなかった。認めた相手とは一線を画す。それが花形という男だった。

三崎はこの夜のことは一言も口にしなかったが、森田からいきさつを聞いた島田は決心した。安藤グループはきちんとした組織に変えなければ自壊してしまうかもしれない。石井の大和田グループの若い衆のなかには、石井に乱暴な口をきく花形に敵意をいだいている者がいるとも聞いている。大事は小事が積みかさなった先におこるのだ。

島田から話を聞いた安藤は「わかった」とだけ言った。ものごとには潮目というものがある。「潮目」とは速さの違う潮の流れがぶつかり合う場所のことをいうが、人生や世情においては「情勢が変化するその境目」という意味に用いられる。安藤の鋭敏なアンテナは、いままさにその潮目であることを感じとっていた。

昭和二十七年七月――。安藤は渋谷宇田川町のビル地階に東興業（あずま）の事務所を開設する。

これがヤクザの力だ

鉄の団結と統制、そして武闘力――。

これがヤクザの力だ。

安藤は外部組織に対する示威の意味もこめ、「東興業」の頭文字をとって丸に《A》のバッジをつくった。三百個でも数は足りなかった。そして幹部十三名の下に準幹部を所属させ、上の者に対しては絶対服従とした。そして、ヤクザといえばダボシャツ、腹巻き、雪駄、そしてその上から一家名を染め抜いた印半纏を着ていた時代に、安藤は準幹部以上は制服としてグレーのベネッションに黒ネクタイをつけさせた。

敗戦から七年。占領下の日本がサンフランシスコ平和条約によって独立を果たすのは、東興業を設立する三ヶ月前のことだ。真っ白いサマースーツを着た安藤が、グレーのスーツに黒ネクタイをつけた幹部たちを引きつれて道玄坂を下ってくる颯爽とした姿は、まさに新しい時代の息吹そのものだった。不良少年たちは安藤にあこがれた。

武闘力とは武器だ。金が入れば武器を買い集めた。拳銃は殺傷力の強い米軍用45口径に統一し、弾倉も弾も融通しあえるようにした。武器の〝出物〟があると聞けば、御殿場の米軍基地まで足を伸ばした。散弾銃やライフル、機関銃同様の威力を発揮するカービン銃などをそろえた。

「東興業」の名前は、『東男に京女』ということわざから安藤がつけたものだ。「男は粋でたくましい江戸っ子がよく、女はしとやかで女らしい京都の女がよい」という意味で安藤好みだったが、この名称に戸惑う組員はすくなくなかった。

「飲み屋の親父に〝興業ってなんだ〟ってきかれちまったよ」

森田が石井にボヤく。当時、ヤクザやテキヤは「組」か「一家」を名乗り、誰が聞いてもその筋とわかるが、「興業」ではカタギの会社だとおもわれ、カンバン（組織名）をだしても迫力に欠けるという不満である。これは森田だけではない。「安藤昇」がブランドの組織であることから、自然と「安藤組」を名乗る。飲食店の連中も同様で、「安藤組」といったほうがしっくりくることから、次第に通称で呼ばれるようになっていく。

「親の気持ち子しらず、ですかね」島田が安藤に苦笑する。「カタギの会社におもわれるんじゃなくて、ゆくゆくはそうするつもりなのに」

「うちの連中は男伊達を売って歩いているんだ。わかるまでに時間がかかるだろう。当面、ヤクザ稼業でシノギしていかなくちゃなるまい。安藤組でいいだろう」

安藤は大きなビジョンを描いていた。ヤクザという武闘力を〝衣の下の鎧〟とし、表社会という広大なフィールドでビジネスを展開していくのだ。そのために東興業は株式会社として正式に登記した。島田と話し合い、将来の土地ブームにそなえて不動産部、そしてこれから娯楽がさかんになるだろうということで芸能ショーを扱う興行部をつくった。興行部はキャバレー、ナイトクラブその他の用心棒の隠れ蓑にもなる。それぞれの部門に幹部を配置した。

一方、森田に命じ、東興業の斬込隊を養成するため、世田谷・上町に『錬心館道場』を開設させた。森田はひょうきんな男だが、抜刀・居合術「鹿島神流」四段の腕前で、真剣を持たせるとその迫力たるや鬼神もこれを避けるとおもわれるほどだった。内弟子として道場に起居する連中のほか、五十人ほどの若い者が猛稽古に励んでいた。

さらに銀座には高橋輝男、新宿には加納貢というふたりの兄弟分がめきめき勢力を伸ばしている。半年後、事務所を青山通りに面したビルの三階に移した。地下の事務所は逃げ場がなく、手榴弾でも投げこまれたら全員即死だ。三階であれば一階入口のシャッターを閉めきればいいし、三階窓から狙い撃ちすることもできるというわけだ。

新しい事務所は二十坪ほどの広さで、そのうち八坪、十六畳が安藤の居室だった。緑の絨毯（じゅうたん）を敷きつめ、ガラス張りの窓を背に桜木製の社長机と書棚、応接セットがおかれている。ヤクザの組長の部屋らしくなかったが、部屋の隅に目を転じると、緋縅（ひおどし）の鎧甲（よろいかぶと）と備前三代兼光の陣太刀が目をひき、ここの主がカタギでないことが察せられるだろう。

安藤は理想の陣容を整えた。呼称は「安藤組」でかまわなかったが、「親分」とか「組長」という旧態依然とした呼称を嫌い、「社長」と呼ばせた。さらに刺青、断指、覚醒剤密売を禁止し、新しいヤクザ像をめざした。

だが、正規組員三百人のほか、準構成員を含めるとその倍はいる。面倒をみてやらなければならない。満足にシノギができないとなれば、覚醒剤の密売や詐欺まがいのことに手をだす者も出てくるだろう。東興業のカンバンに傷がつく。

「どうしますか？」

島田の懸念に、

「ヤクザの正業にもっと力をいれるしかないだろう。世のなか、理想だけじゃメシは食っていけないさ。非合法だが、バクチはヤクザの正業だ」

と言った。

安藤組は関東で主流のバッタ巻きの賭場を開帳していた。

「わかりました。さっそく賭場の数を増やしましょう」

「それともうひとつ」

「なんでしょう」島田が浮かしかけた腰をおろす。

「ポーカーをやる」

島田が小さく口笛を吹いた。「ＰＸの商売をやったとき、アメちゃんたちがやっていましたね」

「どこの組もやっていないはずだ」

「やっているどころか、日本人にゃ馴染みがありませんよ」島田は安藤とふたりきりのときも「社長」と呼んで一線を画し、言葉づかいを含めて襟を正していた。「ウケますよ、これは」

「ただし、垢抜けたゲームが売りだからチンケなことをやったんじゃだめだ。裸電球の下でやったんじゃ、そこいらへんの労働者が飯場でやるチンチロリンといっしょになってしまう。ポーカーだからアメリカの匂いが大事なんだ。ポーカーテーブルもチップもすべて本物でやる」

「アメちゃんに話をつけて、モナコのカジノから取り寄せましょう。照明もどうやっているか調べさせます」

「ディーラーはアメ公でも日系二世でもいいから、ハワイあたりからプロを呼んでこい。英語でやらせるんだ」

「イエッサー！」

島田がおどけて言って部屋から出ていった。

安藤が椅子をクルリと回転させて窓をむく。渋谷の街を眼下に、遠く原宿・代々木の森が一望できる。窓際においた丸い鳥カゴのなかで、紅カナリアが午後の日差しをうけてさえずっている。

メンツだ、シノギだと身体を懸けることにどれほどの意味があるのか。くだらないといえば、これほど非生産的でくだらないことはないのかもしれない。ヤクザになろうとおもって生まれてきたわけではないし、なろうとおもってなったわけでもない。だが、自分がヤクザであることはまぎれもない事実なのだ。


毎週金曜日、クラブの奥の秘密の部屋でポーカーが開催された。徹底して一流の雰囲気を演出することで客の特権意識をくすぐり、実業界はじめ芸能関係、個人事業主、金持ちのボンボン息子などでにぎわっていた。

ポーカールームの片隅で、三崎が島田と一杯やりながら、

「社長が頭がいいのはわかっちゃいるが、ポーカーとは本当にアイデアマンだな。しかも、すべて本場仕込みの演出ときたもんだ」

感心すると、

「ああ、たいした人だ。俺がさすがだと思ったのは、兄貴がダンパーを主催したときだな」

「へえ、そんなことやったのか」

「三崎がちょうど舎弟にしてもらうころだったかな」

と言って話しはじめた。

ある日、島田が安藤と渋谷でお茶を飲んでいるときだった。窓の外を数人の若い女性が談笑しながら歩いていく。敗戦で世相は混沌としていたが、戦争の呪縛から解き放たれ、男女平等という時代の風に背を押された女性たちは颯爽としていた。

「島田、ダンパーをやろう」安藤が唐突に言った。「男女平等のご時世だ。若いカタギの女が集まってくる。女が集まれば野郎は放っておいてもやってくる」

安藤はすぐさま法政大学音楽同行会なるものをでっちあげ、島田に渋谷公会堂を押さえさせた。会場の収容人数は四百人だったが、その五倍二千枚を刷って法政の運動部の連中に半値でおろして売らせたところが、たちまち完売した。

「安ちゃん、二千人なんてヤバイよ」島田は不安になったが、安藤は「大丈夫だ」とニヤリとした。

「で、俺が感心したのは三つ」

と、島田が三崎につづける。

「フルバンドだと出演料が高くなるから、学生数人でハワイアンバンドを組ませて『ハワイアン　音楽の夕べ』にした」

「なるほど」

「で、客に飲ませるドリンクは、ＧＩに話をつけてＰＸからコーラを横流しさせろっていうんだ。えっ、あんな苦いものをだすんですか——俺が驚いたら、〝バーカ、苦いからいいんだ〟って。これが大当たり。苦くて薬っぽい味がアメリカ気分を満喫させたってわけだ」

「さすがだな。だけど二千人も入ったんじゃ身動きとれねぇから苦情だろう」

「それが俺が感心した三つ目。すし詰め状態で身動きとれないもんだから男も女もよろこんじゃって、法政大学音楽同行会主催のダンパーは大人気になった」

「アイデアマンというより、読みが深いんだな」

いみじくも三崎が言ったように、安藤はものごとを俯瞰する能力にたけ、かつ細部にも目がいきとどく。登山にたとえれば、山頂を見て登攀ルートを決め、難所を命懸けで登っていく
——これが島田の評価だった。

一方、その対極にいるのが花形だと島田はおもっている。花形は頂上を見ない。だから登攀ルートを考えない。がむしゃらに難所を上に上にと登っていく。難所を越えることに快感を得るのだ。花形はダンパー会場に乗りこみ、主催者が迷惑顔をすれば頭にきて大暴れする。そのうち花形が会場に姿をあらわせば主催者はモミ手で機嫌をとり、いくらか包んで丁重にお引き

取り願う。花形はカネが欲しいわけではなく、自己満足を味わっているのではないのか。花形は会場でいい顔にはなっても、ダンパーの主催者にはなれない。これが島田の花形評だった。

頭のいい花形がそんな自分に気づかないわけがないだろう。千歳中学時代は海軍兵学校という頂上を目指し、登攀ルートを全身全霊をかけて登っていたはずだ。敗戦により頂上の手前で滑落した。そこから変わったのだろうと島田はおもうのだった。

あるとき安藤が花形を評して、

「あの男は金屛風にゃなれないな」

と島田に言ったことがある。『商人（あきんど）と屛風は直（す）ぐには立たぬ』ということわざをもじって言っていることが島田にはわかっていた。屛風は折り曲げておかないと立たないように、商売をする人も自分の気持ちを曲げて客に接しないとうまくゆかないという意味だが、自分を曲げることができない花形を揶揄（やゆ）もし、純粋さとして評価もしているのだろうと解釈した。

「もし」とこのとき安藤はつづけて言った。「花形が金屛風になろうとしたら、困ったことになるだろうな」

花形が曲がったらそれは花形でなくなる、と島田はこの言葉を受けとったが、安藤のおもいはちがっていた。金屛風は、その前に立つ人間を引き立てるために存在する。組織でいえば背後にひかえることで全体を束ねる役割である。金屛風になれない人間がなろうとすれば苦しむ。安藤のこの言葉が後年、花形の悲劇につながっていくのだが、島田はこのときはもちろん予想だにしないことだった。

　シノギとして大当たりしたポーカーだが、三ヶ月ほどしてアガリが落ちてきた。島田と三崎が事務所に呼ばれた。社長室に入ると花形がソファで安藤と話をしていた。花形が立とうとすると、「せっかく煎れたコーヒーだ。飲んでいけよ」と安藤が言ったので、花形が浮かしかけた腰をおろした。

「なにか店でトラブルでもあったのか?」安藤が店の警備責任者である三崎にきいた。

「いえ、みなさん楽しんでプレイしてらっしゃいますが、なにか」

「アガリが落ちてるじゃないか」今度は島田に顔をむけて言った。

　島田がうなずいて、「たしかにそうですが」

「アガリの多い少ないはいいとしても、原因はしっておきたい」

「日系二世の連中が姿を見せなくなったんで、そのぶんアガリがすくなくなっているんだともいます。連中、ハデに賭けますから」

「なんでこなくなったんだ。米軍のエライさんがストップでもかけたのか?」

　それまで黙っていた花形が口を開いた。「ワシントンハイツで、日系二世がポーカー賭博を開帳しているって話ですぜ」

「ハイツで?」三崎と島田が同時に声をあげた。

ワシントンハイツは渋谷区代々木にあった都心最大規模の在日米軍施設だ。二十七万坪の広大な敷地に兵舎、駐留軍人とその家族が暮らすための住宅、さらに学校、教会、劇場、商店、将校クラブなどが設けられていた。周囲は塀で囲われ、日本人の立ち入りは禁じられていた。

花形がフンと鼻を鳴らした。「ハイツでやってりゃ、わざわざウチにゃこねぇだろうよ」

安藤の顔から表情が消えている。怒ったときの顔だった。「ハイツは渋谷だ。勝手なことされて、おもしろくねぇな」

「ですが社長」島田がなだめるように言う。「米軍宿舎でやられたんじゃ、ウチとしてもちょっと……」

「手がだせねぇってか?」花形が舌打ちをして、「かまうことはねぇから乗りこんだらいいじゃねぇか」

「相手は進駐軍だぞ」島田が怒ったように言う。「しかも米軍施設に乗りこんだとなればＭＰに逮捕される」

「事件になったらの話だろう。ハイツはでっけぇ町だ。騒ぎにならねぇように話(ナシ)をつけたらいいんだ。よし、俺が乗りこんでやる!」

「ちょっと待て」

勢いよく立ちあがった花形を安藤が制した。「おまえをひとりで行かせたら爆弾を投げこむようなものだ。話(ナシ)どころじゃなくなる。俺がいっしょに行く」

「社長、それは！」島田があわて、三崎が「自分がお伴します！」と身を乗りだす。

「いや、おまえたちは残れ。もし俺の身に万一ということがあったらあとを頼む」

「しかし、社長！」

「花形、ついてこい。道具は持たないで丸腰でいくぞ」

「社長、自分はステゴロ専門ですからいつでも丸腰ですよ」

不敵に笑った。粗暴な花形は安藤組を象徴する看板のひとつだが、たとえ失ったとしても組織運営ということからいえばダメージはすくない。組織の今後を考えれば、知恵者の島田と武闘派の三崎を両輪として温存しておけば、組織は維持できる。安藤はそう考えた。日本人は敗戦国民だ。トラブルになれば問答無用で逮捕される。だが、目と鼻の先でポーカーを開帳されて黙っていたのでは、安藤組は他組織からナメられる。リスキーだが、ここは勝負どころだ。ほかの者にまかせておくわけにはいかない。

日系二世の不良で在日米軍に関係するアリタを途中でひろい、安藤と花形はワシントンハイツに乗りこんだ。正門でアリタが話をつけ、安藤たちはそのままクルマで敷地内にはいっていった。アリタが知人のＧＩを呼びだした。ＧＩは肩をすくめ、集会所のような建物に一行を案内してもどっていった。

ドアのまえに立つ。安藤が無造作にドアを開けた。十個ほどのテーブルにそれぞれ五、六人の米兵が座り、トランプを手にむかいあっている。テーブルの上にドル札の束が無造作におかれている。心理戦のゲームとあって鉄火場の喧噪はないが、カミソリを首筋に当てられたような緊張感が支配していた。

部屋の隅に立つ男と安藤の目があった。男の目が驚きで見開く。安藤のポーカールームにちょくちょくやってきていた軍属の日系二世だ。名前はしらないが、「ジョニー」と呼ばれていた。年齢は四十がらみか。小柄で、キツネのような目をしていた。

安藤が目でジョニーに合図する。

「アンドウ、何ノ用ダ」

ジョニーが足早にやってきて、たどたどしい日本語で言った。

花形の顔に朱がさす。「バカ野郎、安藤さん、、だ。言いなおせ」声を押し殺して言った。

「MP、呼ブゾ」

「好きにしろ」

安藤が気負いのない声で言ってから、

「ここは渋谷だ！　誰にことわってバクチをやってやがる！」

大声で啖呵をきった。
四、五十人――百個にちかい目が何事かといっせいに安藤を凝視する。安藤のポーカールームにきていた客が何人もいるのだろう。あちこちのテーブルで「アンドウだ」「ハナガタだ」とささやきあっている。アンドウもハナガタも渋谷でアンタッチャブルな男であることは彼らもしっている。ハイツは治外法権であっても、渋谷の街に一歩出れば、ジャングルを歩くようなものだ。ことにハナガタは渋谷のネオン街に棲息する〝人食い虎〟だ。彼らは手をとめて、成りゆきを見守っていた。

「ジョニー」

安藤が穏やかに、そしてゆっくりと口を開く。「やめろとは言わない。ここを閉鎖するか継続するかは、おまえが決めることだ」

ジョニーがひたいに汗をにじませ、早口の英語でアリタになにか言った。

アリタがうなずいて安藤につげる。

「閉鎖した場合、なにか見返りはあるのかときいています」

「命が助かるんだ。最高のプレゼントじゃないか」

平然と言った。

アリタが通訳する。ジョニーの顔がこわばる。MPを呼んで逮捕させることは簡単にできる。だが、それをやれば確実に安藤組に狙われる。ハイツから一歩もでられなくなってしまう。ジョニーの膝がかすかに震えだした。

安藤は脅したわけではない。平然と発したひとことが相手の胸を射貫いたのだ。自分ならテーブルをひっくりかえして大暴れしていただろうと花形はおもった。あげくMPに逮捕され、ジョニーは今度は大手をふってポーカーをはじめる。

（これが〝男の貫目〟なのか）

花形は舌を巻くおもいだった。

安藤は返事を待たないできびすをかえした。数日して、島田が安藤に報告する。

「ハイツの連中が大挙してポーカーをやりにきています。ハイツのポーカーは閉鎖したそうです」

安藤はカナリヤにエサをやりながら、

「そうか」

とだけ言った。

人斬りジムとの死闘

渋谷の不良たちから「羅紗屋（らしゃや）」と呼ばれる外国人たちがいた。一九一七（大正六）年、ロシア革命のとき日本に亡命してきた白系ロシア人たちが、戦前から主に洋服地や羅紗や絨毯（じゅうたん）の売買を生業としていたことから、素性のはっきりしないロシア系の不良を「羅紗屋」と呼んだ。

ワジマス・グラブリ・アウスカス――通称「人斬りジム」と呼ばれる三十歳の不良もそう呼ばれていた。短気で、粗暴で、狂犬のような男で、ケンカしても益がないことから愚連隊もヤクザも関わらないようにしている。どこの組織にも所属しない一匹狼で、渋谷界隈のトルコ系、ロシア系のなかで兄貴分的存在だった。見かけこそ〝外国人〟であったが、ジムは日本で生まれ育った生粋の日本人であるにもかかわらず、その外見から白眼視され、くやしいおもいを味わってきた。戦時中は〝白人〟ということで収容所にもいれられた。このコンプレックスが日本の敗戦によって一気に弾け、ジムは屈折した怒りを日本人にぶつけていたのだった。

「てめぇ、この野郎！」

秋口の午後十一時すぎ、ジムはクラブ『新世界』の支配人を路上に引っ張りだして殴る蹴るの暴行をはたらいていた。

「この俺からカネをとるのか！　ジム様がわざわざ足を運んで飲んでやったんじゃねぇか。ありがたく礼を言ったらどうだ！」

ジムはインネンをつけて恐喝するつもりだった。路上に倒れた支配人の腹をサッカーボールのように蹴りこむ。これまで虐げ（しいた）られてきた復讐でもある。ジムは容赦なかった。

「羅紗屋、いいかげんにしろ」

背後の声にジムがふりかえると、花形が佐藤と立っていた。佐藤昭二は国士舘柔道部出身の四段で、安藤組にあって花形同様、ステゴロの猛者だった。

ジムが身がまえた。花形には仲間たちが何度も痛めつけられている。いい機会だ。やってやろうじゃないか。「てめぇら、安藤組がなんだってんだ。エラそうなこと言ってんじゃねぇよ！」

「昭二――」花形が左手で縁なしメガネを外しながら穏やかな声で言った。「この野郎、羅紗屋にしちゃ日本語がうめぇとおもわねぇか」

花形がメガネを外すのはケンカの合図だ。

「まったくだ」

佐藤がジムの胸元に手をかけるなり強烈な足払いをかけた。同時に花形のサザエのような右拳がジムの顔をとらえていた。ジムが尻から路上に吹っ飛んだ。

「羅紗屋、ここは渋谷だ。おめぇなんかが肩で風切って歩ける街じゃねぇんだ」

花形が言い残し、ふたりは飲みなおしするために歩きだした。

ジムは屈辱と怒りで全身の血が逆流した。

百軒店のアパートに走った。

「あんた、どうしたの、その顔！」

女房が鼻血を流すジムを見て叫んだ。通称「お蝶」と呼ばれる女ヤクザだ。

「花形の野郎にやられた。ブッ殺してやる」

押し入れから刃渡り一尺四寸の日本刀を取りだすと、白鞘（しろさや）をはらい、新聞紙を丸めたなかに抜き身を納めた。〝新聞鞘〟と呼ばれるもので、こうしておけば急襲のときに鞘を払う手間が省ける。ケンカなれした連中はそうしていた。

ジムが玄関を飛びでた。

「待って、あたいも行く！」

お蝶が小さなハンドバッグをつかんであとを追って宇田川町に走った。

花形と佐藤はすぐに見つかった。酔っているのだろう。ふたりは客引きに軽口を叩きながらネオン街を千鳥足で歩いていた。この先にネオンが途切れた小広場がある。ここなら人目につかない。ジムが息を殺してあとをつけ、その背後にお蝶がつづく。小広場にさしかかった。

「花形！」

ジムが血走った目で叫んだ。

「なんだ、羅紗屋か」

花形がふりかえって言った。「左の頬も殴ってほしくて追いかけてきたのか？」

「気をつけろ、花形。野郎はなにかもってるぞ」佐藤が言う。

「わかってるよ」足を開いて半身の体勢をとった。したたかに酔っているのだろう。目のすわった顔が青白かった。

「死にゃがれ！」

日本刀を振りかぶる。新聞鞘が飛んで抜き身を袈裟に斬りおろした。花形の肩口をかすめ、ジャケットが裂けた。花形がブチ切れた。佐藤の気配にジムが花形から目を離した、その刹那、花形が肩から飛びこんだ。千歳中学時代に花形が他校から恐れられたラグビーの〝生タックル〟だった。ジムがもんどりうって倒れる。花形が馬乗りになって何発もパンチを浴びせ、ジムは気を失った。

花形が立ちあがる。地面に湾曲した日本刀がころがっていた。花形がそれをひろったときだった。お蝶の手がハンドバッグに動いた。

（拳銃（ハジキ）だ！）

花形はとっさに殴りつけ、お蝶が悲鳴をあげて倒れた。

「とんでもねぇ女（アマ）だ。飲み直そうぜ」

ジムの顔面に日本刀を投げつけ、花形が佐藤と肩をならべてネオン街に足をむけた。

この夜から十二日後、ジムはケンカの傷がもとで破傷風にかかり亡くなる。その場で殴り殺したわけではないが、花形のステゴロは〝殺人拳〟として恐れられるのだった。

花形は渋谷署に出頭する直前、安藤に挨拶するため事務所に顔をだした。

「社長、ちょいと行ってきます。しばらく会えませんが、元気でやっててください」

「なにをやったんだ」

「わけは佐藤にきいてください」

それだけ告げて社長室を出た。

裁判では正当防衛を主張し、高等裁判所まで争ったが、過剰防衛で懲役三年の判決がくだる。お蝶がハンドバッグから拳銃を取りだそうとしたというのは花形の錯覚で、彼女はピストルを持っていなかったことが不利にはたらいたのだった。花形は宇都宮刑務所に下獄する。

花形が不在になろうとも、宇田川町のネオン街に平穏が訪れることはない。暴力事件は毎夜のことで、相変わらず〝カスバの混沌〟にあった。

だが、時代は確実に動いていた。敗戦から十年という節目を目前に、日本は高度経済成長にむけて蠢動(しゅんどう)していた。蜜を求めて花に群がる蜂のように、ヤクザや総会屋といったアウトロー集団が企業に食いこみ、企業もまた彼らの力を利用しようとする。表裏が一体となってカネを追い求める新しい時代が到来していた。

昭和二十九年三月三十日午前、安藤は若い衆たちを動員して東京・浜町の鹿鳴館で開かれる白木屋の株主総会に顔をだした。一階入口には白木屋側、横井側と二つの受付がおかれていて、ヤクザ、右翼、総会屋など、ひと目でそれとしれる連中が次々と受付をすませて会場に消えていく。

安藤は万年東一の要請で横井側についていた。万年の話では、横井英樹という新進の実業家が白木屋の株を買い占めて経営陣に加わろうとしたが、これを白木屋側が拒否。怒った横井が、株主総会で決着をつけることになったのだという。どっちが正しいかは安藤には関心がない。万年に筋をとおす。それだけのことだった。横井、白木屋ともアウトローたちが大挙してひかえた。白木屋は江戸時代から三百年の暖簾(のれん)を誇る名門店で、のち東急デパート日本橋店となる。

総会は怒号が飛びかった。大荒れに荒れ、夕方になっても結論が出ないため継続総会ということで閉会した。安藤は万年に義理は果たしたのでこの一件から手を引くのだが、このとき横井英樹という男に興味をもった。小学校卒、繊維問屋の見習い小僧から成りあがった男だ。株買い占めによる〝乗っ取り野郎〟と批難もされているが、是非は別として、裸一貫からよじ登ってきた。話す機会はなかったが、男の生き方として評価したのだった。

事務所にもどるクルマのなかで、安藤は組の今後を考えた。東興業を株式会社として登記した狙いはまちがっていないとおもう。だが、世のなかの力の源泉は、とどのつまりは暴力なのだ。白木屋の株主総会は商法にのっとっておこなわれてはいるが、その背後にアウトローという暴力が厳然として控えている。もし横井に、もし白木屋の背後に彼らがいなければ、瞬時にして叩きつぶされている。

(逆説めくが)

と安藤は腹でつぶやく。東興業を表経済というフィールドに押しだすには、ヤクザという裏世界において徹底して強くなることなのだ。

「どうかしましたか?」島田が安藤の横顔に言った。

「道は目前に在り」

「えっ?」

「脇目を振らず、まっすぐ歩けってことだ。ヤクザはヤクザの道をな」

安藤が前方を見すえたままいった。

第四章

時雨（しぐれ）

人生の不条理

昭和二十九年十二月から神武景気と呼ばれる爆発的な好景気を引き金にして、日本は高度経済成長をとげていく。戦前の最高水準を上まわるまでに経済は回復し、昭和三十一年の経済白書は「もはや戦後ではない」とし、戦後復興の完了を高らかに宣言する。

経済の急速な発展は、表裏をなすアウトローの世界に地殻変動をおこした。大手組織は競って各地に侵攻し、広域化していく。

平成元年の『警察白書』は「暴力団対策の現状と課題」という特集をくみ、このなかで昭和二十年代末から三十年代後半を「対立抗争期」と位置づけ、こうしるしている。

《昭和30年代は、「神武景気（30年〜31年）」、「岩戸景気（34年〜36年）」といわれる驚異的な経済復興に伴い、道路建設や団地造成などが盛んに行われ、建設業界は潤い、貿易は活発化して港湾荷役量を飛躍的に伸張させ、また、池田内閣の「所得倍増計画」に代表される実質賃金の上昇、消費ブームにより盛り場が活況を呈して風俗営業等も潤い、建設、港湾現場への人夫提供、風俗営業の用心棒等、暴力団にとっても豊富な資金源に恵まれた時代であり、後に警察庁が指定7団体とする山口組、本多会（後の大日本平和会）、住吉会（同、住吉連合）、錦政会（同、稲川会）、日本国粋会、極東愛桜連合会及び松葉会の7団体（以下「指定7団体」という。後に、一和会などを加え、指定8団体となる。）は、いずれもこの時代に急成長を遂げている》

こうしたヤクザ激動の時代にあって、安藤の兄弟分で三代目住吉一家・大日本興行初代の高橋輝男が、同門である住吉一家・向後（こうご）睦会の向後平（たいら）初代と法要の席で銃撃戦のすえ、射殺されるという事件がおこる。

昭和三十一年三月六日のことだった。浅草妙清寺で大日本興行幹部の葬儀がとりおこなわれ、安藤は島田をともなって参列した。所用があったため、安藤は早々に焼香をすませると、境内に張ったテントのわきで高橋と立ち話をして事務所にもどった。

高橋は前年の七月八日、後楽園球場に特設リングを設置して、世界フェザー級王者サンディ・サドラーと、東洋チャンピオンで日本ボクシング界のスター金子繁治の世界マッチを実現させ、名を売った。日活国際会館という超近代ビルに事務所をかまえ、鉱山事業にも乗りだすなど「近代ヤクザの先駆け」として注目されていた。

急報は三崎の切迫した電話だった。

――社長、高橋さんが妙清寺で向後さんと撃ち合いになりました。

「生きてるのか？」

――いえ。向後さんも亡くなりました。

「わかった」

静かに受話器をおろしたとき、島田が飛びこんできた。

「社長！」

「いま三崎からきいた」

「クルマを用意します」

「いや、いい」

「行かないんですか？」

「高橋は死んだんだ。行ってもしょうがあるまい」

安藤が淡々とした口調で言った。

話によれば、向後と若い衆数名が焼香台にあがるや正面席に座る高橋たちに銃をむけて乱射。高橋側も拳銃で応戦したとも、告別式が終わって後片付けの最中に銃撃戦がはじまったともいう。モメた原因について「住吉一家内での伝統派と近代派の相克」ともいわれたが、そんなことは詮索しても意味がないと安藤はおもった。ふたりが死んだという事実にかわりはないのだ。

高橋は兄弟分だが、安藤は向後ともつき合いがあり、盆（賭場）にはよく顔をだしていたのだった。

目黒・祐天寺でおこなわれた高橋の葬儀は約七千人もの会葬者であふれた。葬儀委員長は松葉会初代・藤田卯一郎。山口組三代目・田岡一雄はじめ各地の大物組長ほか、政財界からも多数が駆けつけた。三十四歳の若さにして、これだけの人脈を築いた高橋輝男はやはりただ者ではなかった。

その高橋がまさかの最期をとげた。明日のことは誰にもわからない。将来を熱く語った高橋が心臓を撃ち抜かれて死に、死を必然とする特攻「伏龍隊」にいた自分はこうして生き残っている。生きようとおもって叶わず、死を覚悟して叶わず。人生とはなんと不条理なものであることか。

（明日はわからない）

安藤はもう一度自分に言いきかせた。

拉致（らち）

「起床！」

早朝五時、森田の怒声が世田谷上町の錬心館道場に響きわたる。

内弟子二十人ほどの不良がいっせいに飛びおきるや、板張りの道場に敷いた煎餅布団を大急ぎでたたみ、床、廊下、道場のまわりを清掃。井戸端で冷水を頭から浴びると道場の神前に整列して礼拝し、江戸後期の水戸学者・藤田東湖が尊皇攘夷派のためにつくった五言七十四句の詩『正気歌』を大声で読む。

「天地正大の気、粋然として神州に鍾まる。秀でては不二の嶽となり、巍巍として千秋に聳ゆ。注いでは大瀛の水となり、洋洋として八洲を環る……」

それから木刀を用いた命がけの朝稽古、自炊による朝食となる。

だが錬心館は安藤組別働隊で、不良たちの更生施設ではない。昼食がおわるとぞろぞろと渋谷の街に出ていき、安藤組組員として活動する。そして夕方になって一同がそろって道場にもどってくると、道着姿に木刀を手にした森田が鬼の顔で待っていて、

「渋谷の不良、やめ！　これより武士道修行、はじめ！」

噛みつくように命じ、通いの道場生たちと夜の稽古がはじまるのだ。

怠惰な生活がしみついた若者たちが積極的に錬心館の門を叩くわけではない。森田の言葉をかりれば「渋谷で不良をとっつかまえて道場にいれる」ということになる。親たちもわが子の素行に頭を痛めていて、錬心館で預かってくれるとなれば大喜びで、米や野菜など食糧を差し入れてくれたりする。親公認とあって〝脱走〟など断じて許さず、森田は大いに張りきるというわけだ。

森田はかつて軍国少年で、終戦間際、海軍特別少年兵を受験すると石井につげたとき、

「森田、海軍は腹が減っても海の上だぜ。差しいれはきかねぇからやめろ」

石井が言下にこう言って反対したことは前述したが、このとき森田は「それもそうだな」とすぐに納得している。一本気で、ひょうきんで、ものごとを単純化して考える森田だから「われわれ錬心館道場・森田一派は安藤組の別働精鋭部隊たらん！」と檄を飛ばし、当然ながら道場生の修練に容赦はなかった。

その森田に〝出動命令〟がくだるのは花冷えのする三月下旬のことだった。

島田から電話をうけ、森田が事務所に急ぐと、安藤が社長室で待っていた。

「立川の宇堂を拉致うことにした」

前置きなしで要点のみを話すのが安藤の流儀だった。「おまえのところは若い連中が多い。経験をつませろ。手はずは三崎にきけ」

森田の顔が緊張で引き締まる。宇堂は立川一帯を縄張りにする宇堂組組長だ。安藤といいつき合いをしている遠山一家とトラブルをおこしていることは森田も耳にしていた。安藤がひと肌脱ぐことにしたのだろう。錬心館の名誉のためにヘタを打つわけにはいかない。

「わかりました」

社長室を出て隣室で待機する三崎のまえに座った。

「ここが宇堂の自宅だ」

三崎が手書きした地図を差しだし、もう一枚やはり手書きの地図を見せて、

「拉致ったらここへつれてこい。やるのは明日の夜だ」

三崎が口にしたのはそれだけだった。経緯も理由もつげなかった。地図は見せただけで渡さなかった。類が上におよばないための用心であることは森田にもわかっていた。

宇堂の若い衆たちとのトラブルも考え、道場生から十二人を選抜すると翌日の夕刻、日本刀と拳銃を用意し、乗用車四台に分乗して立川へむかった。


地図にあるとおり、宇堂の家は米軍立川基地の金網フェンス近くにあった。平屋の一軒家で、三方は木立と石垣で囲まれている。白いアメ車が駐車場に停めてあった。宇堂は在宅だ。森田が周囲をうかがう。電柱の街灯が暗く、人はもちろんクルマもほとんど通らない。目で若い衆たちに指示する。玄関に六人、お勝手口に四人、念のため通りの見張りに二人を配置する。森田は抜き身を持った手を腰から背にまわして隠し、左手に拳銃(ハジキ)を握った。

道場生が玄関の引き戸をあけた。

「今晩は! 親分さんはいらっしゃいますか!」

森田が声をだす。

部屋住みの若い衆が奥から出てきて、その場に凍りつく。目を見開き、森田が左手で構える拳銃(ハジキ)を凝視する。抜き身を若い衆の鼻先につきつけた。

「宇堂を呼べ」

若い衆がコクリとうなずく。

「お、親分！」

奥で気配がして、

「なんでぇ、うるせぇな」

でっぷりと太った五十がらみの男が着流しの上に厚手の半纏を着てあらわれると、眉間にしわを刻んだ。

「見ねぇ顔だな。どこのもんだ」

「渋谷の安藤です」

安藤という言葉に表情を動かしたが、フンと鼻で笑ってみせた。「若造がそんなぶっそうなもんを振りまわして行儀が悪いな。人様の家を初に訪ねるときは手土産のひとつも持ってくるもんだぜ」

「やかましい！」

森田が怒鳴った。「てめぇを迎えにきたんだ！」

宇堂の背後にもうふたり部屋住みが凝然として立っている。宇堂がふりかえって言う。

「せっかくだから、ちょいと出かけてくるぜ」

「おめぇらもいっしょだ」

森田がドスのきいた声で言って道場生たちにアゴをしゃくった。若い衆を残しておけば面倒なことになる。

四台のクルマは急発進すると甲州街道を世田谷まで突っ走った。住宅街をグルグルまわる。どこへ連れこまれたか、あとで特定されないためだ。報復にそなえる基本だった。クルマは垣根に囲まれた門構えの大きな立派な家に入って停まった。

そのころ安藤は、渋谷の事務所で花形がよこした手紙を読んでいた。丁寧で、繊細で、印刷されたような字は、差出人を見なければ花形のものだとは誰もおもわないだろう。書を能くする安藤は、「書は人なり」ということをしっている。文字には書いた人の性格や人柄が表れるという意味で、花形は粗暴だが根は神経が細かい男なのだろうとおもった。

予科練にあこがれた安藤は、海軍兵学校に夢をいだいた花形の心情がよくわかる。時代に裏切られた憤りも、虚無感も、そして五里霧中の人生に戸惑う気持ちも理解できる。花形が非力であれば、いまの人生もちがったものになっているだろう。ケンカが強すぎることが、ひょっとして花形の不幸かもしれないというおもいがよぎる。

《出所したら組のために……》

と手紙に書いてある。

花形らしくないといえばそうだし、花形らしいといえばそうかもしれない。

（おそらく）

と安藤はおもう。図太い神経と繊細さが同居していて、微妙なバランスが崩れたとき花形は牙を剝くのだろう。

「社長」

島田が入ってきた。「三崎から連絡です。森田が宇堂を拉致ってきたそうです」

安藤が立ちあがった。


雨戸を閉め切った八畳ほどの和室はテーブルも家具もなく、宇堂組長は部屋の真ん中であぐらをかいて腕組みをしていた。森田が出入り口の襖のまえに、やはりあぐらをかいている。天井から裸電球がぶらさがっているだけで部屋は薄暗かったが、宇堂の憮然とした表情は離れて座る森田にもわかった。

三十分ほどたっただろうか。廊下の足音につづいて襖が開き、安藤が三崎をしたがえて入ってきた。宇堂がわざと大きな舌打ちをしたので、森田が緊張して安藤の顔色をうかがうが、安藤は苦笑して中腰になると、

「親分、わざわざご足労願って……」

言いかけたとたん、

「しゃらくせ！　てめぇら誰にちょっかいだしてるのかわかってるのか！」

宇堂が吠え、勢いよく立ちあがった。森田があわてて羽交い締めしたが、宇堂が足で安藤の太ももを蹴った。

森田の失態だった。

「バカ野郎が、なにやってやがる！」安藤が森田の顔を張ってから宇堂にむきなおり、冷たい声で言う。

「死ななきゃわからねぇんだな。お手やわらかにしてやろうとおもったが、死にたきゃあ殺してやろう」

羽交い締めにした宇堂の肩越しに安藤の顔がある。森田は初めて間近で目にする安藤のすさまじい怒りの顔に身体が震えた。

「三崎、貸せ」

宇堂に視線をすえたまま、安藤が背後に手をのばした。三崎が手にした一メートルほどの角材を持ちかえて差しだした。先端部分に五寸釘が何本か打ちこんであり、尖ったクギが突き出ている。安藤組が殴り込むときに使用するものだ。日本刀や拳銃なら殺してしまうが、この角材であれば脳天に打ちこまなければケガですむ。

森田は安藤に殺気を感じた。

（脳天に打ちこむ気だ。俺の失態で社長が殺人犯になる！）

安藤が角材を頭上にふりかぶった。森田は宇堂を投げ飛ばして安藤にむしゃぶりついた。

「社長、自分にやらせてください！」

角材をもぎとった。

森田はクギの先端を見て一瞬、躊躇する。打ちこめば死ぬ。素早く逆さに持ちかえると角材の柄の部分を宇堂の頭に叩きこんだ。絶叫して畳にころがる。頭から血が噴きだしているが、死ぬことはあるまい。

安藤が冷ややかな目で森田を見て、つぶやくように言った。

「だらしねぇな、森田」

この一言が胸に突き刺さった。以後、森田は抗争事件で獅子奮迅の活躍をすることになるのだった。

宇堂組長は命と引き替えに組を解散する。

男は命乞いしてまで生きてはいけない

昭和三十一年一月、前年七月に発表された石原慎太郎の『太陽の季節』が第三十四回芥川賞を受賞する。上流家庭に育ちながら既成のモラルに挑戦する若者を描いた作品で、

《彼にとって大切なことは、自分がしたいことを、したいようにおこなったと言うことだ》

と石原が書く主人公の自由さと奔放さが新しい時代の潮流を予感させ、同書はベストセラーになる。敗戦から十年。高度経済成長とそれにつづく技術革新の波は日本人を活気づかせ、価値観をも大きく変えようとしていた。

この年、夏をまえにして花形が宇都宮刑務所を満期出所する。出迎えた幹部や組員たちがクルマの隊列を組んで渋谷の事務所にむかった。軽く飲ってから行けばいいと森田は気づかったが、「社長へ挨拶するのが先だ」と花形は言った。

「ただいま帰ってきました」

「ご苦労だったな」

安藤がねぎらったが、

「みっともない話で」

ジギリ（組のために身体をかける）で下獄したわけではないことを恥じているような口調だった。

「しばらく温泉にでも行ってのんびりしてきたらどうだ」

「自分は温泉より酒に浸かりますよ」

「おまえの出所をしったらネオン街はパニックだな」

花形が頬をゆるめるのは珍しいことだった。

「じゃ、失礼します」

花形が立ちあがったところへノックの音がして、西原健吾が顔を見せ、あわててドアを閉めようとした。

「かまわないから入れよ」安藤が言った。

「押忍(オス)」西原が足を踏み入れてハッとした。

縁なし眼鏡の奥で細長い切れ目が鋭く光っている。

「花形さん！」

「なんだ、知っているのか？」

「はい。自分が上京したばかりの一年生のときに不良連中に百軒店でカラまれたんですが、ケンカして、花形さんに。その節は……」

礼を言おうとしたが、

「ケンカのことなんかいちいちおぼえちゃいねぇよ」

さえぎるように言って、

「じゃ、社長、失礼します」

花形が社長室を出ていった。


事務所を出た花形は夕刻、宇田川町の三升屋に顔をだした。

「おっ、敬ちゃん！」

店主の中村吉蔵が手をとめると、飲んでいた客たちに「悪いね。これから貸切なんだ。勘定はいいから帰(けえ)ってくれないか」と言って、

「いますぐウナギを焼くから、飲んでてよ」

コップに冷や酒をついだ。

「いつ出たの？」

団扇をパタパタやりながら吉蔵がきく。

「今日だ」

「うれしいねぇ、出所した足できてくれるなんて」

「毎晩、ここの酒が夢に出たんだ」

めずらしく花形が冗談を言うと、コップをいっきにあおった。

「敬さん、お帰り！」

飯山五郎が息せき切って店に入ってきた。「そこで森田さんに行き会って聞きました」声を弾ませて言った。

「あらためて。敬さん、お疲れさまでした」

五郎がコップをかかげる。

「刑務所で酒を抜いてきたから俺の肝臓は真っ新だ。五郎、今夜は飲みあかそうぜ」

「千鶴子さんは？」五郎がきいた。

「家には寄ったんだろう？」吉蔵があとにつづけた。

花形は答えない。不機嫌そうな顔でコップを口にはこんでいる。

「夫婦ゲンカかい？」吉蔵が笑って、「坊やはそろそろ幼稚園じゃないかね」

「別れた」

「えっ?」五郎が吉蔵を見た。

「そうかい、別れたのかい」吉蔵が言う。

「ああ、そうだ」

酒をあおった。

花形は獄中で離婚届に判を押していたのだ。

千鶴子は『くるみ』に客としてきていた軍属の日系二世と恋仲になった。千鶴子は花形のよき理解者で、短気な花形によく手を挙げられたが、悪く言うことも周囲にこぼしたりすることもなく、「あれで敬さんはとってもやさしいのよ」と言っていた。

その千鶴子が花形と別れて日系二世と結婚する気になったのは、千鶴子の父親が諄々とさとしたからだった。「おまえはいいだろうが、子供の将来のことを考えたことがあるのか? 暴れ者のヤクザだぞ」――こう言われればかえす言葉はなかった。

千鶴子は離婚を決心した。安藤に頼んであいだに入ってもらおうかとおもったが、それでは敬さんに恥をかかせることになる。悩んだあげく、やはりここは自分が直接会って話すべきだと決心をしたのだった。

手紙を書き、宇都宮刑務所に面会に行った。だまって離婚届の用紙を差しだす。花形は静かに判を押すと看守をうながして椅子を立って背をむけた。

「ま、敬ちゃん、人生いろいろだ。そうだろ、五郎」

吉蔵が明るい声で言った。


出所して三日後の夜、安藤組幹部の花田瑛一が花形の出所祝いに一席もうけた。店は新宿歌舞伎町のビルの地下にある『ローゼ』。松尾和子が専属の高級クラブとしてしられており、花田の行きつけであった。

この夜、花形は組員の山下哲と西原健吾をつれていた。花形より三歳年下の山下は性格も明るくて如才なく、舎弟や若い衆をもたない主義の花形になにくれとなく可愛がられていた。國學院大学空手部で西原の一級先輩にあたり、おなじ九州出身ということもさることながら、西原は空手四段で全国優勝した逸材で、性格も素直。ボディーガードとしてつれて歩くにはこれほど重宝な男もいなかった。

西原は大学二年のときに組事務所に押しかけ、組に就職させてくれと直談判して安藤が吹きだしたという変わり種で、「卒業したら正式にいれてやるから、それまで事務所に遊びにきていればいいい」と安藤からお墨付きをもらっていた。山下に声をかけられ、花形について『ローゼ』にきた。

「敬さん、今夜はゆっくり飲ってくれよ」

花田が両手にホステスの肩を抱いて花形に言った。

マネージャーがすぐにやってきた。花田に丁重に頭をさげてから花形に顔をむけ、花田の言葉をまった。この大柄な男が今夜の主賓だと見当をつけてのことだろうが、花田はなにも言わなかったので、「では、ごゆっくり」と言ってさがった。

山下と西原の目が合う。「こっちは渋谷の花形で、安藤組の大幹部だ。俺と同様、頼むぜ」――そう言って紹介するものとばかりおもっていたからだ。紹介されない以上、マーネジャーも必要以上の気づかいはしない。花形はウィスキーのストレートを黙々と口にはこび、松尾和子のハスキーな歌声に耳をかたむけていた。

花田と花形は同い年だ。つき合いは古い。花形が国士舘に転入した当時、花田は保善中学の番長だった。石井の紹介で、組設立まえの安藤グループに入っている。古参のひとりだった。そういう意味では花田が花形の先輩にあたり、島田、三崎につづく大幹部となるが、「鼻が高けぇ」とうそぶく花形は花田の後塵を拝することをよしとせず、対等の立場に立っていた。

だが、新時代へと激変する時代に三年近くの社会不在は長い。安藤組の急伸と歩調をあわせるようにして、花田はますます力をつけている。これが花形にはおもしろくなかった。

花形が煙草をくわえた。山下がホステスより早くライターを差しだした。

「哲、焼き場の匂いをしってるか？」

「いえ」

「じゃ、これから嗅がせてやる」

おもむろに上着を脱ぐと、シャツを腕まくりして、左腕に煙草の火を押しつけた。肌を焼く異様な匂いにホステスたちが顔をゆがめた。

「おいおい花形、わかったから、もういいだろう」花田があわててとめた。

「そうかい。じゃ、やめてやろう」

と言って、火のついた煙草を指で弾いた。

「あっ、絨毯が焦げる!」

マネージャーがあわてた。

「そりゃ、大変だ」

花形が立ちあがるとズボンのファスナーをおろし、煙草に小便をかけたのである。

「花形!」花田が気色ばんだ。

「花形ってのは誰だ?」せせら笑った。「俺は〝名無しの権兵衛〟じゃねぇのか?」マネージャーに紹介もせず、シカトしたことをカラみはじめた。

こうなると、もう手がつけられない。花田はかつて傷害致死で網走刑務所に送られている。粗暴さでは一目も二目もおかれる人間だったが、狂気ということでは花形にかなわなかった。

「ゆっくり飲ってていってくれよ」

苦虫を嚙みつぶしたような顔で席を立った。

西原は百軒店でのできごとをおもいかえしていた。國學院に入学した四月、福岡から上京した西原が百軒店で不良グループに恐喝されたときのことだ。通りかかった男が足をとめ、不良たちは震えあがった。白いスーツにソフト帽をかぶり、縁なし眼鏡をかけている。顔を走る幾筋もの疵が外灯に浮かんだ。

「坊や、助けて欲しいのか？」物憂(ものう)いような声で、男が西原に言った。

「お願いします、助けてください！」叫んだとたん、頬に平手打ちが飛んできた。唖然として頬を押さえる西原に、男は刺すような鋭い視線を投げかけて言った。

「坊や、男は命乞いして生きていくもんじゃねぇんだ」

帽子の鍔に指をやって曲がりを直すと、男がゆらりと歩きだし、不良たちが路地の両脇にへばりつくようにして道をあけた。男の姿が見えなくなると同時に、西原は不良たちに袋叩きにされて財布を巻きあげられたが、路地でのたうちながら西原の頭のなかで白いスーツの男が言い捨てた言葉がいつまでも反響していた。それが渋谷で有名な花形であることをまもなくしるのだった。

「じゃ、帰ぇるか」

花形が立ちあがった。

渋谷にもどり、三人は宇田川町をはしごした。花形は浴びるように飲んだ。客の声がうるさいと言ってウィスキーのボトルを投げつけ、ボーイの態度が気にいらないと言ってテーブルをひっくりかえした。

何軒目だったろうか。

「よし、これから海に行くぜ！」

花形が唐突に言った。

「夏休みだ、泳ごうぜ！　哲、タクシーだ！」

山下があわてて店の外に出てタクシーに手をあげた。

「代々木へやれ！」

タクシーに乗りこむと、花形が嚙みつくように言った。

山下が西原の顔を見た。「代々木？　どこへ行く気だ？」――そう問いかけた目に西原は首をかしげて見せた。

花形が命じた所番地でタクシーが停まった。小さな二階建ての家だった。花形が玄関を叩く。

初老の男が寝間着で玄関先に出てきて息を吞む。

「子供だ！　俺の子供をだせ！　いまから海に連れていっていっしょに泳ぐんだ！」

花形がわめいた。

若い女が飛びだしてきた。

（あっ、姐ぇさん！）

哲が驚く。この家は花形が獄中で離婚した千鶴子の実家だった。

「人でなし！」

千鶴子が叫んで地べたに泣き崩れた。「私たちがやっとつかんだ平穏なのよ。それを壊しにきたの？　帰ってちょうだい、二度とこないでちょうだい！」

花形は呆然とその場に立ちつくしていた。

怯える力道山

渋谷は大規模な区画整理が行われ、近代的な街へと大きく変貌しつつあった。「カスバ」と呼ばれた宇田川町の迷路のような路地は広く画然と舗装され、近代的な商業ビルが次々に建設されていく。新しいビルにテナントで入る店のほとんどが飲食店だった。

キャバレー『純情』の経営者である深沢義朗は新規開店を一週間後にひかえ、安藤組に挨拶すべきかどうか迷っていた。宇田川町は安藤組の縄張りで、知人の飲食店関係者はこぞって面倒をみてもらっている。安藤組にケツ（用心棒）をもってもらえば、他組織やタチの悪い愚連隊はよりつかない。

だが『純情』は八十席の大箱の店なので用心棒料（ミカジメ）は安くはあるまい。それに、と深沢はおもう。たしかに安藤組には力があるが、自分だってそれに負けないだけの人脈をもっている。昨夜、いっしょに食事した力道山も言ったではないか。

――社長、わしがついているんだから安藤組なんかほっておけばいい。わしのバックには町井さんがいるし、日本プロレスのオーナーは児玉誉士夫先生だ。若造の安藤になんか手だしはさせん。

町井は東声会を率いて韓国グループを仕切っていたし、日本プロレスは力道山が設立した団体で、児玉は右翼の総帥だ。

渋谷に店を出すのは今回が初めてだが、これから先も渋谷で商売をしていくつもりだ。店の数も増えていくだろう。安藤組と一線を画するなら最初が肝心だ。深沢は決心した。深沢はもともと赤坂でバーやキャバレーを経営していて、顔も広かった。

その夜、安藤組の末端組員である吉野健太が居酒屋で飲んでいると、キャバレーでボーイをやっている顔見知りが女をつれて入ってきた。

「サボりかい？」

吉野が声をかけると、

「店は昨日でやめたんですよ。来週のクリスマスイブに『純情』という大箱のキャバレーがオープンするんですが、そこのサブチーフにスカウトされたもんで。年末年始は無休のぶっ通しで営業です」

得意そうに鼻をうごめかせた。

「ああ、国際通りのな。でかい店だってな。面倒を見るのはウチの誰だい？」

何気なくきいたところが、

「かの力道山ですよ」そっくりかえるようにして言った。

「力道って、あの力道か？」

「もちろんです。『純情』は天下の力道山がケツもちなんです」

「そいつは……」

　吉野の顔がけわしくなった。

　どこの街でもそうだが、新規開店があるとすぐに地元のヤクザが行って話をつける。だから若い衆はいつも盛り場には新規開店がないか目を光らせているのだが、ここ宇田川町は安藤組が仕切っていることから、放っておいても店のほうから挨拶にやってくる。『純情』も当然そうしているものと吉野はおもっていたし、組の幹部たちもそれは同じで、新規開店は気にもかけていなかったのだろう。

　吉野は席を立つと、花形が溜まり場にしている喫茶『マイアミ』へ走った。花形は安藤組幹部の大塚稔とお茶を飲んでいた。いま聞いた『純情』の話を報告する。

　花形が眉間にしわを寄せた。「なんで力道が、ヤクザもんのマネなんかするんだ。ほかの店にしめしがつかねぇな」

「じゃ、わかるようにしてやるか」

　大塚が拳(こぶし)を二、三度、手のひらに打ちつけた。大塚は花形と同世代。元プロボクサーで、バンタム級東日本新人王になっている。リングよりストリート・ファイトが性にあっていたとみえ、安藤組に身を投じた男である。

「オープンはいつだ」花形が吉野にきいた。

「今週末の土曜日、午後五時です」

「客席は？」大塚が口をはさむ。

「八十席とか言っていました」

「じゃ、花形、ちょいとしたショーをみせてやるか」

大塚がニヤリとした。


一週間後、午後四時ごろから『純情』前の歩道は開店サービス目当ての客でごったがえし、警察が出て交通整理にあたっていた。これほどの花輪が並ぶ新規開店は宇田川町でもめずらしかった。

五時、店のドアが内側に開く。

「いけ！」

大塚の声で百人もの男たちが雪崩をうつようにして店内に駆けこむや、八十席は瞬時にして占拠された。着飾ったホステスたちが茫然として立ちつくす。

「おう、コーヒーだ！」

「こっちもだ！」

「はやくしろ！」

口々に注文してボーイが半泣き顔で右往左往する。

花形、大塚、森田が悠然と入ってくると、空けてある店内中央のテーブルに陣取った。マネージャーが青い顔をして飛んでくる。「こ、こまります」

「大塚よ――」花形が椅子に背をあずけて言う。「宇田川町じゃ、コーヒーは客にゃならねぇのかい？」

「さあ、法律が変わったとは聞いてねぇけどな」大塚がとぼけておいて、「おい、マネージャー、どうなんだ！」

「い、いえ、そういうわけじゃ」

「つべこべ言ってねぇで、早く持ってきな」花形がめんどくさそうに言った。

その様子を、店の奥の事務室前から経営者の深沢がこわばった顔で見ていた。みな安藤組の人間だろう。一般客はひとりも入ることができない。彼らはこうやって毎日やってくるつもりなのだ。店がつぶれてしまう。事務室に力道山がいる。すぐに話をつけてもらおう。深沢がドアを開けて中へ入ろうとしたときだった。

トントン、トントン、トントン……

床を踏み鳴らすリズミカルな音が聞こえた。深沢がギョッとしてふりかえる。中央のテーブルの男――大塚が足を動かしていた。森田がニヤリとしてそれにつづき、八十席のそれぞれがいっせいに足を踏み鳴らしはじめた。軍靴の行進のような激しい音にホステスが耳を手でふさぎ、床が揺れる。頭数がそろっているときに、大塚や森田たちがよく使う手だった。たんなる足踏み行為であって、傷害にも恐喝にもならない。挑発にはもってこいであるだけでなく、不気味でもあった。

力道山が事務室から出てきた。

「リキさん、安藤組です」

力道山が大股で花形たちのテーブルにむかった。花形、そして大塚、森田がゆっくりと立ち上がると、力道山と対峙した。花形がゆっくり手をあげる。〝足踏み〟がやんだ。

「この店の用心棒はわしだ。話があれば聞く」

花形がせせら笑った。

「リキ、ここは渋谷だぜ、安藤の縄張(シマ)だぜ。てめえみてえなヤツに用心棒がつとまるとおもってんのか」

力道山が顔を朱に染め、怒りで手がブルブルとふるえていた。大塚も森田も拳銃(ハジキ)を握っているのか、手をふところに差し入れている。

「今日のところは帰ってくれ。明日の三時、銀座の資生堂パーラーで話し合おう。今日のところは引きあげてくれ」

「トンズラはなしだぜ」

「わかってる」

力道山は足早に事務室に引きあげていった。

「帰るぜ」

花形がものうげに言うと、いきなりテーブルを両手で頭上に持ちあげ、フロアに叩きつけた。ホステスたちが悲鳴をあげた。


力道山は事務室に入るや、交誼のあるヤクザ関係者に次々に電話をかけた。安藤組と話をつけてくれるよう頼んだが、みな返事はつれなかった。縄張りはヤクザにとって米櫃（こめびつ）なのだ。力道山に非があると単刀直入に言う者もいれば、遠まわしにうながす者もいたが、本音を言えば誰も安藤組とコトをかまえたくなかったのだ。力道山の軽率な行動でとばっちりをうけたのではたまらない――そうおもうのは当然だったろう。

力道山は進退窮まった。その場をおさめようとして、話し合いの日時を咄嗟に指定してしまった。安藤組のことだ。彼らは武装してくる。拉致（さら）われるかもしれない。背を冷たい汗がつたう。

意を決して受話器を取りあげた。

「キン坊、頼みがあるんだ」

震える声でつげた。

翌日、島田は『純情』での一件を安藤につたえた。組員のケンカやトラブルについていちいち報告することはしないが、力道山が相手となれば耳に入れておいたほうがいいだろうとおもったのだ。

「力道は酒ぐせが悪いんだってな」

「ボーイを殴ったり客を殴ったり。赤坂のクラブで、フィリピン人の国際ギャングの車を坂から突き落として、あとで大騒動になったと聞いています」

「酒にケンカはつきものだし、力道がどこで誰とモメようとしったことじゃないが、ウチに断りなくキャバレーの用心棒をやるというのはいただけないな」

「今日の三時、資生堂パーラーで話し合おうと力道が言ったそうです」

「やる気なのか?」

「念のためみんなに拳銃（ハジキ）をもたせます」と言ってから、「花形は別ですが」と苦笑してつけくわえた。「力道を殴り殺してやると息巻いています」

「あいつの拳（こぶし）は45口径なみだからな」安藤も笑ってから、「しかし、あの力道がな」とつぶやいた。

　力道山は戦後日本が生んだ国民的英雄だ。巨漢の白人レスラーを伝家の宝刀・空手チョップで次々と打ち倒すその勇姿は、敗戦にうちひしがれ、白人コンプレックスをいだく日本人の心をとらえ、熱狂した。「総理大臣の名前はしらなくても、力道山の名前をしらない者はいない」とまでいわれ、力道山こそ戦後の日本が生んだ国民的大スターだった。その力道山が用心棒のまねごとをして得意がっている。余計なことをしてトラブルを背負うことはないだろうに、人間とはなんとも妙な生き物だと安藤はおもった。

年の瀬をひかえ、気温が零下になったとタクシーのラジオニュースが報じていたが、後部座席に座る元横綱で人気プロレスラーの東富士は、緊張から額にじっとりと汗をにじませていた。引き返そうかと何度もおもったが、逡巡しているうちにタクシーは銀座の資生堂パーラーについた。うしろを走っていたタクシー二台がつづけて停まり、ハロルド坂田、阿部修、芳の里、そして豊登が降り立った。東富士が腕時計に目を落とす。三時十分前だった。

喫茶室『サロン・ド・カフェ』がある三階にエレベータで上がり、カフェに足を踏みいれる。中央の席で椅子に座る三人の男たちと目が合う。花形、花田、大塚……。渋谷で何度か見かけたことがある。射貫くような視線でこっちを見ている。彼らの左右の席と入口付近に、ひと目でその筋の人間とわかる男たちが座っていた。

東富士が顔をこわばらせながら、

「このたびは……」

「力道はどうした」花形がさえぎり、煙草をくわえながら「具合でも悪くなったのか」世間話でもするかのような口調できいた。

「それが……」

「そうかい。そういうことかい」

花形がフーと煙を吐きだした。

花田の目が動く。大塚の拳銃が東富士の脇腹に食いこんだ。同時に左右の組員が四人に拳銃をつきつける。花形のニヒルな顔を見れば脅しでないことは東富士にもわかる。

「ゆっくり話そうぜ」

花形が立ちあがった。

百五十キロをこえる巨漢の自分たちが白昼の銀座で拉致されようなど、東富士はおもいもしないことだったろう。

昨日、力道山は一生の頼みだと電話で言った。安藤組とトラブルをおこし、話し合うことになったのだが、自分が行けば話がこじれる。ついてはキン坊、代理で話し合ってくれないか
──固い口調にのっぴきならない事態を東富士は感じた。

同世代のふたりは力道山が角界にいたころからのつき合いで、東富士は本名の井上謹一から「キン坊」と親しい人間には呼ばれていた。東富士が角界を引退したとき、人のいい東富士は親方襲名をめぐる派閥争いに巻き込まれて角界を追放されるのだが、このときプロレス転向の手を差しのべてくれたのが力道山だった。この恩義に報いるため、東富士は力道山の頼みを聞

きいれたのだった。とはいえ、安藤組を相手にひとりでは恐い。それで仲間四人に頭をさげていっしょにきてもらったのだが、まさか五人がまとめて拉致されるとは……。

（殺されるかもしれない）

東富士の心臓が早鐘を打った。

大塚から電話で報告をうけた安藤は、三崎に命じて臨戦態勢を敷いた。力道山は約束を破った。ウチとことをかまえる気だ。どこかの組が仕掛けてくる可能性はじゅうぶんある。組員に待機命令が発せられた。

「島田、力道を探しだせ」

「わかりました。社長はどちらへ」

「東富士に会ってみる」

安藤は彼らを監禁している円山町の待合にむかった。

東富士は安藤に土下座した。

非は約束を破った力道山にある。あやまるしかなかった。プロレスラーなので公表はしていないが、自分は気管支が弱い。極度の緊張もあって息苦しくてあえいでしまう。冷たい汗がとまらなかった。

安藤昇のことはもちろん東富士もしっているが、対面するのは初めてだった。なぜ、そうまでして力道山をかばうのか安藤に問われた。誰だってそうおもうだろう。いきさつを話した。

「なるほどな。ゲスに受けた恩でも、受けた恩にかわりはないってことか」安藤が小さく笑って、「三崎、よその動きはどうだ？」

「静かなものです。ウチにむかってくるバカはいないでしょう」

「よし、花形、こいつらを帰してやれ」

「力道はどうします？」

「オトシマエはつけるさ」

そして東富士にむきなおって言った。「ヤツと連絡がとれたらつたえてくれ。ヤクザにゃ時効はないんだ。連絡がくるまで生命(タマ)をつけねらうからってな」

東富士はおもわずコクリとうなずいていた。

(この人なら平然とした顔で引き金を引くだろう)

とおもった。


安藤組は総力をあげて力道山を追った。立ちまわりそうな場所には拳銃をだいた組員たちが張りこんだ。大森池上にある彼の邸宅は小高い丘の住宅地にあり、門前は狭い道路に面している。彼のキャデラック・コンバーチブルが通るには速度をゆるめなければならない。そこを狙撃するため、森田にライフルを持たせ、若い衆と農作業小屋に泊まりこませたが、一週間たっても力道山は寄りつかなかった。

日がたつにつれ、警察は安藤組が力道山の命を狙っていることを察知し、その関連でプロレスラーたちの誘拐監禁事件が発覚。花形、花田、大塚の三人が逮捕され、資生堂パーラーにいた残りの組員が指名手配されたのである。

「風向きがあやしくなりましたね」

島田が憂慮したが、安藤はひかない。

「クジラだって息苦しくなりゃ海面に出て潮を吹きあげるんだ。力道だってそれは同じだ。いつまでも潜ってなんかいられねぇよ。追いまわせ」

ところが、それから一週間ほどして、島田があわただしく社長室に入ってくるなり、

「三人が釈放されることになったそうです」

いぶかる安藤に島田がつづける。

「東富士がわざわざ警察に出むいて、拉致されたんじゃなく、丸山の待合へつれていってもらったんだと話したそうです。被害者に否定されたんじゃ、警察としてもどうにもできないでしょう。渋い顔だそうです」

「なんでまた」

「じつはさっき、東富士に電話してみたんですよ。そしたら社長に命を助けてもらったおかえ

しだって」

「律儀な男だな。ヤクザの恩義も、恩義に変わりがねぇってことか」

力道山の一件は東富士が再び安藤を訪ね、「私は力道山を救わなければ恩返しにならないんです」と懇願したことが安藤の気持ちを動かした。彼の人柄に免じて「以後、二度と用心棒など一切やらぬと力道山が誓うなら」という条件をつけ、力道山のお詫びと誓約の言葉を待って安藤は手をひくのだった。

国民はスーパースター力道山のもうひとつの顔をしらない。メンツを理由にもし力道山を殺(や)れば、安藤組は多くの組員を懲役にいかせるだけでなく、囂々(ごうごう)たる非難をあびるだろうと島田はおもった。ヤクザ組織に名声などというと場違いかもしれないが、メンツとは形を変えた名声のことなのだ。アウトローであろうとも、いやアウトローだからこそ、世間から支持されないヤクザ組織は蛇蝎と同じだと島田は考える。

そのことは安藤は百も承知のはずだ。承知してなお、行くところまで行かなければ憤怒が収まらないのが安藤なのだ。このたびは図らずも東富士の律儀さが力道山と安藤組を救ったということになる。島田は安堵した。ただ、花形ひとりが力道山とステゴロをやってみたかったと残念がるのだった。

下剋上

ヤクザの〝正業〟である賭場の開帳に立ちかえった安藤は、徹底して客筋にこだわった。競馬場のゴンドラ席は上客が集まるのでここに狙いをつけた。頻繁に顔をだし、顔見知りになり、友好を深めておいて賭場に誘った。弁護士や医者、社長など経済的に豊かで動く金も大きかったが、彼らは社会的地位があるため、負けがこんだからといって腹いせに警察に密告することもない。客が客を呼び、安藤組の賭場はやがて関東屈指の規模を誇るようになる。

博奕は関東で主流の《バッタまき》で、赤黒札二組九十六枚を混ぜ合わせて使用する。アト・サキ三枚ずつが中盆の手によって順に伏せられたまま配られ、客はアト・サキのどちらかに駒を張り、アトサキ同額になったところで勝負。勝った客は勝ち金額の五パーセントをテラとして胴元に支払う。札一巻（ひとまき）が十六回の勝負で、三、四十分かかる。勝負金額が多ければ多いほど、テラ銭はあがることになる。客を楽しませるため、たまには箱根、伊豆に場所を変えて開帳するなど、安藤組の賭場は特権階級の〝非合法賭博サロン〟でもあった。

カタギだけでなく、ヤクザ社会の錚々たる親分衆も賭場に遊びにきた。松葉会初代の藤田卯一郎、そして当時は鶴政会と名乗り、のち稲川会初代となる稲川聖城、そして渋谷の老舗博徒である落合一家六代目の高橋岩太郎などが賭場に顔をみせていた。

藤田親分は若い衆もつれず、ひとりでぶらりと遊びにきた。高橋親分は安藤を「安ちゃん」と呼んで親しくした。稲川親分は若い衆に金を渡して博奕をさせておいて、自分は芸者を呼んで賭場の二階で一杯やっている。これが稲川親分の器量で、若い衆に取ったり取られたりさせながらテラが切れるようにして賭場を盛り立てていた。安藤組の賭場は毎月四日、九日、十四日、十九日、二十四日、二十九日の「四九（しく）の日」に都内各所の常設会場や、関東近郊の旅館を借り切って開帳された。

昭和三十年代のヤクザ社会は高度経済成長を背景として、下克上の戦国時代に突入していく。安藤組は急速に勢力を増し、必然として渋谷の覇権をめぐって他組織と軋轢をおこす。新興勢力の台頭は風船が空気を孕んでふくれあがるのと同じで、やがて針の一突きで破裂するのだ。

井の頭線ガード下からJR渋谷駅南口方面へ扇状に広がる一角に、大小数百の飲食店がひしめきあい、大和田マーケットと呼ばれた。前身は焼け跡のヤミ市で、終戦直後、満州からの引き揚げ者たちが間口二、三間の住居兼店舗を構えたのがはじまりだった。花形が徘徊する宇田川町のネオンとはちがって、餃子やジンギスカン料理など庶民的な店が多かった。

この大和田マーケットを焼跡時代から仕切っていたのがテキ屋武田組の親分、武田一郎だった。武田組は江戸時代からつづく老舗で、武田親分は五十がらみで度量があり、昔気質の稼業人として評判だった。若い衆が安藤組ともめても、「うちはテキヤだ」と稼業違いを説いてケンカを諫めた。安藤とも落合一家の高橋岩太郎を介していいつき合いをしていた。

ところが――。

昭和三十二年三月の夕刻のことだった。

――親分、うちの若い者が榎本を拉致ってきました。

武田組幹部の山内が緊迫した声で大和田町の自宅にいた武田に電話で報告してきた。

「また榎本か」武田が舌打ちした。「今度はなにをやらかしたんだ」

――うちで面倒みている屋台を叩き壊したんで。

「しょうがねぇ野郎だな。ビンタのひとつでも張って帰してやれ」

――それが親分、野郎はAバッジをつけてやりやがったんです。安藤組の代紋しょって屋台を叩き壊したとなりゃ、だまって見逃すわけにゃいかないでしょう。張り倒して事務所に引っ張りこみました。

――わかった。いま行くから待ってろ。

電話を切った。

榎本は渋谷の不良で、武田組にもときおり顔を見せていた。酒癖が悪く、酔うとあちこちでトラブルをおこし、武田組が面倒をみている店でテーブルをひっくりかえすこともあったが、度量の大きい武田はビンタひとつで大目にみていた。

ところが安藤組のバッジをつけての狼藉となれば、これまでとは意味合いがちがってくる。

武田は着流しで事務所にむかった。それでも榎本の酒癖をしる武田は、今回も勘弁してやろうとおもっていた。それに、榎本ごときの不始末で安藤組とコトをかまえるのはみっともないという分別もあった。これまでも安藤組の若い者との小競り合いは何度もあるのだ。

ところが事務所に入って武田が顔をしかめる。血だらけになった榎本ともうひとりが床にころがっている。木刀やドスを手にした組員たち七、八人がふたりを取り囲んで見おろしていた。

背の高い山内が痩身を折るようにして武田に言う。

「榎本の野郎、ワビを言うどころか〝てめぇら、安藤組を相手にするのか〟ってタンカを切ったもんで」

榎本のつれは日山という安藤組の人間だった。安藤組にもふたりが拉致されたことは耳に入っているはずだ。抗争事件になれば死人がでる。

「おい、榎本」

武田がけわしい顔で言った。「おまえ、自分がなにをしでかしたかわかってるのか？」

榎本は武田をにらみつけ、ペッと血のついた唾を床に吐いた。


一報を聞いて、三崎は安藤の耳に入るまえに自分たちで解決すべきだと判断した。すぐさま幹部たちに非常召集をかけ、連絡のついた島田、花形、花田、石井、森田などが宇田川町の渋谷会館地階にあるトリスバー『地下街』に集まった。

榎本に非があることはわかっているが、安藤組の人間がさらわれたという、この一点において安藤組への挑戦と受けとる。

「武田を殺っちまおうぜ」

花形は強硬論をこともなげに主張するが、島田は慎重だった。命を狙えばたちまち全面戦争になってしまう。武田組をどうするかは安藤が決めることだ。

「社長にないしょで殺ることはできない。まず榎本と日山を取りかえしてからだ」

島田が断をくだす。

「勝手にしろ」花形がそっぽをむいた。

「じゃ、俺が行ってくるぜ」

三崎が腰を浮かすと、島田が制した。「三崎が行けば火に油になっちまう」花田を見やり言った。

「そうだな」花田が笑って、「ちょっくら行ってくるぜ」と言って店を出ていった。

武田組事務所は緊迫していた。

「動くな」と武田組長は言いおいてあとにしたが、組員たちに待機命令がだされ、事務所にはたちまち十数人が駆けつけた。稼業違いであろうとも男を売って生きている。メンツは命より重い。渋谷の街で安藤組の人間と行き会えば一歩も退かない。渋谷は落合一家と住み分けてきた自分たちの縄張なのだ。愚連隊あがりが街の人気を背に颯爽と歩いているのを見ればハラワタも煮えくりかえるだろう。まして事務所に出入りしていた榎本がAバッジをつけ、武田組が面倒をみている屋台を叩き壊したのだ。黙っているはずがなかった。

そこへ、安藤組幹部の花田瑛一がやってきた。ひとりできたことが組員たちの神経を逆撫でした。島田にしてみれば、ことを荒立てないためにひとりで行かせたのだが、武田組はナメられたとおもったのだ。

花田は組員たちをみまわし、落ち着いた声で言った。「ウチの者が迷惑をかけて悪かった。酔っ払ってやったことだから勘弁してやってほしい」

「花田、ワビてるのか、ケツまくってるのか？」山内が眉間にしわをよせて言った。

「ワビてるんだ」

「だったら頭のひとつもさげたらどうだ」

「馴れないことはするなって、おふくろの遺言なんだ」

花田の立場はむずかしい。非のある榎本を解放させなければならないので居丈高な態度はとれず、基本的には謝罪しなければならないが、風下に立ったのでは安藤組のメンツにかかわる。ここが掛け合いのむずかしさで、花田ならうまく切り抜けるだろうと島田はおもって行かせたのだが、殺気立つ山内は売り言葉に買い言葉と受けとった。

「てめぇ、この野郎！」

若い衆の木刀をもぎとると花田を打ち据えた。


三時間がたった。

花田も、榎本たちも帰ってこない。

電話もない。

「監禁されたな」三崎が言う。

「だから武田を殺っちまえばよかったんだ。そうだろう、島田」

島田が花形の冷ややかな視線を受け流して、

「石井、様子をみてこい」

「なにノンキなこと言ってんだ！」花形が激昂する。「むこうはやる気じゃねぇか」

「やる気かどうか、確認してから社長の判断を仰ぐ」島田が石井をむいて、「やる気ならあちこちから助っ人が集まっているはずだ。確認してこい」

「森田、行くぜ」

ふたりが席を立った。

島田たちは待機場所を円山町の料亭『立花』に移し、非常時召集と待機命令をかけて石井の報告を待った。

二時間後、石井から電話があり、大和田マーケットの入口で武田組の若い衆ふたりをみつけ、バー『地下街』につれこんで監禁しているという。島田は安藤に電話して状況をかいつまんで報告した。

——わかった。

安藤が短く答えて電話を切る。指示がないのは、自分が動くという意味であることを、島田はもちろんわかっている。

折りかえし安藤から島田に電話がかかってきた。

——武田組のふたりを放せ。花田たちも帰ってくる。

前置きなしで言った。

（武田組長と話をしたな）

島田は直感したがなにも言わず、「はい」とだけ返事した。

「三崎、花形——」

別室に呼んで安藤の言葉をつたえた。

三崎がうなずいた。懸念は花形だった。話し合いで解決するのは、お互いが組織を守るための方便だと花形は言うかもしれない。手打ちはドンパチやったあとのこと——これが花形だ。安藤の命令は絶対で、唯我独尊の花形といえどもこれに異を唱えたことなど一度もないが、自分に対して交戦を主張したら厄介だと三崎はおもった。

ところが花形はなにも言わなかった。二、三度、納得したようにうなずくと黙って出ていった。島田は安堵した。花形もすこしは道理がわかるようになったのだろう。深夜になっていたが中居に酒をはこばせ、幹部たちと寝酒をやりはじめた。

　二時間ほどして花形がふらりとあらわれた。

「おう、敬さん、どこへ行っていたんだ」

　石井が笑いかけた。

「武田の家（ヤサ）だ」

　石井の笑顔が固まる。「武田って、武田組長の家（ヤサ）かい？」

「ほかに誰がいる。出てこいって玄関叩いたら、それまでついていた電気が消えた。武田の親父、震えてたんじゃねぇか」

「まずいよ、敬さん」

「なにがまずいんだ。しょうがねぇから、榎本のジャンパーをとりに武田の事務所へ行ったら、返すの返さねぇの四の五の言うから若い連中をブチのめしてきた」

「まずいよ、敬さん」石井がもう一度言った。「話がついてるのにヤツら黙ってないぜ」

「黙るか黙らないかは武田の勝手だろう。俺はジャンパーをもらいに行っただけだ。島田、行っちゃいけねぇって社長が言ったのか？　話がついたって言ったのか？」

「いや、そういう言い方はしなかったが……」

　花形は納得していなかったのだ。消えかかった導火線に火をつけた。島田は不明を恥じた。

この男は安藤が直接命じないかぎり制御できないのだ。

「ガソリンだってよ」

錬心館の若い者と電話で話していた森田が叫んだ。「武田の連中が『地下街』にガソリンをまいた！」

この店が安藤組の溜まり場としっていてやったのだ。黙って飲んでいた瀬川康夫が席を立った。瀬川は錬心館に起居し、森田と兄弟分のような関係で、直情径行の暴れん坊としてしられている。森田のフォードを武田親分宅に乗りつけるや、クルマに積んであった十七連発のライフルを撃ちこんだのである。

「島田、社長に連絡を」

三崎が言った。

蟻が巨象に挑む

その夜は賭場を開帳する「四九の日」で、安藤は大事な客の相手をしていた。島田から電話だと聞いて、安藤は武田組の一件だと直感した。深夜の電話はのっぴきならないことにきまっていた。

「ちょっと失礼します」

客に断って隣室で受話器をとる。

島田はいつものように冷静な声で経緯をつげた。

「わかった。用意はできてんのか」

――事務所と森田の錬心館で待機しています。

「また連絡する」

受話器をおいた。

いったんは矛を納めたが、組員同士のいざこざはこれからもつづく。目が合ったの合わないの、挨拶したのしないの、顔が気にいるの気にいらないのと、取るに足りないことで命のやりとりをする。くだらないといえば、これほどくだらないことはあるまい。だが、ヤクザとはそうしたものなのだ。武田親分に対して含むところはないが、こうなれば一気に決着をつけるしかない。

しかし、総力戦になれば双方とも多くの犠牲者をだす。死ぬか、長い懲役だ。抗争中は賭場も開けない。武田組をつぶしても安藤組のダメージはすくなくない。しかも、いくつもの組織が虎視眈々と渋谷を狙っている。間隙をぬって必ず進出してくるだろう。武田組と共倒れにでもなれば〝漁夫の利〟を与えることになる。

（だが、武田組と決着はつけなければならない）

難しい舵取りだ。

──さあ、アトサキどっちもどっちも……

中盆の呼びこむ声が聞こえてくる。

志賀を呼んだ。

「尾津さんのところに掛け合いに行く。支度しろ」

志賀がうなずいた。

関東尾津組の尾津喜之助は、ウムと言っただけで電話を切った。

「武田が安藤組ともめているそうだ」

初老の番頭である吉村に言って寝酒の盃をあおった。

「いずれは、とはおもっておりましたが」吉村が銚子を傾ける。

「出る杭は打たれて難儀するだろうが、打つほうも楽じゃねぇな。打ちそこねて出過ぎた杭になっちまったら始末におえなくなる」

「うちから若い者をだしますか？」

「武田を死なせるわけにゃいくまい」

若い時分の獰猛な雰囲気はすでにないが、還暦を迎えてなお眉は黒々としていて、鼻筋が通った彫りの深い顔に風雪をくぐり抜けてきた貫禄があった。尾津は終戦直後、『光は新宿より』というスローガンをかかげて廃墟の新宿に一大マーケットを築きあげ、メディアは「街の商工大臣」と評した。

　武勇伝は数知れないが、昭和二十一年六月、関東松田組と台湾省民露天商とが衝突した新橋事件では、東京都露天商同業組合の理事長として単身、丸腰で渋谷の華僑総会本部へ乗りこんだ。死を覚悟した度胸に相手方は気圧され、全面戦争は回避される。功成り名とげ、〝千金の富〟をも築いた文字どおり関東屈指の大親分で、武田の親分筋にあたった。

「さて、寝るか」

　尾津が盃を和テーブルにおいて立ちあがった。


　山下哲が運転して西原が助手席、後部座席に安藤と志賀が座り、幌を閉じたマーキュリー・コンバーチブルは未明の山手通りを疾駆し、新宿の尾津邸についた。

　邸宅をゆっくり旋回する。門は閉まっている。不穏な動きもないようだ。すこし離れた位置に停めてから、安藤が西原に命じた。

「これから俺と志賀がなかに入る。十五分してもどってこなかったら島田に電話して、武田のところへ殴りこめ」

「社長たちだけ行かせるわけにはいきません」

「おまえにはまだやることがある。死に急ぐことはない」

　ガラガラと音をたてて部屋住みの若い衆が門を開けた。安藤と志賀が拳銃の装塡（そうてん）を確かめ、安全装置をかけると脇のホルスターに納めた。マーキュリー・コンバーチブルが邸宅前に横付けになった。


そのころ――。

花形は森田の運転するダッジの助手席でふんぞりかえっていた。八千ccのカバのようなエンジンが重低音のように未明の渋谷の街に響く。

「森田、もういっぺん神泉から宇田川町へ抜けてみろ」

「この時間だからな。武田の連中は一杯やって寝てんじゃないか」森田がハンドルを左に切りながら言う。待機命令が出ているので森田は気乗りしなかったが、花形がどうしても武田組の連中を探しだすと言ってきかないので、クルマを走らせていた。

「いや、俺たちの動きをさぐってるさ」

「もう三周目だぜ。これで最後にしよう」

「いた」

花形が反対車線の歩道を見て言った。ネオン街とあって、明け方まで飲んでいた連中が千鳥足で歩いているなかで、しっかりした足取りの三人連れが目にとまった。

「あそこだ、森田」アゴをしゃくる花形の声が弾んでいる。「その先でUターンしてヤツらの脇で停めろ」花形が腹から拳銃を抜き取ると足もとにころがした。「こんなもの邪魔くさくていけねぇ」

　ダッジが歩道に乗りあげるようにしてUターンするや、三人連れの脇で急停車した。花形がゆっくりと降り立つ。

「あっ、花形！」

「バカ野郎が、俺を呼び捨てに五体満足でいられたヤツはひとりもいねぇぜ」

　彼らが拳銃を取りだすよりはやく、花形のパンチが飛んだ。運転席の森田にまでアゴの骨が砕ける音が聞こえてくるようだ。

（ステゴロの化け物だ）

　森田はおもった。


　玄関の引き戸が開く音がした。

　番頭の吉村が自室で険しい顔をした。

「朝っぱらから申しわけありません」

　よく通る声が一気に言った。「私、渋谷の安藤ともうします。会長ご在宅でしたら、ちょいと急ぎの用で出むいたとおつたえください。勝手ですが急ぎます」

「渋谷の安藤」と名乗ったところで吉村は布団を蹴った。廊下に飛び出ると部屋住みたちが拳銃を手に玄関に走ろうとしている。彼らも渋谷でいまなにがおこっているかしっている。

「待て」吉村が制した。「親分を起こせ。おまえたちは奥で待機だ」

若い者が出ていけば撃ち合いになる――咄嗟の判断だった。

すばやく組の印半纏を羽織ると玄関へ急いだ。

何度か見かけた安藤が幹部らしき男と立っていた。

「昨夜、武田組ともめまして、ご縁つづきのお宅様に掛け合いにまいりました」

丁重な言葉づかいだが、刺すような目で安藤が口上をのべた。

ふたりともスーツの胸元が異様にふくらんでいる。拳銃をそれぞれ二挺ずつ用意して両脇のホルスターに吊っているのだろう。

「少々お待ちを」

毅然と言いおいて奥へひっこみ、尾津の部屋に入った。

尾津はすでに和服に着替え、帯を巻いているところだった。

「安藤はどういう了見だ」

当惑と、怒りのまざった目で言った。まさか愚連隊あがりの若造がこの尾津に談判にやってくるとはおもいもしないことだった。

「腹をくってきたんでしょう」吉村が低い声で言った。「殺るのは雑作もありませんが、安藤に殴りこまれたとあっては尾津の金看板に傷がつきます。それに安藤組は後々までうるさいでしょう」

「わかった」

尾津は瞬時に判断した。蟻が巨象に挑む。その度胸に安藤は称賛されるが、尾津組は挑まれたということだけで評判を落とす。そして安藤組の組員は執拗に自分を狙いつづけるにちがいない。武田が安藤とぶつかった。それだけのことだ。自分が命をかけることにどれほどの意味があるのか。

すぐに玄関へむかった。

「お初にお目にかかります」

安藤が視線を尾津の顔にすえたままで頭をさげた。

「おお、かたいことは抜きだ。さ、あがんな」

野太い声で言うと、返事を待たないで玄関脇の応接間に入っていった。吉村が注意深く安藤たちの挙動を警戒しながら「どうぞ」と目でうながす。安藤とつれが靴を脱いで応接に入る。浅く腰掛け、油断なく身がまえている。

「話は聞いた」

尾津が言った。「武田には俺からよく言っておく。おい、酒だ」

吉村がすぐに席を立った。廊下で若い衆たちが息を殺すようにして拳銃を握っている。「引っこめ」とアゴで吉村が命じた。

一升瓶とコップを吉村がみずからはこんだ。若い衆を使うとマチガイがおこるともかぎらない。吉村が安藤と志賀にコップを手渡すと、尾津が一升瓶を手にとった。

「忙しいだろうが、せっかくきてくれたんだ。一杯やってくれ」

みずからコップについだ。

一升瓶の口がコップの淵にふれてカチカチと鳴った。

「しょうもねぇ話だが、俺はアル中になっちまって」

尾津がカラカラと笑った。

(親分の手が震えている)

吉村が凝然と尾津の手許を見つめた。

この安藤という若い組長は、命を張った乾坤一擲の大勝負で天下の尾津を呑みこんだと吉村はおもった。武田とのあいだでコトが起これば安藤は確実に尾津を狙ってくる。だから尾津は武田に自制を命じるだろう。武田組は安藤組の風下(かざしも)に立つ。遠からず渋谷を追われるだろう。安藤は一滴の血も流すことなく抗争を制したのだ。新興勢力の若造がヤクザ界の重鎮を狙うなど、秩序の確立された関東ヤクザ界では考えられないことだった。この安藤という男は、その秩序を否定してみせるのだ。ヤクザ社会の台風の目だと吉村はおもった。

武田組との手打ちがすんでから一週間がすぎた。花形が事務所に顔をみせない。「花形敬」の一枚看板で渋谷をのし歩く男だ。放っておくと、なにをしでかすかわからない。

島田が西原にそれとなくきくと、原因は安藤が志賀をともなって尾津宅に乗りこんだことだった。

（なぜ自分じゃないのか、社長は俺を信頼していないのか）

という不満であり、志賀の功績に対する称賛への嫉妬でもあった。武田組との抗争は自分のこの手で決着をつけるつもりでいた。だから武田親分の家にも事務所にも乗りこんだし、森田に運転させて未明の〝武田狩り〟までやった。ところがその同じ時間、安藤は自分のしらないところで志賀をつれて尾津のところに談判に行っていたのだ。

島田は一応、このことを安藤の耳に入れた。

安藤はこともなげに言った。

「釣りに行くときは釣り竿だ。鉈を持っていって魚が釣れるか」

なるほど花形は頼りにはなるが、問答無用で尾津親分に手をだしているだろうと島田はおもった。一方、花形は武田組と手打ちになったことが我慢ならなかった。終戦で海兵の夢が絶たれたように、自分のあずかりしらないところで人生がきめられたり、ものごとが動くことに拒否反応をおこす。

その日の夜、花形は渋谷駅裏のヤキトリ屋街を歩いていて武田組長の実子分（直系の一の子分）と出くわした。

「これは花形さん」

実子分が笑顔で挨拶した。

「気安く名前を呼ぶんじゃねぇよ」

「えっ?」

実子分の顔色が変わった。

「なんでぇ、その顔は」

「い、いや……」

安藤組とは手打ちになり、もめ事は絶対におこしてはならないと武田組長からきつく言われている。ヤジ馬が遠巻きにしはじめた。グズグズしていたら妙なことになる。すぐその場を立ち去ろうとした。

「おい実子分」

花形が呼びとめた。「シッポが伸びてるぜ」

実子分が足をとめて不審そうな顔をした。

「バカ野郎が、逃げるときはシッポを丸めるもんだ!」

怒鳴りつけるなり顔面を殴りつけた。実子分が昏倒し、ヨロヨロと立ちあがると、「おぼえてやがれ」捨てゼリフをのこして人混みにまぎれた。

「敬さん、どうした!」

石井がとおりかかった。

「なんだかしらねぇが、あの実子分が〝おぼえてやがれ〟だってよ。なにをおぼえてりゃいいんだ。顔見たら、また一発見舞ってやるぜ」

石井も花形の心情がわかっている。わかっているが、国士舘時代とおなじく〝渋谷の厄ネタ〟だとおもうのだった。

花形が心を許す男

ネオン街にくりだすまえ、花形はいつも三升屋でかるくやっていく。店主の吉蔵は花形のどんな話にも耳をかたむけてくれる。説教がましいことは一切言わないが、ときおりボソリと心に刺さるような言葉を口にする。飯山五郎と同様、花形が心を許す人間だった。

「それじゃ、敬さん」西原健吾が立ちあがって頭をさげた。「自分はこれから賭場に詰めなくちゃなりませんので失礼します」

「うちの賭場で行儀の悪いのはいねぇだろう」

「ええ。でも、たまによそ者が聞き分けのないことを言います。隣りの部屋に引っ張りこんだら青い顔して震えますが」

西原が笑った。

安藤組の賭場は隣室に自動小銃をずらりと並べておいてある。負けがこんで盆にケチをつけるヤクザもんはこの部屋に呼んで脅せばたちまちおとなしくなる。「安藤組の賭場でインネンをつけたら撃ち殺される」という評判は、そこまで徹底しているという意味で上客への信頼度にもつながるのだ。

「健ちゃんは快活で気持ちがいいね」

西原が店を出ていくと、店主の吉蔵がちろりを花形のコップにかたむけながら言った。

「あの野郎、福岡の高校でラグビーやっていたんだ」

「敬ちゃんとおなじだ」

「國學院の二年生のときに、うちの組に就職させてくれって安藤に談判したってんだからおもしれぇよな。安藤もあきれて、卒業したら入れてやるって言ったそうだ。母子家庭で、おふくろさんが働いて東京の大学にやったってのに、ヤクザなんかになっちまって、しょうのないやつだ」

母親の期待ということでいえば、名家の出の花形だって同じようなものだが、吉蔵はそのことにはふれないで、

「健ちゃんは空手で日本チャンピオンになったんだってね」

と話題をかえた。

「ああ、それでタイに行ってムエタイとかいう格闘技とリングで勝負するんだって張りきってるよ。俺がやってもいいんだが、ケンカで忙しいから時間がねぇよ」豪快に笑って「さて、ネ

オンもチカチカしはじめたから、ぐるりと見まわってくるか」コップ酒を飲み干す。

「敬ちゃん、賭場には興味ないの？」

「ないね」即座に言った。「賭場はキャバレーとおんなじでサービス業だぜ。客の機嫌とってカネを稼ぐなんて芸当が俺にできるとおもうかい？」

「無理だね」

苦笑するしかなかった。

花形には組織経営ということに関心がまったくない。吉蔵はそうおもう。あちこちのバーやキャバレーの面倒をみて収入（シノギ）にしているが、シノギのために面倒をみているのではなく、店から腕力をたよられ、たよられることに満足し、結果としてシノギになっているにすぎなかった。花形が安藤さんを尊敬していることは言葉の端々からうかがえるし、安藤さんのような男を理想としていることもわかっているが、

（敬ちゃんは安藤さんにはなれまい）

と吉蔵はおもっている。ワガママで、奔放に生きてこその敬ちゃんであって、組織経営ということを考えるようになったら、そこから不幸がはじまるだろう。戦前を稼業人として修羅場で生きてきた吉蔵の人物眼だった。

「敬さん、今晩は」

五郎が引き戸を開け、顔だけみせて言った。

「おう、ちょうどよかった。これからネオン街のパトロールだ。行こうぜ」

「自分はこれからお店が……」

「店なんか放っておけ」

「そ、そんな……」

花形がかまわず先に立って歩きはじめた。

そう、これでこそ敬ちゃんなのだ——吉蔵はおもわず笑った。

三船敏郎と酒

縄張（シマ）をより強固にするため、渋谷での映画ロケはすべて安藤組が仕切った。当時、映画は全盛で、都内のあちこちでロケがおこなわれていて、「警備」を請け負うのだ。安藤は西原に責任者を命じた。西原は國學院時代、「渋谷は國學院の庭だ」と宣言し、同大学の空手部と応援団を中心に硬派を集めて拳正会を設立。学ランに高下駄で渋谷を地廻りし、他大学の不良学生をみつけては叩きつぶした。

その拳正会のメンバーが『東興業』の腕章を着用し、ロケ現場でガードにあたった。腕章を着用するということは、「渋谷は安藤組のものである」という宣言でもあったが、異を唱える組もグループもなかった。渋谷だけではない。新宿ロケにさいしては、安藤と兄弟分の加納貢に話をし、『東興業』の腕章を着用して人をだした。

安藤組が芸能界を震撼させるのは、大スター三船敏郎の〝半殺し騒動〟だ。その夜、安藤は仲のよかった俳優・堀雄二の紹介で、三船敏郎と一杯やることになったのだが、ケンカの手打ちがあってすこし遅れて店に顔をだすと、三船はすっかりできあがっていた。

三船が酒乱であることをしらない安藤は、時間に遅れたこともあり、宮益坂のナイトクラブ『パール』に案内しようとタクシーをとめた。三船が先に乗り、それに安藤がつづいたところが、三船が理由もなく、いきなり安藤の顔を手で叩いたのである。堀雄二が青くなったが、安藤はもうとまらない。三船をタクシーから引きずりおろしてブン殴った。組員たちが駆け寄り、三船を半殺しにしたのだ。ウワサは瞬時に広がる。大スターへの暴行ということで警察が動いた。暴行に加わったとして組員二人が逮捕されてしまうのだ。安藤はおさまらない。悪いのは先に手をだした三船ではないか。映画関係者を事務所に呼んで言った。

「三船にこうつたえてくれ。もし二日以内にうちの若い者が留置場から出てこれなかったら、二度と俳優ができないように顔を十文字にハスってやるから覚悟しておけ――」

組員ふたりはその日のうちに釈放された。メッセージを受けとった三船はアワをくって警察に駆けこむと、「酔ってなにもおぼえていない。この人たちは無実だ」と言い張った。警察は安全は保証するから被害届けをだすよう説得したが、三船は頑として聞く耳をもたなかったと、メッセージを届けた映画関係者は安藤に報告した。

三日後、三船が改めて安藤を訪ねて謝罪した。顔を包帯で巻き、顔の腫れが引くまで撮影は中断するとのことだった。「安藤組に逆らうとヤバイ」——これが芸能界の共通認識になった。

安藤の頭には、山口組興行部の隆盛があった。テレビの本格放送から三年。お茶の間にテレビが普及しはじめ、歌謡曲は庶民の最高の娯楽になっている。安藤は興行部門を本格稼働させることにし、西原を責任者に命じた。頭がきれ、若くて近代的な感覚をもった人間となれば西原が最適任者だった。西原はそれにこたえ、芸能界に顔を作っていった。

花形敬、撃たれる

安藤組は北上する台風が急速に勢力を拡大するように、渦を巻き、膨張に膨張をつづけた。幹部たちにそれぞれ準幹部クラスがつき、さらにその下に若い衆がいる。組織に派閥ができるのは必然だった。

大和田派は石井と森田のグループで、宇田川派は花形、花田、西原たちのグループをさしたが、宇田川派もさらに派閥に分かれ、それぞれ溜まり場とする喫茶店があった。花形グループは『マイアミ』、花田グループは『サボイヤ』、西原グループは『パウリスタ』といった具合で、うっかり派閥ちがいの店に入ると険悪な雰囲気になった。安藤を扇(おうぎ)の要(かなめ)とし、個々のグループがそれぞれ縦の関係を構築しているのであって、横の関係は希薄だった。

ただひとり派閥をもたず、どの派閥にも属さないのが安藤の参謀に徹する島田だった。島田は派閥による足の引っ張り合いを危惧し、それを安藤につたえた。

安藤は笑った。「島田、俺たちが愚連隊でやっているとき、組にすべきだと言ったのは誰だ？」

「自分です」

「そうだな。てんでバラバラだからまずいだろうってな。で、組にした。うちは強くなった。ところが、ここへきてまた同じことをおまえは言っている」

島田に言葉はなかった。

安藤がつづける。

「組は〝仲良しクラブ〟じゃない。三人寄れば派閥はできる。放っておけ」

「わかりました」

島田が頭をさげた。

石井、森田、花形の三人は、不良少年時代からつるんでいるのでつき合いは古い。だが、その関係は、唯我独尊の花形に対して石井と森田が一歩退くという微妙な関係である。大和田派となった石井・森田グループは安藤組において最大派閥に成長した。一歩退いてきただけに、花形に含むところがあったとしてもそれは当然だろう。ことに石井・森田の若い衆は、自分の兄貴分に対して傲慢な態度をとる花形に敵対意識さえもっているとも聞く。

(なにもなければいいが)

島田の懸念は的中する。


昭和三十三年二月十七日午前零時過ぎだった。石井の若い衆で、森田にも可愛がられている牧野昭二が、渋谷駅東口の上通り三丁目のバー『ロジータ』で飲んでいると、花形がふらりと入ってきた。

「牧野、ここは俺が面倒みてるんだ。てめぇなんか三下がくるところじゃねぇ」

したたかに酔った花形が毒づいた。

「すみません」

牧野が頭をさげ、すぐにカウンター席を立った。大幹部の花形と牧野では格がちがう。言いかえせる相手ではない。まして酔った花形だ。急いで店を出ようとしたその背に、

「こらッ、三下! チップおいていけよ。しみったれてやぁがって、大和田の連中は上が上なら下も下だぜ。帰ったら石井と森田にそう言っておけ」

この一言に牧野が足をとめてふりかえった。

「なんだ、その目は。その目はなんだときいてるだろ!」

いきなり顔を殴りつけ、牧野が店の隅にころがった。

「目ざわりだ、外へ放りだせ！」

店長とボーイに怒鳴った。

牧野は鼻血を流しながら大和田に走った。石井が馴染みにしている店を一軒ずつさがした。中華料理屋『上海』で森田と飲んでいた。

「どうしたんだ、その顔は」石井が眉をひそめた。

「敬さんにやられた。兄貴、拳銃を貸してくれ。敬さんを殺らせてくれ」

石井と森田の目が合った。森田が小さくうなずく。石井がブローニング38口径を腹から取りだすと、テーブルの下から牧野に渡して言った。

「俺たちはここで飲んでいるぜ」

牧野がゴクリと生ツバを飲む。コクリとうなずいて拳銃を素早くズボンのベルトに差しこむと、銃把を握ったまま店を飛びだしていった。

牧野は『ロジータ』のまえで張りこんだ。ドア越しに花形の笑い声が聞こえてくる。午前三時二十分、花形が見送られて店から出てくる。千鳥足で宇田川町にむかって歩いて行く。そのあとを牧野が銃把を握ったままついていく。花形がバー『どん底』に入ろうとしたときだった。

「敬さん」

花形がふりむいた。五メートルほど先で、銃把を両手で握った牧野が銃口をピタリと据えていた。

「てめぇ、いったいなんのまねだ」

ドスのきいた低い声で言った。メガネの奥の細い眼から凄まじい怒気がつたわってくる。

「撃ってみゃがれ！」

花形がずんずん歩いてくる。

相手は花形だ。牧野が恐怖にかられる。腰が引けた。撃たなければ殴り殺される。牧野が悲鳴のような声をあげて引き金を絞った。

――バーン！

深夜のネオン街に乾いた音が響く。

弾は花形をそれた。

「撃て、この小僧！」

花形が歩みをとめない。

(化け物だ！)

後ずさりしながら引き金を引いた。花形の巨体が駒のように半回転した。なおも引き金を引く。花形が腹をかかえるようにして膝からその場に崩れ落ちた。

牧野は『上海』に走った。

「やりました」荒い息で石井と森田に報告した。

「死んだのか」

「はい」

「よっしゃ！」今夜、ふたりが初めて見せる笑顔だった。石井、森田、そして牧野の三人は『上海』で祝杯をあげた。

「まあ、あれで花形もいいところはあるんだよな」

石井が言えば、

「もうちょっと聞きわけがよければいっしょに遊んでやったんだが」

森田が上機嫌でかえしたときだった。

「兄貴！」

森田の若い衆が血相をかえて店に飛びこんできた。

「生きてます！　花形は生きてます！　兄貴たちの名前を叫びながら、鬼のような顔で渋谷の街をうろついています」

三人の顔から血の気が引いた。


翌朝、安藤は島田から報告を受けた。

すぐ花形を事務所に呼んだ。

包帯で左手をぐるぐる巻きにしているが、ピンピンしている。

「三発撃たれたときいたが、当たったのは手だけか？」

「いえ」と言って花形が腰の部分を見せた。包帯が巻いてあった。そのとき花形のズボンの折り返しのところからコロコロとなにかが転がり落ちた。拳銃の弾だった。

安藤があきれながら、「弾は左腰に当たって貫通したのかな。それがズボンの折り返しのところに引っかかっていたんだろう。手はどうだ?」

「左の人差し指から中指、薬指、小指と四本の指をきれいに貫通してます。あと一発は外れました」

「あとで連絡する」

安藤は花形を帰した。

詳細については島田が把握していて安藤に報告した。撃たれた花形は近くのバーテンの肩を借り、タクシーで渋谷区役所横の伊達外科に行ったという。

「診断は全治四ヶ月だそうです」

「重傷だな」

「ええ、そのまま入院です。ところが花形はすぐに病室を抜けだして石井と森田を探したそうです。二人が牧野にやらせたとみたんでしょう」

「実際はどうなんだ?」

「直前に牧野は花形にバーで殴られていますからね。やらせたかどうかはともかく、石井のブローニングです」

「気が合わない者同士がなんだかんだやっているうちにエスカレートしたんだろう」

「それにしても」と島田が含み笑いをして、「石井と森田が見つからないとなると、花形は朝鮮料理屋でコップ酒をあおりながら焼肉を二人前ほど平らげ、女を旅館に呼んだそうです」

「化け物だな」

安藤も笑ったが、すぐに真顔にもどって島田に命じた。

「花形、石井、森田を手打ちさせるから段取りをつけてくれ。組は仲良しクラブじゃないのはわかっているが、拳銃弾いてやりあうのはみっともないだろう」

安藤は加納貢を立会人とし、神楽坂の料亭に三人を呼んで手打ちをさせてから言った。

「俺たちは生身の人間だ。好き嫌いはあって当然だ。そのことについてはなにも言わない。だがな、あの野郎が気にくわない、この野郎が気にくわないと言ってキャンキャン吠えるのは犬畜生のやることだ。おまえたちにそんなみっともないまねはしてほしくない」

言葉をきり、言葉が彼らの心にしみていくのを待って、

「どう理屈をつけたところで、ヤクザは世間の爪弾きだ。自分で選んだ道だ。それはそれでいい。しかしな、一寸の虫にも五分の魂があるように、爪弾きされる人間にも五分の矜持がある。うちは行き場のない若い者を大勢かかえている。組のために懲役に行っている者は何人もいる。そこんところをよく考えろ」

三人は殊勝な顔で頭をさげた。

渋谷の事務所にもどった安藤は、社長机に座り、椅子を回転させると窓の外に広がる渋谷の夜景を見た。

(組は正念場を迎えている)

そうおもった。

組織は巨大化するにつれて綻(ほころ)びを見せ、亀裂が走り、そして内部崩壊していく。これは組織の宿命といっていいだろう。

「敵国外患(てきこくがいかん)無(な)き者(もの)は国恒(くにつね)に亡(ほろ)ぶ……」

奉天一中時代、漢文教師の田久保から習った『孟子』の言葉を頭のなかでつぶやく。敵国がいなくなり、攻められる心配がなくなった国は緊張を欠き、油断を生じてついには滅亡する——そういう意味だと田久保は言った。渋谷を制したいまの安藤組がそうではないのか。

(そうであるなら)

と安藤はおもう。

安住の地で、賭場の開帳やミカジメという旧来のシノギに頼っていたのでは、遠からず内部崩壊を起こすだろう。安藤は「白木屋乗っ取り事件」で見た株主総会の修羅場をおもいうかべる。安藤組は新たな分野に進出する時期にきていることを確信した。

だが、運命の回り舞台は、安藤の気づかないところでしずかに動きはじめていた。

第五章

疾雷（しつらい）

孤高と孤独

梅雨入りをまえにした六月初旬、安藤はフルオープンにしたツーシーターの白いフォードサンダーバードで、東映ニューフェイスの山口洋子を練馬区の東映大泉撮影所に送った。陽光をまぶしく跳ねかえす白い車体に、深紅のレザーシートがあざやかだった。正門の守衛がおもわず敬礼する。洋子が笑顔で手をふり、サンダーバードはそのまま中庭にまで入っていった。

「だ、誰だ！」

窓から見ていた撮影所長が驚いて部屋を飛びだした。保守的な社風の東映は、外車で撮影所に乗りつけることにいい顔をしなかった。

「洋子か」

苦々しい顔をみせてからハンドルを握る安藤に、

「キミはなんだね。ここはクルマが入っちゃいかんのだ」

難詰するように言った。

「それは失礼しました」

安藤が運転席から降り立つと、東興業の名刺を丁重に差しだした。銀座の超一流テーラー「壹番館」で仕立てたダークグレーのスーツ、真っ白いワイシャツに濃紺のネクタイを締め、磨きこまれた黒い靴は顔が写りそうだった。

「ほう、社長さんか」

「若輩者です」

折り目正しい態度に所長はすっかり感心し、

「キミのような立派な青年がいて、日本もまだまだ捨てたもんじゃないね。洋子、いい青年じゃないか」

と言って笑った。

山口洋子は後年、銀座の高級クラブ『姫』のママになる。さらに作詞家として名を成し、直木賞作家として文壇で活躍する。当時、洋子は東映第四期ニューフェイス。安藤とは渋谷のジャズ喫茶『キーボード』でしりあい、つき合っていた。気さくな性格は組員たちからも好かれ、「お嬢」と呼んでいた。花形ですら、洋子が事務所に遊びにくると「腹減ってねぇか」ときくなど可愛がっていた。

「じゃ、所長。これで失礼します」

「そう。遠慮はいらないから、いつでも遊びにきなさい。期待しているよ」

安藤の肩を叩いた。

三日後、この好青年が日本中を騒然とさせる事件を引きおこし、飛びあがることになる。

昭和三十三年六月十一日昼前、三栄物産社長の元山富雄は書類一式をいれたカバンを膝に抱き、けわしい顔でタクシーの後部座席に座っていた。

(安藤さんは引き受けてくれるだろうか)

何度となく自問をくりかえす。

うまくいったらしらん顔で、どうにもならなくなって話を持ちこむのは虫がよすぎる。このことは元山にもわかっている。「なんで最初から私に相談しなかったのか」——そう言われればかえす言葉はない。

だが、信頼して頼めるヤクザは安藤さんしかいない。

(男気にすがればなんとかしてくれる)

元山は自分に言い聞かせた。

事務所に入ると、組員たちがいっせいに立ちあがって挨拶した。十数人ほど詰めているが、全員がスーツにネクタイを締めている。事務所当番はスーツ着用だと以前きいたことがあるが、眼光の鋭さと一種独特の物腰しを別とすれば、彼らの外見はビジネスマンのようだった。

島田が社長室をノックして元山の来訪をつげた。自分は遠慮して入室しない。このあたりの一線の引き方が島田らしいと、元山がいつも感心することだった。

安藤は窓際に立って紅カナリヤにエサをやっていた。

「いつもこうしてエサをやりながら考えるんですがね」

鳥籠をのぞきこんでチュチュチュチュチュと舌を鳴らしてから、

「エサと安全を保証された〝籠の鳥〟と、自由だけれど棒で追われる野良犬とどっちが幸せだろうか、ってね。元山さんはどっちですか？」

「私は……」いいよどんで、「難しいですね」

「エサも安全も保証され、なおかつ自由でいたい。人間は身勝手なものですね」小さく笑って
「どうぞ」ソファをすすめた。組員がコーヒーとケーキ、おしぼりを運んできて退室するのを待って、「で、ご用件は？」元山を真っ直ぐに見て言った。

「取り立てをお願いしたいんです」

「取り立てですか」気乗りしない声で言った。「カネの貸し借りは双方が納得してやったことでしょう。それなのにあとになって利息が高いの安いの、約束がどうのと相手を批難する。そのうち双方にヤクザがついて、最後は双方が食われてしまう」

「そうじゃないんです」元山が急いでカバンから書類の束をだすとテーブルに広げた。「これは最高裁判所の支払い命令判決の謄本です。話だけでも聞いていただけませんか」

「わかりました。どうぞ」

「じつは――」

安藤がもってまわった言い方を嫌うことは元山も承知している。要点だけを簡潔に説明する。

貸し主は元華族・蜂須賀侯爵の未亡人。貸した相手は東洋郵船社長の横井英樹。金額は当時の

金で三千万円。自宅を売却した〝虎の子〟のお金で、それを横井が踏み倒した。提訴して判決をもらったが横井は無視。未亡人は取り立ての委任状をつけて、古い友人の元山に依頼し、いまこうして安藤を頼った……。

「横井って、あの横井英樹ですか？」

「そうです、〝乗っ取り横井〟です」

「島田――」呼ばれて島田がすぐに入ってきた。

「なんでしょう」

「座れ。横井に対する取り立て依頼だ」

島田がうなずいた。

元山が急いで同じ説明をする。島田がじっと耳をかたむけてから、「横井の財産をおさえたところが、本人名義のものはほとんどなかった。でしょう？」

「そうなんですよ」憤然として言う。「横井名義の郵便貯金が三万数千円。あちこちに別荘も持っているし、自宅も都内に数件あるんですが、すべて会社名義。新車のキャデラックを何台も乗りまわしているくせに借金はかえさない。未亡人は困窮のどん底にあるんですよ！」

元山は横井の非道ぶりを訴えた。

「話はわかりました」

安藤が腕時計に視線を落として、「お引き受けするかどうか、あとで島田に電話させます」

「なんとかひとつお願いします」

元山が席を立った。

島田が廊下まで見送ってもどってくると、

「まさか横井の名前が飛びだしてくるとはおもいませんでしたね」

「まったくだ。縁があるんだろう」

白木屋乗っ取り事件では、万年東一の依頼で安藤は横井側についた。そしてまさにいま、横井は五島慶太の尖兵として東洋精糖の株買い占めに走り、安藤は関東ヤクザ界の重鎮・武井組組長に頼まれて東洋精糖側についている。五島慶太は東急電鉄を中核とする東急コンツェルンの総帥で、「乗っ取り王」として名を馳せ、「五島」をもじって「強盗慶太」と呼ばれていた。白木屋のときとおなじように、双方ともバックに総会屋やヤクザ、右翼が大挙して絡み、世間の注目を集めていた。

「盗人にも三分の理があるように、横井にも言いぶんはあるだろう」安藤が言う。「だからどこでなにをしようと、ガチンコ勝負に四の五の言うつもりはない。だが、人を泣かして甘い汁を吸うのは感心しない」

「引き受けますか」

安藤がうなずいて、「東洋精糖の株主総会は目前に迫っている。このままいけば資金力から横井が勝つかもしれない。そのまえに横井を攻めておくべきだ。元山に電話して、明日、俺が横井の会社に出向くから時間を押さえるようつたえろ」

「明日は趙総長と七時に東京駅で待ち合わせですが」

「わかっている。ちょいと横井と話をするだけだ」

趙春樹は箱屋一家総長で、後年、稲川会理事長となる人物だ。明日の夜、熱海で大きな賭場が開帳され、安藤は仲のいい趙とつれだって行くことにしていた。

「横井のところへは誰か付けますか？」

「いや、元山とふたりで行く。相手は曲がりなりにも実業家だ。人数そろえて乗りこむわけにもいくまい」

「承知しました」

島田が元山に連絡するため、ソファの脇にある受話器に手を伸ばした。

安藤は口にはしなかったが、狙いは五島慶太にあった。横井を攻めれば背後に控える五島に行きつく。五島と手を組むことで旧来のヤクザから脱皮し、安藤組は東興業に立ち替って表経済に舞台を移すことができるのではないか。

白木屋乗っ取り事件を契機に五島と引っかかりをつけたいとおもっていた。依頼すれば紹介してくれる人間は何人もいる。だが、紹介で会ったのでは、年が若い自分のほうが頭をさげなくてはならない。初対面で上下（かみしも）がついてしまう。一度ついたこの関係は容易には逆転しない。これが人間関係というものだ。どうしり合うかが勝負となる。だから安藤はこれまで動かないでいた。元山がもちこんできた話は〝渡りに船〟かもしれないとおもった。

「明日の夕方四時でアポイントがとれたそうです」

おりかえし元山からの電話をうけた島田がつげた。

敗戦から十三年がすぎ、高度経済成長と歩調をあわせるように日本は「秩序ある国家」として息を吹きかえしつつある。新しく総理に就任する岸信介は「汚職・貧乏・暴力」という三悪追放をかかげた。警察当局はヤクザ組織壊滅を標榜して取り締まり強化に乗りだしていくだろう。賭場の開帳やミカジメでシノギする時代はおわる。安藤は時代を冷静にみていた。


（安藤は変わったのではないか）

花形はそんなおもいにとらわれていた。

武田組との件が一段落し、安藤組が渋谷に君臨するようになって、なんとなく安藤はもっと遠くを見ているような気がしていた。うまく言えないが、ただのヤ、ク、ザ、からもう一段上のヤクザとでもいうのか……。このたびの東洋精糖の件もそうだが、安藤が考えていることは、男を売るとか売らないとか、ケンカが強いとか弱いとか、そういったレベルではないようだ。よくいえばスケールの大きさ、花形の価値観でいえばヤクザらしくないヤクザということになる。

だからなのだろう。このところ島田と頻繁に打ち合わせをしていて、自分と話す機会がめっきり少なくなっていた。花形はそれがおもしろくなかった。

「健坊、おまえセスナで空からこんなものを撒かせたんだってな」

花形が『ハッピーバレー』のカウンターで一杯やりながら、手にしたビラを声にだして読みあげた。

「……日本経済を攪乱し、社会を毒する魔王・五島慶太、その手先となって実業界を破壊する横井英樹の行為は必ずや天誅（てんちゅう）を受くべし。彼らは最近、東洋精糖の株買い占めによる会社乗っ取りを策し……」

「まずかったですか?」花形の顔色をうかがう。

「まずかねえよ。ビラってな、サンドイッチマンが撒くもんだとばかりおもっていたが、ちかごろじゃヤクザが空から撒くようになったんだって感心していたんだ」

「すみません」

「東洋精糖がどうしたってんだ」

「横井が乗っ取りかけてるんで、攻めてくれって武井の親分からウチの社長が頼まれたんです」

「じゃ、横井を半殺しにするなり命（タマ）をとるなりすりゃいいじゃねぇか」

「そうもいきませんよ。マスコミも経済界も注目していますから」

「ヤクザが世間を気にするのか。社長も妙な仕事を引き受けたもんじゃねぇか」

「武井の親分の声がかりですから」

武井組の武井敬三組長は後年、佐藤栄作総理の用心棒を務めるなど政財界に隠然たる勢力をもっていた。万年東一との関係から、安藤は「武井の叔父さん」、武井は「安ちゃん」と呼んでいた。その武井から親分衆の寄り合いがあるので顔をだしてほしいと言われ、安藤は中央区浜町河岸の料亭『辻むら』に出かけた。大広間に都内の親分衆二十数名が顔をそろえていた。東洋精糖サイドの寄り合いだった。

座を仕切る武井が滔々とぶった。

「資本主義社会では、株の買い占めは合法的な経済行為だ。だが、東洋精糖は、秋山利太郎と、その次男の利郎親子が、秋山商店という砂糖問屋をもとに粒々辛苦の末に築きあげた会社である。それを乗っ取るなど道義にもとるではないか。したがって、我々の力をもって横井と五島による乗っ取りを阻止する」

そして、「この仕事、安ちゃんに引き受けてもらいたい」いきなり安藤に顔をむけて言った。

「もうすぐ東洋精糖の株主総会があるから安ちゃんところの若い衆を百人ばかり集めて乗りこんでほしい。ただし、暴力はいかん。傷害事件になったらむこうのおもうつぼだ。総会をぶち壊してくれればそれでいい」

流会させることで、とりあえず横井の乗っ取りを阻止するという作戦だった。

西原はビラを撒くにいたった経緯を説明したが、花形は不機嫌な顔でウィスキーをストレートであおった。西原はこのとき花形の孤独を感じた。「ステゴロの花形」はまぎれもなくヤクザ社会のスターだった。いつだったか、飯山が花形がいないとき『三升屋』でこんな話をした。

「拘置所に敬さん面会に行ったときは驚きましたよ。みんなは番号で呼ばれて出てくるのに、敬さんだけは名前なんですよ。花形――ってアナウンスがあると、面会人たちからどよめきがおこる。なんたって面会は百人からいますからね。たいていヤクザ関係者でしょう。〝厄ネタ〟だなんて失礼なこというけど、敬さんて、そういう人なんですよ」

その花形が、自分の居場所がなくなりつつあることにいらだっている、と西原はおもった。

花形は賭場を開帳したり、旦那衆のよろず相談事を引き受けるといった組織的でシステマチックなシノギは性に合わない。用心棒にしても行き当たりばったりで頼まれ、引き受けるだけで、たとえていえば路上に落ちているカネをたまたま拾うようなものだ。絵図をかかない、人を騙さない、カネは二の次で、おのれのメンツだけに生きる。そこに西原は花形の純粋さをみる。純粋とは不器用ということであり、変化に対応できず、時代に取り残されていく。

「ムエタイってのは、そんなに強ぇのか?」

不意に花形が言った。

「強いですね。ただ、自分は初めて戦ったもんで。研究不足でした」

「日本で興行になるかい?」

「なるとおもいます」

西原は答えながら、花形なりにこれからのシノギを考えているのだろうとおもった。四ヶ月ほどまえの二月二十二日、西原は日本人格闘家として初めてタイにわたり、空手衣を着てバンコクのルンビニー・スタジアムのリングに上がり、ムエタイのチャンピオンと対戦。壮絶な戦いのすえ、西原はマットに沈んだ。

「敬さん、ぜひやりましょう」

「ビラ撒きよりいいんじゃねぇか」

この夜、花形が初めて笑った。

（いい顔だ）

と西原はおもった。

「**安藤を怒らせたらヤバイよ横井さん**」

銀座八丁目の第二千成ビル八階にある東洋郵船の社長室で、横井英樹は五島慶太と電話で話をしていた。

――どうだ、見通しは？

「万全です」横井がカン高い声で言う。「ビラを撒いたりして悪あがきしていますが、株数で勝負ありです」

――気を抜かないことだ。足もとをさらわれるぞ。

「心得ております」受話器を握ったまま頭をさげたが、顔は余裕の笑みがうかんでいる。

――いいか、ビジネスは戦争だぞ。なにが起こるかわからない。

五島の懸念に、「心得ております」と横井はおなじ言葉をくりかえした。

受話器をもどして社長机に腰をおろすと、椅子に背をあずけて足を組む。二十坪ほどのこの部屋の窓は通りに面して総ガラスになっている。廊下の赤い絨毯と補色をなすように、濃い緑色の絨毯が敷かれ、社長室に似つかわしくない豪華なシャンデリアが天井からぶらさがっている。社長机はオーク材の特注でセミダブルベッドほどの大きさだった。

成金と揶揄されていることは横井も承知している。そのとおりだ。自分は将棋の駒の「歩兵」が敵陣を突破して「と金」になったのだ。成金という言葉こそ最大の讃辞ではないか。

いま自分は四十五歳。五島慶太の後ろ盾を得てこれからが本当の意味で勝負だ。来客が切れた束の間、横井はこうして社長机に背をあずけて来し方をふりかえり、これからの自分におもいをはせる。至福のひと時だった。

ノックで我にかえった。深紅のミニスカートに同色のベストを着たグラマラスな秘書が入ってきてつげた。

「社長、四時からご面会の方がおみえになっておられます」

「誰だったかな」

「三栄物産の元山社長と……」

「蜂須賀の件だな。しつこいヤツだ。追いかえしなさい」

「安藤という方がご一緒ですが」

「誰だ?」

「存じあげませんが、この方が社長様にお話があるということでございます」

舌打ちをした。ろくな話じゃないだろうが、東洋精糖の株主総会が近い。いろんな人間が動いている。一応、会っておいたほうがいいだろう。

「通しなさい」

命じてから蝶ネクタイに指をあて、曲がりを直した。

元山が入ってきた。

「お待たせしました。さあ、どうぞ」

ソファをすすめた。笑顔になるとハの字の眉がさらに下がる。

「ご紹介します。こちらの安藤さんは白木屋の一件のときに万年さんの関係であなたについた方です」

「それはそれは、その節はお世話になりました」横井はあらためて三十がらみの若い男を見た。話をした記憶がない。ダークスーツを着こなし、青年実業家のように見えるが、万年東一の名前を聞くまでもなく雰囲気から察してヤクザだろう。

「えーと、どちらの安藤さんでしたかな」

「渋谷だ」安藤がぶっきら棒に言う。

「ああ、あなたが。お名前は耳にしたことがありますな」

口元を左右に張るのは横井のクセで、頬骨が張っているせいもあって相手をバカにしたような感じになる。

「社長、――」安藤がムッとした顔をすると、元山に話を進めるよううながした。

「じつは蜂須賀家の債権の件で」

「なんだ、またその話か」

横井がソファにふんぞりかえった。「その件ならすでに裁判で話はついているじゃないか」

露骨に不快そうな顔をしてみせた。

「だけど、あなたは返済しないじゃないですか」

「返済しないんじゃない、できないんだ。なにしろ私は文無しなんでね」せせら笑って言った。

「そんなバカな。あちこちに別荘をもっているし邸宅だって都内に何軒も……」

「お宅だってわかってるでしょう。あれは全部、会社名義になっていて、私のものじゃない。どうにもできないんだ」

「じゃ、支払う意志はないということですね」

「そんなことを、お宅たちに話す必要はない」

横井が突っぱねた。

当時の三千万円は現在の貨幣価値に換算すれば十億円は下らない。借金という形をとりながら、横井はこれだけの金を巻きあげたのだ。五島慶太に引っかかりをつけるつもりで引き受けたが、安藤は怒りがこみあげてきた。

横井は安藤の心の動きを素早く読んだ。納得させておかなければ、あとで面倒なことになるかもしれない。右翼団体の愛国者連盟にガードさせているので大事にはいたらないだろうが、若造は後先考えないのでなにをしでかすかわからないのだ。

「せっかくおいでになったんだから、担当者に説明させましょう」

インターコムで呼びつけ、中年のメガネをかけた担当者が書類の束を持ってすっ飛んできて説明をはじめた。

これで、この若いヤクザが納得するとは横井もおもっていない。要は、法的に鉄壁の防御態勢を見せつけることで嚙みついてもムダだとあきらめさせればいいのだ。言葉をかえれば、おまえと俺とでは貫目がちがうということなのだ。

「せっかくだから言っておいてあげるけど」横井は笑みを見せ、説教口調で言った。「日本の法律ってやつは、借りたほうに便利にできているんだ。これからの時代、キミらの稼業も頭をつかわなくちゃ生き残れないよ。なんなら金を借りてかえさない方法を教えてあげようか？」

これで安藤というこの若いヤクザも自分にシッポをふるだろう。義理だメンツだとカッコつけても、金に転ぶのが人間なのだ。

「横井さん」

安藤が低い声で言った。

「てめえ、それでも人間のつもりかい？」

横井は虚をつかれた。こんな若造にナメられてたまるか。

「てめぇだと？　てめぇとはなんだ！　おまえたちに、てめぇ呼ばわりされる人間じゃない！」

安藤がテーブルの上の大きな灰皿をつかんだ。

「安藤さん、待ってください！」

元山が両手で灰皿をおさえた。

（この若造は危険だ）

横井は素早く頭を切り換えた。若いヤクザごときに恐れをなしたわけではない。辛酸をなめ、首吊りの足を引っ張るようにして這いあがってきたのだ。この男を手玉にとる自信はある。手のなかで丸めてドブに捨てればいいのだ。

インターコムを押した。

「お客様におだしするコーヒーはまだかな」

すぐさま若い女子社員がお盆に載せてはこんできた。

「安藤さんでしたね。あなたは若いが、たいした人だ」笑顔をつくり、「さっさ、おあがりください」とすすめたまではよかったが、つい口がすべる。

「私のところじゃ、借金取りにまでコーヒーをだすんですから」

カップの持ち手にかけた安藤の指がとまる。

「てめぇんところの腐れコーヒーなんか飲めるか！」

コーヒーカップを床に叩きつけて立ちあがった。「株を買い占める金があるなら、借りた金、かえしゃがれ！　おまえのために首を吊った人間が何人いるとおもうんだ！」

横井が居直った。

「首を吊ろうが手をくくろうが俺のしったこっちゃない」

「いまてめぇが言ったことをよくおぼえておけ」

「ああ、おぼえておいてやらぁ」

安藤が憤然と席を蹴った。

横井がすぐ秘書を呼びつける。

「絨毯のクリーニング代を元山に請求しろ」

命じてから、愛国者連盟の神村会長に電話した。

「会長、渋谷の安藤とかいう若造にお灸をすえてやってくださいよ。ヤケドするくらい熱いやつを」

笑いながら言った。

神村は沈黙してから、固い声で言った。

——安藤を怒らせたらヤバイよ、横井さん。

弾(はじ)く！


事務所が騒がしくなった。

赤坂支部をあずかる志賀日出也が足早に社長室に入っていく。獄中にいる者をのぞき、島田、三崎、花田、花形ら連絡がついた幹部がすでにソファに座っていた。森田はこっちにむかっているとのことだった。

「いまから行って弾(はじ)いてこい」安藤が命じた。

「殺(や)りますか？」志賀が言った。

「いや、殺っちまったら取り立てができなくなる。会社に乗りこんで右腕に一発ブチこめばいい」

「右腕？」志賀が怪訝な顔をする。

「左腕だと弾がそれて心臓をぶち抜くかもしれない。ブローニングの32口径を使え。軍用の45口径じゃ、横井の腕がすっ飛んじまう」

「しかし」三崎が懸念を口にする。「ドテっ腹にブチこむなら簡単ですが、腕を狙うのはむずかしいですね。腕のたつ人間でなきゃ無理だ」

「うちの千葉にやらせましょう」志賀が言った。「腕はピカ一ですし、あいつならヤクザに見えないので会社に乗りこんでも怪しまれない。それに胸を病んでいるんで、あいつも長くないとわかっている」

　志賀は安藤組の重鎮だが、不良時代からの仲間ではない。いわば外様であり、ほかの幹部たちとは微妙な関係にあった。それだけに率先して名乗りをあげたのだろうと花形はおもいながら、

「だけどよ、いま乗りこんだらウチがやったってすぐわかっちまう。社長が逮捕(パク)られちまうぜ」

　安藤にむきなおって、「自分が行って半殺しにしてきますよ。ケンカのもつれってことにすりゃいいでしょう」

「だめだ」

　安藤が言下に言う。「拳銃で撃たれた——このことに横井は震えあがる。つぎは命(タマ)をとるという警告だとヤツにもわかる。それに横井が警察(サツ)に事情を話すとはかぎるまい。てめぇの命がかかってるんだ」

　安藤が横井の会社の平面図を描いて志賀にわたすと、志賀はあわただしく赤坂支部へ帰っていった。

　錬心館をあとにした森田は途中でクルマがパンクし、事務所につくのが遅くなってしまった。

近くに駐車して急ぐと、事務所のまえで花形と出会った。

「あれ？　終わったの？」

「ああ」花形が面倒くさそうに言った。

「社長は？」

「でかけた」

「そうかい。じゃ、ちょっと」

森田がビルに入ろうとすると、

「帰れよ」

花形が背後から声をかけた。

「どうしたんだい？」

「いいから、黙ってすぐ帰れ」

花形がけわしい顔で言った。森田の目をじっと見ている。

「なにかあったのか？」

「なにもねぇよ。帰れよ、はやく」

森田はなにか言おうとしたが、花形の異様な態度に肩をすくめてきびすをかえした。

花形は宇田川町へ行き、西原を呼びだした『マイアミ』に入ると、

「健坊、これから哲と一緒に長野まで用足しに行ってくれねぇか。住所を教えるから、俺の友

達に会って、よろしくとつたえてくれよ」

「それだけですか？」

「それだけじゃ、不足か？」

「いえ、行ってきます」

西原は首をかしげながら山下哲に電話をかけた。

社長の怒りは花形にもわかっている。自分ならその場で殴り殺しているだろう。だが、それではなんの益もない。怒りをつぎの手につなげる社長はさすがだと感心しつつも、事件になり、教唆で社長が逮捕(パク)られたらまちがいなく長期刑だ。要を失った安藤組はどうなるのか。

花形は牧野に弾かれ、安藤に諭(さと)されて考え方が変わった。

安藤はこう言った。「どう理屈をつけたところで、ヤクザは世間の爪弾きだ。自分で選んだ道だ。それはそれでいい。しかしな、一寸の虫にも五分の魂があるように、爪弾きされる人間にも五分の矜持がある」

自分はどこまで本気でヤクザをやろうとしていたのだろうか。戦争に負けた、夢が消し飛んだと理屈をならべ、腹いせにケンカして歩いていただけではないか。「渋谷の厄ネタ」と言われて得意になっていた。ふりかえれば忸怩たるおもいがある。組を盛り立てなければならない。組があってのヤクザだ。親分を守り、組員に無用な懲役に行かせてはならない。

だが、安藤は断を下した。安藤組の正念場だと花形はおもった。

午後七時、安藤は島田と数人の若い衆をつれ、熱海の賭場にむかうため東京駅で趙春樹総長と合流した。ふたりは気が合い、「ショーパン」「安ちゃん」と呼び合った。「パン」は中国語で「胖」と書き、太っているという意味で、趙総長の体軀からそう呼ばれていた。

同時刻——。

ヒットマンの千葉一弘は銀座八丁目の第二千成ビルの前で、志賀が運転するローバーを降りると、エレベータで八階に上がっていった。援護と見届けのため、志賀がビル一階の物陰に身を潜めた。見取り図を頭に叩きこんでいる千葉はエレベータを降りると真っ直ぐ社長室にむかった。ドアを開ける。

「いらっしゃいませ。どちらさまでしょうか?」

女性秘書が笑顔で言った。

千葉が奥のドアを見やる。

ここが横井の部屋だ。

「うん、ちょっとね」

笑顔を残して奥へ歩いて行く。

「あっ、ちょっとお待ちくださいい、いま来客中ですので!」

秘書があわてて後を追うよりはやく、千葉がドアのノブをまわして身体をすべりこませていた。

四人の男たちがソファで談笑していた。

「なんだね、キミは」蝶ネクタイをした四十半ばの男が眉を寄せた。

「横井だな」

「そうだ」

千葉が無言でふところのホルスターからブローニングを抜いた。

「まさか!」横井の脳裡を激昂した安藤昇の顔がよぎった。腕を狙って千葉が引き金を絞る。

横井がもんどりうって背中から倒れた。

志賀は銃声を聞いた。階段を足音が駆けおりてくる。万一の故障にそなえ、逃げるときはエレベータは使うなと言ってある。千葉がビルの外へ出るのを見送ってから、志賀はローバーを熱海に飛ばした。

賭場は十時から開帳された。

わずか一時間ほどで百万円になった。現在の貨幣価値で二千万円である。

(このツキなら、横井の件もうまくいったな)

安藤が確信したときだった。

志賀がスーッと賭場に入ってくると、耳元でささやいた。

「終わりました。音もこの耳で確かめました。千葉は逃亡ましたフケ」

安藤が小さくうなずいた。

長野に行った西原と山下は命じられたとおり、地元の親分に「花形がよろしくとのことです」との伝言をつたえるとキョトンとしていた。泊まってゆっくりしていけと言ってくれたが、ふたりは胸騒ぎしてならない。言葉をふりきるようにしてダッジを急発進させた。

カーラジオをつける。

《……東洋郵船社長・横井英樹氏が十一日夕刻、銀座の同社社長室で暴漢に襲われた事件を捜査している築地警察本部では、これまでの調べから、渋谷の安藤組組長・安藤昇の子分か、その流れをくむ者の配下の犯行と断定。安藤組長の逮捕状をとるとともに行方を追っています》

ニュースは抑揚のない声でつたえていた。

使いに出した花形の温情をふたりは理解した。山下がアクセルをベタ踏みする。ダッジは峠道を唸りをあげて疾走した。

森田は事務所に入らないまま大和田町へ寄ると、馴染みの店でホルモン焼きに焼酎を一杯やって用賀の自宅にクルマでもどった。薄暗い自宅前に何台ものクルマが停まっていて、男たちがたむろしている。

（警察か？）

ライトを消して停車させ、目を凝らす。パトカーが見当たらない。制服警官もいない。クルマにはそれぞれ旗が立っていて、カメラを肩から吊した男もいるようだ。

（ブン屋だな）

とおもった。安藤組の暴力事件はしょっちゅうで、記者たちは幹部の家や拠点を把握しており、なにかあると信じられない早さであらわれ、森田もよく取材を受けていた。

ライトをつけるとアクセルを踏みこむ。ダッジが重低音の吼えるようなエンジン音をさせて猛然とスタート、すぐにタイヤを鳴らして急停車する。

「ワーッ！」

記者たちが驚いて飛びのき、森田のクルマだとわかると駆けよってきた。

「誰がやったんですか？」

「原因は？」

「安藤組長はどこですか？」

口々に質問をぶつけてくる。

「ち、ちょっと待てよ！」森田が怒鳴った。「なにがどうしたってんだ」

「横井の事件です！」

「なんだ、それ？」

「安藤組の組員に襲撃されたんです」

森田は酔いがいっぺんで醒めた。

(このことだったのか！)

花形の不審な態度に納得した。なにがどうなっているのかわからないが、あのとき事務所に入っていれば自分も関わっていたはずだ。

(それを花形はあえて……)

牧野が弾いたときもそうだ。牧野は自首し、五年の刑を打たれて下獄するが、花形は事件の経緯はもちろん、牧野の名前は最後まで口にしなかった。〝厄ネタ〟の男気に、森田はあらためておもいをはせるのだった。

三崎、花田、花形たちは渋谷のネオン街に姿を消した。足がつくのが意外にはやく、テレビもラジオも安藤組の犯行を報じている。明朝には事務所にガサが入るはずだった。

安藤ブランドの沽券

明け方、博奕にひと区切りつけた安藤は温泉街のスナックで軽くやり、店に配達された朝刊を見て、顔をしかめた。

「島田、横井は危篤だ」

新聞を渡した。弾は左腕から入り、心臓をわずかにそれて左肺、右肝臓と貫き、右脇腹にまでたっし、大量出血で血圧が七〇に下がり危篤状態だと報じていた。あとでわかることだが、むかいあうと左右が逆になる。千葉は勘違いしたのだった。それに骨に当たってはじけた弾が身体のなかにはいるということは計算外だった。

「死んだらヤバイですね」

「終わったことだ」

島田がうなずくと、何ヶ所か電話をかけてから言った。

「事務所にガサが入ったそうです。社長に逮捕状が出ています」

「幹部は全員もっていかれるな」

「自分は東京へもどります」

「そうしてくれ」

「社長は？」

「元箱根の『天城園』に行く。あそこなら無理がきく。ひと晩ゆっくりしてから自首する」

安藤はカウンターに歩み寄るとママの肩をだいた。

ところが『天城園』につき、ひと風呂浴びて夕刊を開いた安藤の顔がけわしくなる。

記事のつぎのくだりを凝視する。

《……安藤組長に対する逮捕状は、昨年春、某社長から三十万円の恐喝を働いた疑いで出され

たものだが、十三日中に安藤組長が捕まらなければ、ただちに全国に指名手配を行い、徹底的に行くえを追及する……》

　そして翌日の朝刊を読むにいたって安藤は自首をやめ、徹底抗戦の決意を固める。

　新聞は『暴力団の根絶へ乗り出す　安藤組を突破口に』という次のような長文の記事を掲載。

《安藤は、不在と称して都内に隠れたままだ。この間、犯人の身の振り方について〝顔役〟の意見を聞き歩き、人を介して安藤組内部に捜査の手を伸ばすことなく事件をこの傷害のみに限れば、十三日夜にも犯人を自首させる動きを見せていた。

　これに対し当局のハラは、安藤を出頭させてそのまま逮捕させる巧妙な作戦だったというが、一方、安藤組では、これまでの悪習慣である〝なれあい逮捕〟で逮捕させればいいという甘い考え方だったようだ。

　このため当局では、
①〝自首〟はかえって安藤組の勢力を倍加させる恐れがあること。
②近く暴力団を根絶やしにする取り締まりを実施するため、方面本部や関係各署長を召集することに決めていたその前夜にこの悪質な凶行が起こったこと。
③従来のヤクザ同士の出入りと違い、被害者は、財界で一応名の売れた人物であったことなどから、いままでのなれ合い自首でなく、純粋捜査を行うことにきめ十三日、安藤親分の

逮捕状をとり、暴力団壊滅の強い意志を示したのである。》（読売新聞）

身に覚えのない恐喝事件の濡れ衣、なれ合い逮捕、甘い考え……。しかも横井を評して「被害者は、財界で一応名の売れた人物」とはどういうことだ。

——首を吊ろうが手をくくろうが俺のしったこっちゃない。

横井は鼻を鳴らしてうそぶいた。

ヤクザは誉められた存在じゃないと言われれば、それは認めよう。だが、首吊りの足を引っ張るような人間を「財界の知名人」として持ちあげるのか。安藤は怒った。島田に電話して厳命した。

「千葉を絶対に自首させるな。徹底的にズラからせろ」

そして、ある計画をおもいつく。木の葉が沈んで石が浮くという不条理が世のなかであるというなら、石を浮かせてやろうじゃないか。

安藤は都内にもどると、愛人や知人宅に身を潜めながら島田、三崎の両名と頻繁に接触した。

「五島慶太を脅せ。命と引き替えに一億だ」安藤が命じた。

「一億——」島田がオウム返しに言った。現在の貨幣価値で二十億円に相当する。

「出しますかね」三崎が懐疑を口にした。

「てめぇの命の値段だ。高いか安いかは五島がきめることだ」

島田と三崎はうなずきながら、顔を見合わせた。カネをとってどうするのか——目が語りかけていた。

察して安藤が言う。

「半分の五千万円を手もとに残して、残り五千万をワイロとして政界、検察、警察にバラまく」

造船疑獄という戦後史に特筆される贈収賄事件で吉田茂内閣が倒れたのは、わずかこの四年前。敗戦からわずか十三年の日本だ。安藤の計画は絵空事ではなかった。

安藤は、賭場の客で、個人的なつき合いもあった日産建設社長の上野浩を通じてワイロを送るつもりだった。問題は五島にこちらの意図をどうつたえるか。しかるべき人間でなければ会うこともできまい。安藤は上野と昵懇だった久原房之介を考えていた。久原は「鉱山王」の異名をとった久原財閥の総帥で、昭和に入って政界にも進出し、逓信大臣、立憲政友会（久原派）総裁を歴任。「政界の黒幕」と呼ばれた。戦後はA級戦犯容疑者として公職追放になったが、日中、日ソ友好につとめていた。そして、五島慶太の長男である五島昇の妻は久原の四女で、久原と五島は閨閥（けいばつ）関係にあった。

「島田、俺からだといってこれを上野さんに届けろ」

安藤が自筆でしたためた一枚の紙を渡した。

《一、東洋精糖株式会社の乗っ取りからいっさい手を引け。
二、横井英樹の尻拭いをせよ。
三、三日以内に一億円を久原房之介氏のもとに現金で届けろ。
もし、この三点を守らず、警察に通報したら、組織の全力をあげて五島一族の命を断つ》
第一番目に東洋精糖のことが条件として書かれている。島田は安藤の責任感をみた。

重要参考人として元山社長が引っ張られた。安藤組の幹部たちは事情聴取され、安藤と接触するのではないかということで全員に尾行がついた。花形が傷害容疑で逮捕された。よそ者をキャバレーで半殺しにしたというものだ。二年前のことで、あきらかに別件逮捕だった。

渋谷署にとって花形は馴染みの〝お得意さん〟なので、性格はよくわかっている。ごまかしたり、話を盛ったりすることはしない。引っ張れば安藤の居場所を口にするのではないか。期待してのことだったが、花形は「しらない」の一点張りだった。

「隠すな！」

新しく着任した若い刑事が声を荒げたところ、

「てめぇ、俺が誰だかしって口きいてんのか！」

すさまじい形相で一喝され、その場に凍りついた。花形は本当に安藤の居場所はしらない
――ベテラン刑事たちは確信した。

花形のいらだちは若い刑事の態度にあったのではない。島田と三崎が社長の意を受けてひそかに動いていることはわかっている。それなのに、社長はなぜ俺に連絡をしてこないのか。だが、連絡がきたからといって自分はなにもできない。ケンカしかできない自分に気がつき、いらだっていたのだった。

上野社長に接触し、五島に対する要求文書を手渡したという連絡があってから三日後、島田から安藤に電話がきた。

――五島が値切ってきました。三千万円で手を打って欲しいそうです。

「一億円ビタ一文かけてもだめだ。蹴飛ばせ」

言下に言った。

社長の性分ならそういうだろう。「俺たちは商人じゃない」――社長の口ぐせで、よくこう言っていた。「魚やダイコンを売ったり買ったりするなら、高い安いはあるだろう。だけど俺たちはそうじゃない。顔が立つか立たないか、メンツのやりとりをしているんだ」

だが――と島田はおもう。値切るところはさすがだとしても、天下の五島慶太が指名手配中で動きがとれない社長を恐れている。〝安藤ブランド〟を再認識した。

横井襲撃事件から二週間あまりがたった六月二十八日、東洋精糖の株主総会が開かれた。平穏に終了したことをテレビニュースが報じていた。ニュースではふれていないが、東洋精糖の秋山利郎社長と五島慶太との間で和解契約がかわされ、五島が乗っ取りから手を引いたという連絡を、安藤は島田から受けていた。このまま乗っ取りを強行したらヤバイとおもったのだろう。

小柄な五島がニュース映像に写る。警護の警官十数人のほかに、周囲をボディーガードたちが何重にも囲っている。

（俺が逮捕されるまでは、爺さん、枕を高くして寝られまい）

テレビを観ながら安藤はおもった。

マスコミ注視のなか、警視庁は威信をかけ、捜査一、二、三課合同で下山事件以来の大捜査体制を敷いて行方を追っていた。都内に潜伏していると見て、東京中の顔役から交友関係、さらには商店主から学生時代の級友まで捜査はしらみつぶしだった。指名手配写真は床屋、銭湯、パチンコ屋、煙草屋に至るまで人の集まるあらゆる場所に貼られ、テレビ、ラジオが連日報道していた。

まもなく花形がこの一件で再逮捕された。幹部たちは逃走をつづけているが、捜査の手は確実に身辺にせまっていた。安藤は都内を脱出して神奈川県・葉山にある知人の別荘に移った。

島田が関係先に電話し、安藤を香港に逃がす準備をはじめたが、安藤はとめた。自分だけ高

飛びするわけにはいかないと言ってから、

「横井が容態を持ちなおしたって新聞に出ていたな。これで殺人教唆に問われないですむ。あんな野郎を殺って長い懲役に行ったんじゃ、割に合わないからさ。俺も横井も悪運だけは強ぇみたいだな」

笑ってから、

「警察がきたらきたときのことだ」

と言った。


関東地方に梅雨明け宣言が出てから二日後の七月十五日、葉山の穏やかな海が真夏の日差しをまぶしく照りかえしていた。

安藤と島田はひと泳ぎすると、海水パンツにビーチタオルを肩に引っかけ、別荘の二階でサンドウィッチを頰張りながら将棋を指していた。

階段を忍び足で上がってくる気配がした。

安藤が階段に背をむけたまま言った。

「入れよ、すぐすむから」

三十四日間の逃亡はこうして幕を閉じる。

将棋を終えて立ちあがると、安藤は着替えをはじめた。逮捕にそなえて用意した新しい下着をつけ、仕立て下ろしの紺色のサマースーツ、チェック柄のワイシャツにブルーのストライプ柄のネクタイを締めた。島田は白いスーツに蝶ネクタイ、そしてパナマ帽をかぶった。

「刑事さん、おしゃれはヤクザのたしなみなんだ」安藤がニヤリとして言った。

『安藤組長逮捕』の臨時ニュースが流れた。葉山署から神奈川県警に護送され、護送車は警視庁にむかった。白バイ二台が先導し、そのあとに警察車両、安藤は黒い外車セダンに乗せられ、そのあとにつづく。

午後五時十五分、安藤を乗せた護送車が桜田門の警視庁に到着する。報道陣のほか、臨時ニュースで知った五百人以上の野次馬が群がっていた。テレビニュース用のライトがセッティングされ、カメラのフラッシュが間断なく光る。

一週間後の七月二十二日、実行犯の千葉一弘と志賀日出也が山梨県大月の潜伏先で、花田瑛一は北海道の旭川で逮捕され、横井英樹襲撃事件は解決をみる。この事件を契機として、警視庁は捜査四課——通称「マル暴」を新設することになる。

渋谷（ブヤ）から安藤が消えた

安藤は平静な気持ちで公判を待っていた。

後悔はない。腹をくくってやったことだ。隠すこともなければ、言いのがれをするつもりもない。逮捕されたウチの連中もありのままを供述すればいい。ヤクザをやっていりゃ、人を弾くこともあるし、刑務所に入ることもあるだろう。それがいやならカタギになればいいだけのことなのだ。

安藤が逮捕されるや、五島慶太の弁護士が警視庁の留置場にすっ飛んできた。

「誤解があるようなので、これだけはつたえておかなければならないとおもいまして」

年配の弁護士が額に汗をにじませて早口でしゃべる。

「私どもの五島が、安藤さまを早く捕まえるように岸（信介）首相にはたらきかけたといった記事が新聞に出ておりましたが、そういうことは断じてありませんので、誤解なきようお願い致します」

そして「このことは組員の方々によくお話しいただければとおもいます」念を押して帰っていった。復讐を恐れているのだ。だが安藤は、もはや五島になど興味も関心もなかった。終わったことには見向きもしなかった。

巣鴨の拘置所へ移って、東洋精糖の秋山利郎会長が面会にきた。精糖会社なので砂糖を二升持参したほかに、山のような札束を差しだして、

「おかげさまで会社を守ることができました。これはお礼です」

と言った。

二百万円あるという。一万円札の発行まえで、千円札二千枚のキャッシュだった。現代の貨

幣価値で四千万円に相当する。

安藤はことわった。「横井襲撃は私の問題であって、あなたに頼まれてやったわけじゃない。金をもらうのは筋違いです」

「しかし、安藤さんが横井を襲撃してくださったから私は助かったんです」

義理堅いな、と安藤はおもった。苦労人と聞いている。横井に乗っ取られなくて本当によかった。秋山会長は裁判費用にあててくれと言ったが、「お気持ちだけいただいておきます」と安藤は固辞した。

取り調べは毎日つづく。否認しているわけではないので、もっぱら雑談だが、刑事も安藤もヒマを持て余していた。安藤は担当した年配の刑事に競馬新聞をたのみ、無理を言って大井競馬場へ馬券まで買いに行ってもらった。横井に天誅を加えたとして刑事のなかに安藤のシンパはすくなくなかった。

「安藤さん、競馬に凝っているわりにはどこか醒めてるね」

刑事が煙草を差しだして言った。安藤が一本抜いて口にくわえると、刑事がマッチをすった。

「ギャンブルを楽しんでいるだけなんだ」

紫煙を吐きだして言った。「馬は好きで走ってるわけじゃない。人間の勝手で走らされて気の毒なものだ」

「おもしろいこと言うね」

「俺が中一のときだけどさ」安藤はこの老刑事には心を許しているのだろう。ふくみ笑いしながら話しはじめた。

「新宿をぶらついていると、荷馬車が荷物を山のように積んでガラガラと通っていたんだけど、途中で動かなくなったんだ。荷物が重すぎて歩けなくなったんだね」

刑事も一服つけて耳をかたむける。

「そしたら馬方が怒ってさ。ムチで何度もシバキあげるんだ。馬は必死で荷を引こうとするんだけど、どうしても動けない。見ててかわいそうでね。馬が泣くのかどうかしらないけど、馬の目に涙があふれていたように俺には見えたんだ。で、〝そんなに馬を殴るんじゃやねぇ!〟ってさ、おもわず叫んでいた」

「子供に言われたんじゃ、親方も頭にきただろう」

「ああ。襟元をつかまれてさ。サザエのような拳でバシバシ顔を殴られて気を失った。鼻血で顔中血だらけ。左目は腫れあがって、まぶたがうまく開かなかった。ケンカは星の数ほどしてきたけど、馬をかばって殴られたのはあとにも先にもこのときだけだね」

「へぇ、そんなことが」

「うん。なんでだかしらないけど、あのとき目にした馬の涙はいまだに忘れられないね」

老刑事は安藤の意外な一面を見たような気がした。

八月二十九日、第一回公判がはじまった。錚々たる弁護団に世間は驚いた。東京裁判の林逸郎、三文字正平のほか細野良久、西山義次など八人の先鋭弁護士が顔をそろえた。林は後年、日本弁護士連合会会長になる大物だった。

　だが、これら弁護団は安藤のあずかりしらぬところで、弁護士費用は一円も払っていない。メンバーのひとりである細野良久の奔走だった。細野は元検事で、東京中の賭場を検挙した辣腕としてしられるが、検事を辞めて弁護士になると一転、安藤組の賭場の客になり、顧問弁護士に就任した。その関係で弁護にあたるわけだが、これだけの著名弁護士が弁護を引き受けたのは、安藤の顔の広さを物語ると同時に、非道なる横井に天誅を加えたという世間の評価があったからだろう。

　裁判長は「砂川事件判決」で名をはせた伊達秋雄だ。砂川事件とは、米軍の立川基地拡張に反対するデモ隊が米軍基地の立ち入り禁止区域内に入りこみ、逮捕、起訴された事件だ。担当した伊達裁判長は、日米安保条約は違憲として全員無罪を言い渡し、時の政府を驚愕させた硬骨漢だった。

　検察は「被告の犯意」を争点にした。犯意の有無で量刑はまるっきりかわってくる。検察は執拗に尋問する。

「被告は殺意はないと申しておりますが、ならばなにゆえに拳銃を発射したか？　懲らしめのためというが、ならば木刀でも丸太ん棒でもよいとおもうが？」

　安藤が笑って答える。「冗談じゃないよ、検事さん。いい兄ィがだよ、銀座のド真ん中を丸太ん棒かついで歩けるとおもうのかい?」傍聴席で哄笑がわいた。

検事は心証を害したのか、殺人未遂、賭博、銃器刀剣不法所持などの合併罪十二年を求刑した。判決は、第一回公判から四ヶ月足らずの十二月二十五日午前十時、東京地方裁判所第二十一号法定において言い渡された。安藤昇八年、志賀日出也七年、千葉一弘六年、島田宏二年、そして花形敬と花田瑛一が二年六ヶ月のそれぞれ懲役刑となる。

求刑十二年に対して懲役八年の判決は、伊達裁判長が安藤たちの事犯に対して好意的であったといっていいだろう。

検事は即座に控訴。安藤たちも控訴して対抗するが、約二年の未決時代を送って第二審判決(昭和三十五年十月三十一日)は双方とも棄却。原審どおりの判決となり、二週間後に刑は執行された。志賀と千葉は胸部疾患のため八王子医療刑務所、花形敬は宇都宮刑務所、そして花田は網走刑務所へと下獄する。

中野区の分類刑務所に送られた安藤はバリカンで坊主頭に刈られ、青てん(獄衣)を着せられた。ここで三ヶ月をすごし、翌三十六年二月九日早朝、前橋刑務所へ押送されていく。

渋谷から安藤が消えた。

第六章

花の雲

はな　くも

喰うか、喰われるか

ヤクザ社会に組織の共存はありえない。

共存しているかのように見えるのは、力が拮抗してツノを突き合わせているだけであって、パワーバランスが少しでも崩れればたちまち抗争がおこる。猛獣が他の動物をエサとして生きていくのと同じで、抗争は非生産的な稼業に従事するヤクザの宿命であり、生存本能でもあった。

安藤昇という〝扇の要〟を欠いて安藤組は弱体化し、渋谷に空白が生じた。この一瞬の間隙をつくように武田組や落合一家が勢力をもりかえし、錦政会（稲川会）、町井一家、極東組、松葉会、住吉一家などが侵攻を開始する。

昭和三十四年二月十八日夜、安藤組と武田組内夜桜会が『渋谷パレス』で衝突し、双方八人が凶器準備集合罪で渋谷署に逮捕された。夜桜会はさらに町井一家内竜虎会ともめ、乱闘になった。竜虎会の組員が刺され、上部団体を巻き込んだ抗争に発展しかけたが、渋谷署が両事務所に手入れ（ガサい）するなどして未然に防いだ。事態を重く見た警視庁は、第三機動隊一個中隊三十五人を派遣し、警戒のパトロールをはじめた。

「いったいどうなってんだ」花形がいらだって西原健吾に言った。「社長が不在になったら渋谷はこのざまだ。健坊、しっかり地廻りしろ！」

「押忍（オス）」

返事はしたものの、西原は相当の危機感をもっていた。ヤクザの侵攻法は二つ。〝鉄砲玉〟を飛ばしてトラブルをおこし、それを大義名分にしていっきに攻めこむか、寄せてはかえす波が砂浜を少しずつ削りとっていくように、小競り合いをくりかえすことで相手組織に裂け目を入れていくか。

「やっかいなのは後者だ」と島田が西原に言ったことがある。安藤組は、安藤というカリスマによって結束しているだけで、それぞれ派閥が単独でシノギする力をもっている。他組織が一気に攻めこんでくれば結束するが、自派に直接かかわらない小競り合いのくりかえしであれば我関せずの態度をとるだろう。

「だけど」と島田はつづけた。「それぞれがシノギできるといっても、安藤組の傘下にいるからでね。この当たり前のことが意外にわかっていない」

花形も島田も横井襲撃事件では殺人幇助ということで刑が軽く、一審の判決が出たあと保釈が認められていた。ふたりは安藤組を牽引する立場にあったが、どちらも派閥をもたない。参謀の島田は安藤を欠けば力を発揮することはできないし、花形は自分の力だけがたのみで組織を動かすという発想は希薄だ。西原の危機感はそこにあった。渋谷は確実に浸食されつつある。だが、花形にとって渋谷はいつまでも「自分の庭」だった。

事務所の電話が鳴った。

「はい、安藤組！」当番がすぐさま受話器をとる。「夜桜会？　わかりました、すぐ行かせます！」受話器をおくや「夜桜会が円山町の『ルージュ』で暴れたそうです！」

花形が席を蹴った。

「クルマだ」

西原が若い衆にアゴをしゃくってあとにつづいた。

クラブ『ルージュ』に花形と西原が飛びこむ。

「花形さん！」支配人が顔を強張らせて駆けよった。

「なにがあったんだ」

花形が店のなかを見まわして言った。テーブルがあちこちでひっくりかえり、割れたボトルが散乱して酒が床を濡らしている。ホステスたちがこわばった顔でフロアの隅に固まっていた。

「夜桜会の連中が四人できて、〝これからウチで面倒みてやる〟って」

「ウチの看板は？」

「出しました。私どもは安藤さんところにお世話になっていますのでって。そしたら……」

「そしたらなんて言ったんだ」

支配人がいいよどんでから、

「安藤でも誰でも呼んでこいって」

当惑した支配人の顔は、安藤組に対する不信感のあらわれだと西原はおもった。安藤組の名前をだして、相手が恐れいって初めて用心棒なのだ。老舗の大手組織ならともかく、夜桜会ごときがケツをまくること自体、安藤組のブランド力が下がりつつあることを物語っていた。

「健坊、武田の事務所に乗りこむぞ！」

花形が嚙みつくように言った。

応対にあたった武田組の代貸は、夜桜会は破門にしているので当方とはいっさい関わりがなく、いかようにしていただいてもけっこうだと言った。花形は西原をつれて事務所にいったんもどり、安藤組の主だった人間にクラブ『ルージュ』の一件をつげたが、一様に迷惑そうな声をだした。

――『ルージュ』は誰がみてたんだい？

「誰だっていいじゃねぇか。ウチの看板が安くみられたんだ。武田をやっちまおうぜ」

――だけど夜桜会は破門だって言ってんだろう。それをやるのはまずいんじゃないか。

花形が電話を叩き切った。

「どいつもこいつも腰が引けやがって。飲みに行くぜ」

花形は西原をつれ、とりあえず『三升屋』に入った。

「健坊、ウチの連中はどうなっちまったんだ」

「社長がいれば……」

「いねぇんだからしょうがねぇだろ！」

西原が黙った。

「敬ちゃん」吉蔵がウナギを焼きながら言った。「世のなかってのは、ゆっくりと流れる大河のようなもんでね。流れを押しかえすことなんかできっこないのに、そこに気がつかないからなんとかしようとあがく」

「なにが言いたいんだ」

「いえね、昔、遊んでたころにそんなことがあってね。ちょいとおもいだしたもんで」

「だけど、親父」花形がコップ酒をおいて、「流れは押しかえすことができなくても、川上にむかって泳いでいくことはできるんじゃねぇか？」

吉蔵がうなずいて、「でも、いつまで泳ぎつづけられるか。敬ちゃん、安藤さんがいないんだ。無理はしないんだよ」真顔で言った。


三十分ほどで『三升屋』をきりあげ、花形と西原は栄通りのクラブ『早苗』に立ち寄った。安藤組が面倒をみている店だった。

「少々お待ちください」

　ボーイがあわてて奥に引っこみ、マネージャーが急ぎ足であらわれて言った。

「もうしわけございませんが、ただいま満席でございます」

　西原が唖然とした。これまでは飲んでいる客を追いだしてでも席をつくった。それがこの慇懃な態度はどういうことだ。マネージャーの肩越しに店内を見た。いくつかボックスがあいている。

「あれは予約席でございます」マネージャーが問われるまえに言った。

「そうかい、予約かい。じゃ、しょうがねぇな」花形が言うなり、椅子をかかえ、頭上に振りあげるとテーブルの上に放り投げた。ホステスたちが悲鳴をあげ、グラスやボトルが割れて散乱する。

「一一〇番だ！」

　マネージャーが叫んだ。

「敬さん、ズラかろう」

「かまうことはねぇ、この店、ブッつぶしてやる！」

『ルージュ』の一件のあとだ。花形は暴れた。パトカーが急行し、警察官七、八名が銃をかまえて遠巻きにし、やっとのことで逮捕した。

「バカ野郎、手錠なんかかけるんじゃねぇよ！　俺は花形だ！　鼻が高けぇんだ！」

　前後不覚に酔った花形が喚いた。

西原は酔いが醒めた。ヤクザの力関係を敏感に感じるのが用心棒料（ミカジメ）を納めている飲食店だ。沈没を察知したネズミがいち早く逃げだすように、落ち目になってきたと感じたらいっせいに手のひらをかえす。彼らの態度こそ、組の勢いのバロメーターであることを、当のヤクザだけが気がつかないでいるのだ。

花形の保釈は取り消された。警察は安藤不在のいまが安藤組壊滅の好機ととらえ、取り締まりを強化する。この年の夏、「トウモロコシ事件」が持ちあがる。八月五日付けの読売新聞夕刊が『屋台の客、殴り殺される　グレン隊トウモロコシ売りに　渋谷』という見出しで報じた。《東京渋谷の盛り場で五日未明グレン隊のトウモロコシ売りとその仲間たちに客のトビ職三人が袋だたきにあい一人は死亡、二人が重傷を負うという事件が起こった。

五日午前二時十分ごろ渋谷区栄通り一の五さきで品川区荏原六の六八トビ職栗本昭さん（二五）と同僚の川崎市小倉一〇二六長瀬武人さん（二一）同市中丸子六〇一大塚勇さん（二一）の三人はトウモロコシ売りの屋台を出していた若い男に「焼き方がたりないから焼き直せ」といったことから口論になった。そこにどこからともなくトウモロコシ売りの仲間らしいグレン隊十人くらいが現われ、栗本さんら三人を取り囲んで「いんねんをつける気か」と袋だたきにした。

通行人の一一〇番急報で渋谷署員がかけつけたがグレン隊は逃げたあとで、同番地さきの恋文横町入口に三人が倒れていたので近くの大和田病院に収容、栗本さんはたいした外傷がなく、腕などに全治一週間の診断で帰され渋谷署に寝かされていたが苦しみだしたので再び同病院に運んだが同四時四十分頭内出血が原因で死んだ。長瀬さんは左腕骨折、大塚さんは左肩打撲などでそれぞれ一カ月の重傷。同署は渋谷にたむろするグレン隊のしわざとみて警視庁捜査四課の応援で捜査を始めた。

なお被害者の栗本さんは武蔵小山付近のグレン隊「鹿十団」のもので、さる三十一年六月強盗で荏原署につかまったほか数回の逮捕歴がある》

トウモロコシを焼いていた男は正規の組員ではなく、安藤組の周辺に棲息する人間にすぎなかったが、安藤組の人間が加勢したため大きな事件になった。事件に関与したとして幹部の三崎ら十数人が逮捕される。さらに花田を恐喝容疑で逮捕するなど警察は安藤組を徹底的に攻め、一度に十人単位で片っ端から引っぱっていったのである。潮目はあきらかに変わっていた。

三十五年十月、控訴棄却で花形は宇都宮刑務所に下獄する。刑期は短く、未決拘留もあるのですぐに出獄してくるが、渋谷のヤクザ勢力は一変していた。

前橋刑務所

高い赤煉瓦(れんが)に囲まれた前橋刑務所は、明治二十一年竣工と古く、獄舎は中央塔を中心に星のように放射型に建てられていた。獄舎は栗の角材で、釘を使用せずに組み立てられていたが、中央の五階建てほどの高さがある望楼も古さのため朽ち、いつ崩れるかとおもわれるほどだった。

安藤は「囚人を扇情する恐れあり」という理由で独房に入れられた。一坪――わずか二畳足らずの広さだが、窓際の椅子のフタを開けると水洗便所、机のフタを開けると洗面になっている。さらに椅子と戸棚があり、寝室にもなる。

（無精者にはもってこいだな）

安藤が最初におもったことだった。考えても仕方のないことは甘受するだけ――それが安藤の処世観でもあった。

起床は午前六時三十分。冬場は日本海を渡ってくる赤城おろしが身を切るように冷たかった。洗面器の水に薄氷が張り、それを手で割って顔を洗う。頭の芯まで冷たくなって目がさめる。

朝の掃除、点呼とつづき、当直の看守部長が点検簿をもって各房を点検する。その間、受刑者は固いゴザの上に正座して頭を四十五度にさげている。

「番号！」

先導の看守が怒鳴り、受刑者は顔を正面に上げて自分の称呼番号を怒鳴りかえす。一舎全体の点呼が終わるまで寒さに震えながら正座しているのは楽ではなかった。

点呼が終わると朝食の配給だ。飯（めし）は麦七分に外米三分で、大きさは仕事の軽重によって五種類に分かれている。土木作業や砂利運びなど力仕事をする者は一等飯で、子供の頭くらいある。

当時は〝ツキ飯〟といって、植木鉢の泥をスッポリ逆さにしたような恰好のもので、その頭に飯の等級が浮き出している。

味噌汁の中身は「泥菜」とこの地方で呼ぶ草だ。その名のとおり泥臭く、農家では鶏（にわとり）の餌にしている。タクアンが二切れか三切れつく。

入浴は一週間に一度。つかり湯とあがり湯の二つの浴槽があり、その間に洗い場がある。まず脱衣場で最初の二十名が裸になると、

「入浴！」

看守の号令でつかり湯に飛びこむ。三分で「出浴！」の号令がかかり、その組が洗い場に進むと同時につぎの二十名が入浴。洗い場に進んだ組は手早く三分間で頭から足の先まで洗う。三分間単位で流れる〝ところてん式入浴法〟だった。たった三分とはいえ、囚人たちは心待ちにした。

前橋刑務所には洋裁工場、木工場、印刷工場、靴工場、アンテナ組立工場など七つぐらいの工場が建ち並び、総計九百名近い囚人が受刑していた。安藤は洋裁工場に出役した。工場は百五十坪ほどあり、九十名ほどが働いていた。

梅雨明けを待って舎房工事がはじまり、セメントが安藤の目にとまった。

「おい、少しくれよ」

看守に言った。

横井英樹襲撃で、安藤には看守たちも一目置いている。

「どうするの？」

「池をつくるんだ」

「池？」年配の看守は目を剝いた。「そんなのダメだよ」

「雨が降りゃ、水溜まりができるだろう。池じゃなくて、水溜まりということにすりゃいいんだ」

看守は見て見ぬふりをした。

安藤は池を掘り、滝のような急流もつくってから看守に言った。

「魚がいるといいのにな」

「そうだね」

「釣ってきてくれよ」

「エッ？」

「そこの利根川に行きゃ、ハヤがいくらでも釣れるだろう」

「そ、そんな」

「ハヤが空から降ってきたことにすりゃいいんだ」

安藤は池にハヤを放ち、刑務所の庭に池をつくった服役者は初めてだと看守はしきりにボヤいた。初夏の日差しにハヤの背が光った。

迷走

東京オリンピックを四年後にひかえ、東京はインフラ整備が着々とすすんでいた。首都高速道路、ホテル、競技会場、そして開通を五輪開幕に合わせ東海道新幹線が急ピッチで建設されていた。廃墟から復興をとげた日本を全世界にアピールする絶好の舞台をまえに日本中がわいていた。

一方、急速に加速する高度経済成長を背景に、ヤクザたちは日本各地で激しくぶつかっていく。

昭和三十五年八月九日、大阪で明友会事件が勃発する。三代目山口組・田岡一雄組長がミナミのサパークラブ『青い城』で歌手の田端義夫をねぎらっていたところ、同店に居合わせた明友会の組員がしつこくからんだことが発端だった。明友会の組員が三代目のボディーガード役だった中川組・中川猪三郎組長をビール瓶で殴打した。激怒した山口組は総攻撃を仕掛け、死者を出すなどして明友会を殲滅。明友会は最高幹部十五人が指を詰めて手打ちにいたる。この抗争で大阪府警は山口組組員八十四人を検挙するが、そのうち五十六人が殺人と殺人未遂だった。これを契機として、山口組は大阪に進出し、やがて全国各地にその勢力を伸ばしていくことになる。

こうした時代にあって、横井事件からわずか二年のあいだに安藤組という台風は迷走をつづける。警察は組織暴力追放を旗印に、徹底して安藤組を狙った。安藤組の名前を口にして怒鳴りつけただけで脅迫罪にあたるとして逮捕した。飲食店経営者の依頼で、ツケの取り立てに行った組員は恐喝容疑で引っ張り、これを理由に事務所にガサ入れをかける。

「どけ！」

捜査員が挑発し、組員が怒って捜査員のまえに立ちふさがるや、

「公務執行妨害で現行犯逮捕！」

渋谷の街で、安藤組は警察によって狩り立てられていた。三十六年六月一日、警視庁は安藤組幹部森田雅ら二十七人の逮捕を発表する。

花形は苦悩した。幹部のほとんどが下獄し、残った数人の幹部は保身に走っている。安藤組を背負うのは自分しかいない。警察は暴力追放という錦の御旗を掲げているが、狙いは安藤組であり、安藤組が壊滅すれば他組織がそれにとってかわるだけだ。社長が出所するまで安藤組は耐えられるのか。

（どうすればいいのか）

花形が初めて直面する組運営だった。

シャバに残っている幹部たちを事務所に集めて、花形が言った。

「あっちこっちの組が渋谷に事務所をだしてやがる。黙ってたんじゃ、示しがつかねぇから勝

負してやろうじゃねぇか。どうだ？」

「そりゃ、敬さんよ。敬さんは独り身だからいいだろうけど、俺たちゃ百人からの若い衆をかかえているんだ。弾きました、刑務所に行きました、ハイご苦労さまでした――というわけにゃいかねぇんだ」

石井が現実論を口にすれば、花田も「自分のところは自分で責任を持つ。これでいいんじゃねぇか」と同調する。

「しかし」西原が口をはさむ。「いまは社長もいらっしゃらないし、非常時ですからみんなで結束して……」

「西原！　てめぇ、きいたふうな口をきくんじゃねぇ！」石井が怒鳴りつけた。「ガキのころから身体かけて安藤組をここまでにしたのは俺たちだぜ！」西原に怒って見せているが、花形にむけた言葉であることを西原も当の花形もわかっている。これまで好き勝手なことをしてきて、なにをいまさら結束だ――そう言っているのだ。

（敬さんがケツをまくる）

西原は心配したが、

「わかった」

花形がおとなしく言ったので驚いて顔を見た。

「とにかく警察も他組織もウチを狙っている。社長が出てくるまで頑張るしかねぇな」

花形の「社長が出てくるまで」という一語に、その場に居合わせた全員が反応する。安藤は数年で出所してくるのだ。そのとき安藤はなんと言うだろう。それをおもうと、安藤組に背をむけるわけにはいかなかった。

樋口社長が『ハッピーバレー』に顔をだすと、花形が指定席であるカウンターの端で西原と飲んでいた。

「どうしたの、むずかしい顔して」

背後から声をかけた。

「あちこちの店で手のひらかえされたんじゃ、顔もむずかしくなりますよ」花形が苦笑して、

「これまでさんざん世話になっておきながら、とまでは言いませんがね。電話一本で行儀の悪い客を退治してきたことは忘れている」

「敬さんでもボヤくことがあるんだね。安心したよ」

「冷やかさないでくださいよ」

樋口社長は『ハッピーバレー』だけでなく、映画館『全線座』や銀座でダンスホールを経営する一方、映画『歌ごよみ　お夏清十郎』をプロデュースするなどレジャー産業界でも活躍していた。活動弁士出身という異色の経歴の持ち主で、義理にあつく、多くの店が安藤組と距離をおくなかで花形と西原を可愛がっていた。

「社長」西原が笑いながら言う。「敬さんが組のためにこれからカネもうけをすると言ってるんですよ」

「目覚めたんだ」樋口が笑みをかえす。

「そりゃ、社長」花形がめずらしく饒舌だった。「なんだかんだ言っても、これからの時代、ヤクザだって経済力は大事でしょう。それと、つまんねぇケンカはよして、他組織ともうまくやっていかなきゃいけないともおもってるんですよ。石井の言うことが最近はよくわかるんですよ」

「ほう、敬さんが石井さんを誉めるの、初めて耳にするね」

樋口が茶々をいれたが、花形は笑わなかった。

「あいつが若いころ、森田と組んでパチンコの景品買い手広くやってやがってね。俺もそうだけど、こういうの安藤も嫌ってましたからね。いい兄ィがやるもんじゃねぇって。だから俺が叱り飛ばしたんですよ。カネになりゃ、それでいいのかってね。そしたら、ヤツはこう言ったんですよ。敬さん、カネは力だぜ、って。ガキのケンカならともかく、ステゴロだけじゃ渋谷は押さえらんねえ——そう言って口をとがらせるから、バカ野郎、頰っぺたは札じゃなくて拳で叩くんだって、そのときは言ってやったんですがね」

　言葉をきって、

「だけど、ひもじいおもいをさせりゃ、若い者もいなくなっちまう。霞を食って生きてはいけねぇ。石井の言うとおりだなって」

ついこのあいだまでは、正式な組員でない者でも「安藤組」を名乗ればシノギになった。チンピラが安藤組と関わりがあるような顔をして肩で風切って歩いていた。ところがいまはどうだ。正式な組員ですら他組織とトラブルを恐れて安藤組を名乗らなくなっていた。ヤクザが看板を出せないようじゃ、メシが食っていけない。

「そこで問題はなにをやるか、ですね」西原が口をはさむ。「この状況で賭場ってわけにはいきませんしね。それに敬さんはステゴロ専門だから、客が寄りつかない」話が深刻にならないように配慮しているのだろう。西原が冗談にまぎらわせて言う。

「そうだね。やるなら正業だ」樋口がうなずくが、

「敬さんに正業と言ってもねぇ。なにしろ稼ぐとか働くといったことと無縁の人だから」

西原がまぜかえす。

「バカ野郎、中学時代は朝はやくから工場行って鉄砲をつくったりしていたんだ」

「それって、勤労奉仕でみんなやらされてたんでしょう。カネもうけじゃない」

樋口が笑ったところで、花形が真顔にもどっていった。

「じつは、社長。ちょっと考えていることがあるんですよ」

ショットグラスをカウンターにおいて、「ビールとかオツマミとか、それに花やレモンなんかを飲食店におろすってのはどうでしょうか？　顔のきく店も多いんで、商売になるとおもう

んです」

西原と樋口が顔を見合わせた。飲食店のそうしたおろしは、昔からどこの組もやっていることだった。

（この人はケンカしかしらないのだ）

と西原はおもった。

いつだったか、安藤社長が「花形は純粋なんだ」と言ったことがある。どういう意味か理解できなかった西原が怪訝な顔をすると、

「あいつは損得のソロバンを弾かない。いや、弾けない。よく言えば自分に忠実、悪く言えばわがままで協調性がない男ということになる。だけどな、協調性と損得ソロバンは同義語だ」

粗暴で自分勝手な敬さんがなぜ破門にならないのか、これまで首をかしげたことが何度もあったが、安藤のこの言葉を聞いたとき、安藤は敬さんのそんな純粋さが好きなのだろうと西原は納得したものだ。

その敬さんが変わろうとしてもがいている。「社長は刑務所（ムショ）で苦労しているんだ。出てくるまで俺は贅沢はしない」と言って、律儀に小型の日野ルノーに身体を折り曲げるようにして乗りつづけている。飲食店のおろしという発想しかできない敬さんに安藤組が守れるのだろうか。

西原の懐疑をよそに、花形が樋口にむきなおってつづける。

「じつは、社長、会社の名前はもう考えてあるんですよ。安藤の〝安〟に〝栄える〟で安栄商

事。どうです、いいでしょう」

社長、資金をだしてくれ——花形はそう言っているのだ。

「うん、いい名前だね」

樋口が笑ってうなずいた。

花形は小型の三輪トラックを購入した。仕入れは西原の若い衆を築地市場に走らせた。営業は花形がみずから足をはこんだ。あちこちの飲食店に行って、押し売りならぬ〝押しおろし〟をした。これまでしゃれたスーツを着て、周囲を睥睨して歩いていた花形のそんな姿は、安藤組の凋落を象徴していた。

「落ち目にゃなりたくないねぇ」

飲食店の経営者は陰口をたたき、嘲笑した。

売上げはいくらにもならない。しかもドンブリ勘定。うまくいくはずがなかった。


組の様子は、面会にくる妻の昌子や弁護士から安藤は聞いていた。構成員が半分以下になり、櫛の歯が抜けるように減っていくだろうと、弁護士はハッキリとつげた。

「安藤さんの出所まで組があるかどうかわからない」

ともつけ加えた。出所後に期待は持たないほうがいい——そう言っているのだ。

安藤は黙ってうなずいた。人生、いいときもあれば悪いときもある。遊園地の回転木馬のようなもので、音楽に乗って上がったり下がったりグルグルとまわるのだ。伏龍隊で死ぬべき二十歳の命が、こうして三十半ばをすぎても生きている。組だって同じだ。渋谷をおさえた。いずれ東京を手にする。そうはおもっていても、人生の回転木馬は下りはじめたらどうにもならないのだ。

花形のことは先日、昌子から聞いた。昌子は安藤が所有する宇田川町のバー『ランプ亭』を経営して生計をたてている。安藤組の内情などわかるはずもないが、花形が飲食店むけにおろしの会社をはじめたらしいというウワサ話を口にした。

(あの花形がおろしを……)

このことが安藤組の現状をなによりあらわしているとおもった。

「安藤──」

所長がわざわざ舎房に足をはこんできて言った。

「さっき稲川さんが面会にきて、こう言って帰った。〝私のような素性の人間が面会すれば、なにかとお上の心証も悪くなるでしょうから来たことだけ伝えてください。くれぐれも安藤さんをよろしくお願いします〟とな。伝えておく」

これが稲川親分の二度目の面会だった。わざわざ前橋まで足をはこんでくれ、会わないでそのまま引きかえす。稲川親分の器量と気づかいに安藤は頭のさがるおもいだった。

稲川親分を紹介してくれたのはおしまさんといって、後年、藤純子主演で大ヒットする映画

『緋牡丹博徒お龍』のモデルになる女博奕打ちだった。神田界隈を縄張りにした親分のカミさんで、亭主が死んで自分が跡を継いだ。おしまさんが四谷で開帳した賭場で、行儀の悪いヤクザものが難クセをつけ、拳銃を抜いておしまさんを脅したところが、

「どっからでも撃ってみゃがれ！」

ケツをまくってあぐらをかいたという武勇伝がある。

その、おしまさんが安藤を気に入ってくれ、湯河原の稲川親分の自宅へ連れて行ってくれたのが初対面だった。安藤が二十九歳、稲川親分は安藤のひとまわり上だった。稲川親分とのつき合いはそれからはじまった。渋谷に進出して安藤組と軋轢をおこしていることは聞いているが、あれだけの大組織だ。組織には組織の事情があり、親分とのつき合いとは別であることは、むろん安藤にもわかっていることだった。

安藤組VS東声会

渋谷の街はトラブルが絶えなかった。孤高のケンカ師である花形は一派をもたなかったため、花形を慕う西原グループが中核部隊として動いていたが、話をつけるのは安藤組を背負う花形の役目だった。当局は花形を「組長代理」であると認定した。

ある夜、西原グループの堀江成雄が極東関口会系の幹部である成田に腹を刺されるという事

件がもちあがる。青山の高級クラブ『青い城』で中から出てくる成田と肩がふれ、短気な堀江がその場で顔面をブッ叩いて店に入ろうとした、その脇腹を背後から刺して逃走した。堀江はすぐ近くの自宅にとってかえし、隠していた拳銃をもって極東系の溜まり場を探し歩くうちに意識が混濁し、病院にかつぎこまれた。

西原は花形とすぐさま『マイアミ』で合流した。

「成田を殺(や)る」

花形が言った。

殺らなくても、話のつけ方はいろいろある。西原が説得する。「敬さん、それじゃ、社長の二の舞になる。いま敬さんがパクられたら安藤組はどうするんですか」

西原は必死だった。ジリ貧とはいえ、安藤組は花形が引っ張っているからなんとか体面をたもっている。花形が不在になれば、瞬時に空中分解する。だが花形は説得に耳を貸すような男ではない。西原がいちばんよくしっている。

西原はこう言い直した。

「敬さん、社長が出てくるまで辛抱してください」

花形が黙った。

「わかったよ、健坊」

うなずいて言った。

西原は安堵しながら、

（敬さん、変わったな）

とおもった。

不意に胸騒ぎがした。


渋谷は連夜、そこかしこで安藤組と他組織とのトラブルがおこり、加熱したフライパンの上でポップコーンが跳ねているようだった。花形は後始末に走りまわったが、他の幹部たちは「自己責任」を口にして積極的には動かなかった。戦後の混沌とした時代、ヤクザ社会の因習を否定することで若者たちを魅了した安藤組は、皮肉にもその斬新さゆえに崩壊がはじまるといっきに加速していく。

（社長の出所まで、なにがなんでも持ちこたえてみせる）

花形のおもいはその一点にあった。社長が出てくれれば安藤組はたちまち盛りかえす。それまでの辛抱だ。刑務所ではとくに問題をおこしたとも聞かない。三ピン（刑務所用語で刑期の三割カット）なら六年足らずで仮釈（仮釈放）がもらえる。うまくいけば来年の夏あたりが本面（仮釈放のための本面接）で、秋口に仮釈となる。組員の不始末が事件にならず穏便にすませてもらえるなら、花形はカタギの旦那衆にも頭をさげるのだった。

そんな矢先――昭和三十八年九月、安藤組の中田信一たちが町井一家の若い衆ともめた。中田たちは渋谷公園通りの陸軍練兵場跡にこの男を拉致すると、日本刀でめった斬りにした。一命はとりとめたが、斬り傷は全身二十八ヶ所におよんだ。

町井一家は激昂した。

「ヤツら北星会の一件を根にもってやがるんだ！」

「中田の野郎！」

「殺(や)っちまえ！」

組員たちがいきり立った。

「待て」幹部の郷田次郎がとめた。「いいチャンスじゃねぇか。ヤツらどう出てくるか、待ってようじゃないか」

東声会は、町井久之が町井一家を母体として銀座で結成した。激しい気性から町井は「猛牛(ファンソ)」と呼ばれ、抗争をくりかえしながら勢力を伸ばし、横浜、藤沢、平塚、千葉、川崎、高崎など次々に支部を開設していた。町井はこの年の二月、神戸で三代目山口組の田岡一雄組長と兄弟盃をかわし、ヤクザ社会で存在感を示していた。

郷田は激戦区の渋谷支部をまかされているだけに、度胸があって頭も切れた。安藤組の連中が七人も八人も寄ってたかって東声会の若い者に大ケガを負わせたのだ。どう詫びてくるのか。報復(カエシ)はそれを見極めてからでも遅くはない。

「返答によっちゃ、渋谷から出ていってもらうか」

ボールはむこうにある。どういう球を投げかえしてくるのか。この世界、やられた側よりやった側のほうが処理はむずかしいのだ。

中田を前に花形は舌打ちをした。

カッとなってヤキをいれた気持ちはわかる。中田の若い衆が北星会と乱闘事件をおこし、北星会と縁をもつ東声会の人間が仲裁に入ったところが、北星会側についてしまったのだ。だから中田の気持ちはわかるとしても、ヤキを入れた以上、このままというわけにはいかない。町井が田岡組長と兄弟分になったのだ。町井にも顔がある。

どうするか。

主だった幹部に連絡をとったが、「そっちでなんとかしてよ」一様に迷惑そうな声をだした。

「自分が掛け合いに行ってきます」西原が業を煮やして言った。

「手ぶらで行くのか?」

西原が黙った。東声会が納得するかどうかはともかく、治療費と慰謝料の提示は最低の条件だった。ハンパな金額では折り合うまい。だが、いまの安藤組にはそのハンパなカネすらもなかった。力のあるときであれば一気に叩きつぶすところだが、それもできない。カネは力だという現実を、花形は認めざるをえなかった。

「中田、あとはこっちで考えるから、おまえはしばらく体をかわしてろ」

そう言って帰しはしたが、妙案などなかった。花形は放っておいた。そうするしかなかったのだ。

花形敬、時代の終わり

「どうなってんだ」

郷田が怒鳴った。「人さまの頭を叩いたら、ガキだってごめんなさいって言うぜ。ヤクザが日本刀ふりまわしておいてシカトするとは、どういう了見だ」

「中田を殺りますか？」伊能が言った。

「いや、やるなら頭だ」

「しかし安藤は刑務所に……、花形？」

「ヤツを殺りゃ、ハデでいいんじゃねぇか。ウチの顔も立ってオツリがくるぜ。伊能、それから権藤、おまえらがやれ」

ふたりは若いが武闘派で、いま売り出しだった。

東声会からなにも言ってこないのが西原には気になった。探りを入れると、組員の出入りが激しくなっているという。懇意にしている落合一家の組員は「気をつけたほうがいいよ」と忠告した。

「敬さん、引っ越してくれませんか？」

花形におもいきって言ってみた。

「なんで俺が引っ越さなきゃならねぇんだ」

予想どおり不機嫌な声がかえってきた。

「もし東声会が狙うとしたら敬さんでしょう。自分ならそうします。敬さんに万一のことがあると安藤組はヤバイことになる」

「俺はまだ若けぇんだぜ。殺さねぇでくれよな」

「敬さん、冗談言ってないで、頼みますよ。咲子ちゃんのためにも」

花形が一瞬、黙ってから、

「ま、娘はともかく、健坊は言いだしたらきかねぇからな」と言って、

「哲、アパート探してこい。こぎれいな部屋だぞ」

山下哲を呼びつけて命じた。

東声会の組員は渋谷の街に張りこんだ。安藤組事務所、花形が必ず顔をだす喫茶『マイアミ』、『ハッピーバレー』『三升屋』、さらに西原グループの根城である洋菓子喫茶『パウリスタ』、スカラ座地階の『トリスバー』など総動員体制を敷いた。

花形の動きは支部事務所で待機する伊能と権藤のもとに逐一報告され、そのたびにふたりが素っ飛んでいくが、西原グループがガードしているため昼間はなかなかチャンスがなかった。

「それに」と伊能が支部長の郷田に言う。「拳銃じゃ、外すこともありますので、ドスで腹をえぐるほうが確実でしょう」

伊能も権藤も、かつて花形が同じ安藤組の牧野に至近距離から三発くらい、それでも女を抱いて焼肉をくらったという〝不死身伝説〟はしっている。撃ち仕損じると面倒なことになるとおもった。

「そうだな、そうしな」

郷田がうなずいて、「狙うなら夜だ。花形が自宅（ヤサ）に帰ってきたところがいいだろう。野郎のヤサは、ウチの息がかかった議員をつかって渋谷署にきいてやる。それから」と言葉を切って、「ドスじゃなくて柳刃包丁にしな。刺したときに手がすべりにくい。人を殺るのは柳刃にかぎる」

花形の自宅アパートはすぐにわかったが、一昨日、引っ越したばかりだった。隣家の主婦は、転居先もつげすにあわただしく出ていったと話した。

「尾行するしかねぇな」

伊能が言う。なにしろ、あの花形だ。殺れば男になれる。大きなチャンスだった。

伊能と権藤は目立たないように中型の作業用トラックを用意した。その夜、花形はモスグリーンのルノーに身体を屈(こご)めるようにして乗りこむと、西原のダッジをしたがえて宇田川町のネオン街に行き、路上駐車した。花形がどこを飲み歩こうが、伊能たちはじっとルノーを見張った。

「花形だ」

伊能が声を押し殺して言った。

花形が酔っているのは歩き方でわかる。すでに九月も半ばをすぎているが、残暑が厳しいせいか、花形は夏服のままで、トレードマークになっている白いサマースーツにソフト帽をかぶっていた。

若い衆をつれた西原がなにか話しかけているが、花形は面倒くさそうに手をひらひらと振っている。家までガードさせるとでも言っているようだ。ルノーに乗りこむ。

「だせ」

伊能が言った。

ルノーはリアエンジンの音をさせて道玄坂をのぼり、大橋、三軒茶屋、用賀、世田谷を抜けると、二子玉川の橋を渡りきった先のアパートで停まった。花形が一階角部屋のドアを乱暴に叩いている。ドアが開くと中に入っていった。ライトを消した車内で、伊能と権藤が息をひそめている。花形の自宅(ヤサ)をつきとめた。二人は顔を見合わせてうなずくと、いまきた道をひきかえしていった。

伊能と権藤は昼間に仮眠をとり、夜になると駐車場にトラックを停めて張りこみをつづけた。念のため、多摩川土手に逃走用のクルマを待機させ、若い衆に拳銃を持たせて乗りこませている。

女のところへでも泊まるのか、あるいは朝まで飲んでいるのか、帰らない日もある。自分のルノーはどこかにおいて組員のクルマで送られて帰ることもあった。朝まで張りこむのだ。伊能と権藤は三日で目が落ちくぼんだ。殺れるとはかぎらない。相手は花形だ。安藤組は弱体化したが、花形が弱くなったわけではない。仕損じたら反対に殺られる。恐怖と緊張感から口をきくこともなかった。

そして、一週間後の九月二十七日夜――。

花形は佐藤昭二と何軒か飲み歩き、『ハッピーバレー』に腰を落ち着けていた。佐藤は安藤組が設立されてまもないころ、花形といっしょに〝人斬りジム〟をブッ飛ばした男だ。国士舘柔道部を出た四段の猛者で、花形同様、ステゴロで渋谷に聞こえていた。この夜も西原の若い衆が三人ほど花形についていたが、むしろ彼らが花形と佐藤にガードされているようなものだった。

「敬さんよ、東声会のヤツら、なんだって黙ってんだ？　気にいらねぇな」佐藤が言った。

「腰が引けてんだろう」

「ならいいが、町井が神戸と盃かわしたばかりだからな。メンツ上、なにもしねぇわけにゃいかねぇだろう。用心にこしたことはねぇ」

「なんでぇ、佐藤までも。健坊とおんなじこと言ってやがる」

いつもより花形の顔色が青白いように佐藤には見えた。飲めば飲むほど花形は顔が青くなるタイプで、酔うと縁なしメガネの奥の細い切れ長の目がすわってくる。こうなるとたいてい朝まで飲むことになる。いまは東声会の一件もあり、気をつけたほうがいい。

「敬さん、今夜はそろそろ切りあげようか」

「そうだな」

ゴネるかな、とおもっていた佐藤は、花形がおとなしくグラスをおいたので安堵しながら
「おい、敬さんの帽子」若い者にアゴをしゃくった。

「ところで佐藤、どこか人形を売ってる店はねぇか？　今日は娘の誕生日なんだ」

千鶴子と離婚したあと若いカタギの女といっしょにいるという話は西原から聞いてはいたが、花形が家族のことを口にするのは初めてのような気がした。

「へぇ、敬さん、娘がいるの？」

「三つになる」

「可愛いさかりだな」

「うん、俺に似てねぇんだ」

「よかったじゃない」

花形が笑った。くったくのない笑顔も、長いつき合いのなかで初めて見たと佐藤はおもった。

「この時間じゃ、店はどこも閉まってるだろう。ガード下の露店だな」

「よし、行くぜ」

花形が立った。

戦後復興をとげた渋谷は国電が走り、私鉄、地下鉄、都電、バス路線のターミナルとしてにぎわっていた。夜十一時すぎの渋谷のガード下は一杯機嫌のサラリーマンなど多くの人が行きかい、露店を並べたテキヤの若い衆が威勢よく啖呵(たんか)バイをやっている。

「さあさあ今年は大柄が流行で、柄はプリント、芯はホレこのとおり、しっかりしたもので、締める人が締めればまさか百円のネクタイには見えません。ハイハイ、そこの旦那！　お召し換えの気晴らしに、さあ買った！」

花形を見てテキ屋がペコンと頭をさげる。武田組の若い衆で、組はツノを突き合わせていても、花形とは貫目がちがうのだ。

「おい、人形だ」

子供雑貨を並べた露店のまえで花形が足をとめて言った。

「あっ、敬さん！」

中年のテキ屋が驚いてから、小指を立てて「女(レコ)にプレゼントですかい？」ご機嫌をとるように笑った。

「そうだ。いちばん可愛くて、上等のやつだ」

「どれにしますか？　フランス人形、日本人形、ダッコちゃん、熊さんにワンワン、ニャンニャン……。何歳で？」

「三歳だ」

「敬さんのお子さん？　娘さんなんだ」

佐藤がいらだって「おい、グズグズ言ってねぇで、いろいろだしてみろ」

「い、いますぐ」

テキ屋が重なり合った人形をかきわけるようにして、可愛い人形を何体か選(よ)りだして並べた。

花形も佐藤もしゃがみこんで手にとってみる。

「よし、これだ！」

花形が言った。ピンクのドレスを着たフランス人形だった。「美咲は髪が長げぇのが好きなんだ」顔をほころばせた。

「カチセン（三千）ですが、フリセン（二千）にしときますんで」

「子どものもんだ、まけちゃもらわねぇよ」札入れから五千円札を引き抜いて「つりはいいぜ」人形をだくようにして立ちあがった。

少しよろけた。

「敬さん、送っていかせるからクルマおいていきなよ」

佐藤が腕を支えるようにして言った。

「大丈夫だ」

ルノーの運転席に乗りこむと、窓をおろして「じゃあな」と言って発進させた。

「佐藤さん！」

西原が息せき切ってやってきた。「『ハッピーバレー』に顔をだしたら、みんなでガード下に行ったってきいたもので。敬さんは？」

「いま帰ったよ。娘の誕生祝いにフランス人形を買って」

西原が通りをみやる。

（ひとりで帰すんじゃなかった）

ほぞを噛むおもいだった。東声会が敬さんの命を狙っているというウワサは、人付き合いの広い西原の耳に頻繁にはいっている。ルノーの小さなテールランプが夜の闇に消えていった。

今夜も帰ってこないかもしれない。

伊能はおもったが口にしなかった。権藤もおなじことをおもっているはずだ。二人はトラックの荷台のうしろに身を潜めていた。人目につかないよう日が暮れてからだから、かれこれ五時間になる。

「ちょっと小便して……」

伊能が言いかけたときだった。

軽快なエンジン音がした。こちらにむかってくる。何度も耳にした花形のルノーだ。伊能がゴクリと生ツバをのむ。手提げの紙袋から新聞紙を巻いた柳刃包丁を取りだした。刃渡り二十五センチはドスとほぼ同じサイズだったが、調理道具だけにドスのような工芸的な美しさはなく、無機質さがかえって不気味だった。権藤がズボンのベルトに差したブローニングを抜いた。

ルノーがトラックに並ぶように駐車した。ドアが開く。月明かりにソフト帽をかぶった花形の顔がうかぶ。凝視する。伊能はなにも考えていない。花形が手に人形のようなものを持ったまま反対の手でドアを乱暴に閉め、大きな音が響いた。キーを差しこんでドアをロックした。

背後に気配を感じたのか、花形がふりかえった。

「花形さんですか？」

伊能が声をかけた。

いつもの花形であればとっさに身構えたろう。酒の酔いか、それとも手にしたフランス人形に意識が奪われていたのか。

「そうだ」

無警戒に反応した。「ステゴロの神様」の一生の不覚だった。伊能が無言で身体をぶつけるようにして柳刃包丁を刺した。

「て、てめぇ……」

目が合った。花形の目が血走り、凄まじい形相が夜叉に見えた。手を伸ばしてつかみかかってくる。伊能を恐怖が襲う。多摩川土手で待機するクルマめがけて一目散に走った。権藤があとをおう。

通行人か。誰かが追いかけてくる。背後の権藤がなにか叫んで拳銃を発射した。クルマに飛び乗る。

「急げ！」

ドアが閉まるまえにタイヤを鳴らして急発進した。

独房の小さな格子戸の窓から一輪の薔薇（バラ）の花が見えた。

窓の外がどういうふうになっているのか、受刑者の安藤にわかるはずもないが、なぜかそこに一輪だけ咲いているのが見える。深紅の薔薇だった。安藤は花が好きで、シャバにいるときは社長室でよく水彩画で描いていた。薔薇は五月から六月にかけて咲くものが多いのだが、秋口に咲く薔薇は少し小ぶりで濃い花色が多く、それで血の色のような赤なのだろう。夕食がおわった自由時間、暗くなるまえに鉛筆でスケッチしていた。

安藤に川でハヤを釣ってきてくれた年配の看守がそっとやってきて、無言で新聞の切り抜きをさし出した。日付を見ると昨日読んだ読売新聞だった。昨日のその新聞は社会面のトップ記事がべったりと黒く塗りつぶされていたので、ヤクザ絡みの事件があったのだろうとはおもってはいた。看守が見せてくれたのはその記事で、塗りつぶされていなかった。

安藤が目で追う。


《〔川崎発〕二十七日午後十一時十五分ごろ神奈川県川崎市二子五六さき路上で、二人組のヤクザふうの男と口論していた男が、二人組の男の一人から鋭い刃物で心臓を突き刺されて間もなく絶命した。通りかかった同番地デパート店員田口義順さん（二五）と、通行中の高校生二人（いずれも十六歳）が、百五十メートル追いかけ、多摩川土手に追いつめたところ、二人組の一人がピストルで田口さんめがけて発射、田口さんは右肺を撃たれて出血多量で重体。犯人たちは待たせてあった黒塗りの乗用車に飛び乗り、別のもう一人の男の運転で東京方面に逃走した。

近所の人から一一〇番の通報を受けた川崎・高津署は全署員を非常招集するとともに、隣接する中原、稲田両署の応援を得て捜査している。殺された男は持っていた自動車運転免許証から東京都世田谷区船橋町一〇九四、花形敬さん（三三）とわかった。

花形さんは東京・渋谷をナワ張りにしている暴力団「安藤組」の大幹部。三十三年六月、銀座のビルで東洋郵船社長横井英樹氏をピストルで撃った「横井事件」では、安藤昇組長の参謀として襲撃計画をたて、東京高裁で殺人未遂ほう助罪などで懲役二年六月の判決を受けた。

その裁判で保釈中には、三十四年六月二十日、七月三十一日と続けて二回も渋谷署員に乱暴を働いてつかまるなど、前科だけでも七犯、二十四回もの逮捕歴がある暴力団員。安藤組長が服役中、安藤組の事実上の親分格となっていた。

渋谷署では、安藤組は横井事件で安藤組長ら幹部が逮捕されて以来、すっかり落ち目だが、Ｉ一家が横浜―川崎―東京とナワ張りをひろげ、渋谷で安藤組とことあるごとに対立、いざこざが絶えず、最近その対立が深刻になってきたため警戒していた矢先だった。》（昭和三十八年九月二十八日付け読売新聞朝刊）

花形が死んだ。

三十三歳だった。

意外な気がしなかった。妻の昌子が面会のときに話した安栄商事のことがよぎる。花形は組のために自分を殺し、だから死んだ。そうおもった。

安藤が無言で切り抜きをかえした。

受けとりながら看守が画用紙の薔薇に眼をとめた。

「上手だね」

「そこの窓から見えるんだ。たった一輪だけね。真っ赤な、とってもきれいな薔薇なんだけど、鉛筆で描けば黒薔薇になってしまう。看守さん、黒薔薇の花言葉ってしってるかい？」

「いや」

「『永遠の死』というんだ」

「花形のことかい？」

安藤はそれには答えないで言った。

「俺がつくった池のハヤだけど、利根川に放してやってくれないか？」

看守が無言でうなずいた。

「敬は信念に殉じたのでは」

あの花形が刺し殺されたという衝撃的な一報は、瞬時にして全国のヤクザを駆けめぐった。東京のヤクザも、東京進出を虎視眈々と狙う関西ヤクザ界も息を殺すようにして渋谷を注視していた。安藤組の動向は今後の戦略に大きく影響する。花形を失った安藤組は終わった——これが警察当局、ヤクザ社会、そして渋谷ネオン街の一致した見方だった。

西原が『三升屋』に顔をだした。花形を追悼し、花形のことを語る相手は中村の親父と飯山五郎しかいなかった。花形の指定席だったカウンターの端の席にコップ酒と、好物だったウナギの蒲焼きがおいてある。灰を入れたぐい呑みに一本の線香が差してあり、薄い煙がゆらゆらと立ち昇っていた。

「もう一分早くガード下に行っていれば自分が送ったのに……」

西原がコップ酒を握って唇を噛む。

「健坊、自分を責めちゃだめだ」

中村がチロリで酒を注ぎたしながら言う。「坊主が言ってたけど、人間は誰もが定められた命をもってこの世に生まれてきて、命が尽きるときに仏になる。それを寿命っていうんだってさ」

「三十三だぜ、敬さんは」

西原の目が怒っていた。

「あっしの娘は八つだった」

「娘さん？」

西原が不意をつかれて顔をあげる。

「みっともねぇ話だけど、家に拳銃撃ちこまれてね。流れ弾に当たっちまった」中村が淡々とした口調で言う。「女房は泣き叫ぶし、葬儀のときには本当にまいったよ。そんときだね。人間は定められた命をもってこの世に生まれてくるんだって坊主が言った」

「納得したかい？」

「いや」首を振った。「悔やんださ。男だ、渡世だ、代紋だっていきがって生きてきたけど、それがなんだったんだろうってね」口をつぐんでから、「足を洗って、いまはこうして一杯飲み屋の親父だ」

「その話、敬さんはしってたのかい？」

中村がうなずいて、答えた。

「笑って言ったよ、俺もそのうち足を洗って中村二号店をやるか、なんてね。敬ちゃん、本当はヤクザが嫌いだったんじゃないかな。千歳中から海兵に進もうかってんだから、まじめで、頭がよくて、純粋な子だった。ところが日本は戦争に負けちまって、気がついたら自分はヤクザになっている。ヤクザでしか生きていけないとおもっている。だからだろうね。飲むとヤクザもんにカラんで手をだす。自分に怒っていたんじゃないかなってね」

その後、西原にやさしい笑顔をみせて、「健坊、カタギになったらどうだい。きっと敬さんもよろこんでくれるよ」と話した。

「『ハッピーバレー』の根本社長にも言われたよ。やる気があるなら経営を手伝ってくれって」

「それがいいんじゃない」黙っていた飯山が口を開く。「健吾さん、まだ三十じゃない。きっと優秀な経営者になれるとおもう」

「組はどうするんだ。早けりゃ、あと一年で社長が出てくる。敬さんは安藤組をしょって殺されたんだ」

西原が席を立った。

「健坊」ガラスを嵌めた開き戸を引いた背に中村が声をかける。「死なないでくれよ。敬ちゃんのためにも」

一瞬、足をとめたが、ふりかえることなく店を出ていった。

「健坊は頭のいい子だけど、敬さんと同じで生きるのに不器用なんだな」

つぶやくように言った。

それからまもなく、西原が安藤組を背負っていくと腹をくくる事件がもちあがる。西原の若い衆である三本菅啓二が、安藤の妻・昌子が経営するバー『ランプ亭』で飲んで外に出たところを、錦政会（のち稲川会）の組員たちにアイスピックで背中を刺されたのだ。三本菅は目の前のバーに飛びこむや、包丁を持ちだしてあとを追ったが途中で倒れる。アイスピックは肺にまで達し、三ヶ月の重傷だった。三本菅は後年、右翼団体『大行社』二代目会長になる男で、西原が可愛がり、『ハッピーバレー』で用心棒もしていた。

こうして若い組員たちが身体を懸けて安藤組を守ろうとしている。なにかことあれば、最後を看取るのは自分の責務ではないか。西原は自分に言い聞かせた。

安藤組の幹部たちは渋谷に寄りつかなくなった。日本は依然として高度経済成長をひた走っている。うま味のあるシノギはいくらでもあり、身の危険を呈してまで渋谷に固執する必要がなかった。だが、一部の幹部をのぞき、若い衆の多くは渋谷という縄張のなかでシノギしている。渋谷で生きている。西原は実業家からだけでなく、関東や関西の大手組織から移籍の声がかかっていたが、花形が殺されたいま、自分だけ保身をはかるのは潔しとしなかった。

西原の奮闘で安藤組はかろうじてもちこたえていた。

明けて昭和三十九年六月、西原は安藤が本面（ほんめん）（仮釈放のための本面接）にかかったと弁護士からしらされる。いよいよ社長が出てくるのだ。胸は高鳴った。

花形の死から一年が過ぎた昭和三十九年九月十五日――。服役六年、二年の仮釈放の恩典をもらって、安藤が出獄する。諸般の事情を考慮して釈放は早朝七時という異例の時刻で、若い衆の出迎えは当局から禁止されたが、それでも二十名ほどが門の外で出迎えた。車をつらねて東京へむかう。東京オリンピック開催を翌月に控え、車窓から見る東京は街も道路もすっかり装いをこらし、六年前の面影はなかった。

料理屋で盛大に放免祝いがおこなわれた。島田の顔がある。三崎も花田も、獄中にいる者をのぞいて幹部が顔をそろえた。五百人以上いた組員は十分の一に減ってはいたが、三十八歳のカリスマを迎えたどの顔も輝いて見える。忍耐の時代は終わる。これから安藤組の反転攻勢がはじまるのだ。

数日後、安藤は線香をあげに世田谷の経堂にある花形の実家を訪ねた。白くなった頭髪をきちんと結い、着物を着た母の美以は毅然として安藤に対応した。

「後悔はありません。男は正しく強く、自分が正しいとおもったらどこまでもやりなさいと言って育てました。敬は信念に殉じたのだとおもっております。ただ――」美以は言葉を切ってから「敬は粗暴だといわれていますが、本当はやさしい子なんです」腰をあげると隣室から宝石箱（ジュエリーボックス）をもってきて、安藤のまえにおいて開いた。赤いスエードの上に銀のスプーンが整然と並べてある。

「毎年二月三日の私の誕生日に敬が贈ってくれたものなんです。敬の言うことには、その昔、ケルト軍がローマ軍と戦ったとき、ケルトの戦士たちは最愛の人にシルバーのスプーンを手渡して戦場におもむいたそうです。銀のスプーンは幸せを呼ぶお守りなんだって敬は言っていました。千歳中学に入った翌年から贈ってくれていましたから、海兵をめざす敬はこのときから出征の覚悟をもっていたんでしょうね」

そして、「敬からもうスプーンはこない」と言って初めて涙をみせた。「安藤さん、あんたさえ刑務所にいかないでいてくださったら、敬もこんなことにはならなかったのに」素直な気持ちが口をついて出るのだった。

安藤にかえす言葉はなかった。目礼して立ちあがった。

一ヶ月後、美以にお願いし、花形家の墓地に新たな墓を建立して慰霊祭を開く。三百人をこえる人が参会した。花形が好きだった酒を、安藤が墓の頭から静かにかけるのだった。

〝赤い汗〟を弔う

出所後の挨拶まわりなど慌ただしい日々がすぎていく。稲川親分は箱根の翠紅苑（すいこうえん）に部屋をとって慰労してくれ、百万円のご祝儀をくれた。いまでいえば一千万円以上になる。出所したとき刑務作業の賞与金が六年分でわずか三万八千三百円。安藤には稲川親分の心くばりに感謝した。

「安藤昇が帰ってきた」――この一語は強烈なインパクトをもって渋谷の街を駆け抜けた。安藤組は活気づいている。出所した安藤がどう動くか。渋谷に橋頭堡を築いた他組織は臨戦態勢を敷いて注視する。

安藤は沈黙をまもった。この六年のあいだに渋谷はいろんな組織が入りこみ、ツノを突き合わせている。安藤組の中核は若手である西原健吾と矢島武信のグループだ。盛り返す自信はある。だが、組員たちに身体を懸けさせることになる。ヤクザの宿命とはいえ、犬死にはさせたくない。

「社長」島田の声で安藤が我にかえる。「まず健康の回復です。熱海に知りあいの別荘があるので、温泉でしばらく静養してください」

健康診断すると、軽度の栄養失調で少し肝臓が弱っているということだった。懲役に行く前は六十五キロあった体重が八キロ落ちて五十七キロになっていた。

別荘は切り立ったような崖の中腹に建ち、風呂の湯船につかったまま水平線に初島、大島がかすんで見える。

(渋谷をなんとかしたらアジアに打って出よう)

そうおもった。

横井襲撃事件の直前、ある実業家を通じて、ラオスで水道工事をやる久保田鉄工のガードを打診された。治安だけでなく、共産ゲリラ対策だった。対外的にはヤクザ「安藤組」ではなく、「株式会社東興業」への依頼である。遠からず海外で事業展開する時代がくると読んでいた安藤は、旧来のヤクザ組織から脱却する好機と考え、話を進めていた矢先の横井襲撃事件だった。あの事件を起こさなければ、いまごろラオスを起点にアジアでビジネス展開をしていたことだろう。

（そのためにも、まず渋谷を制することだ）

安藤は勢いよく湯船を出た。

だが、渋谷のヤクザ社会は、留め金が外れた歯車のように軋み音を立てて激しく回転していた。

安藤が仮出所して、まもなく二ヶ月になろうとする十一月六日夜、宇田川町プリンスビル地下三階のバー『どん底』で、西原グループの三本菅が錦政会三本杉一家八名に日本刀で襲われるという事件が起こる。三本菅は店においてあった肉切り包丁をつかんで階段を駆けあがり、路上で三人を叩き斬った。

一年ほどまえ、三本菅は『ランプ亭』を出たところでアイスピックで刺され、三ヶ月の重傷を負っている。その後もこうして暴力事件がつづいている。西原と矢島が相談し、安藤の耳に入るまえに話し合いでかたをつけることにした。抗争事件に発展して、安藤の仮釈が取り消されることを懸念したのだった。

話し合いは十一月七日土曜日午後六時、神宮外苑にあるレストラン『外苑』と決まった。会うのは二対二。お互い〝道具〟は持たないという約束だった。

西原と矢島が店に入っていき、三本菅と桑原一平が外に停めたクルマで待機した。西原は國學院空手部、矢島は立教大学ボクシング部で鳴らしたファイターだ。ふたりとも腕に自信があったことがわざわいしたのか、あるいは真っ直ぐな性格がそうさせたのか。約束どおり丸腰で出かけ、西原は射殺され、矢島はドスで斬られて重傷を負う。話し合いがもつれ、西原と矢島が激高したため、相手三人は恐怖にかられ、隠し持っていた拳銃とドスで応戦したのだった。

新聞は次のように報じた。

《同夜八時頃、港区赤坂青山北町四ノ二二レストラン「外苑」＝山田駒子さん（三六）経営＝の二階の客席で、渋谷区南平台二〇バク徒錦政会渋谷支部（岸悦郎支部長）の組員中稲隆彦（二三）小泉務（三一）桜井正美（二六）と、同会と渋谷でナワ張り争いをしているグレン隊安藤組（安藤昇組長）の組員西原健吾さん（三一）同矢島武信（三一）とが話をしているうちに、突然激しい口論となり、安藤組側の矢島がイスをふりあげた。このため錦政会側の桜井がかくし持った短刀で矢島を刺し、さらに中稲が西原さんめがけてピストルを続けざまに四発発射、うち三発が西原さんに当たった。錦政会の三人はそのまま外に待たせてあった乗用車で逃走した。

同店から一一〇番で赤坂署に急報、かけつけた同署員が西原さんを近くの本間外科に、矢島を渋谷病院へ運んだが西原さんはノド、左胸、左腕を撃たれて同八時半ころ死亡、矢島は頭などを切られて重傷。

同署は、暴力団のナワ張り争いによる殺人事件として警視庁捜査四課、同一課初動捜査班、機動捜査隊、鑑識課などの応援を求め、逃げた中稲らの行くえを追及していたところ、間もなく渋谷署へ電話で「さっきの事件はわれわれがやった」と中稲から自首の届けがあった。

事件の手配を受けていた渋谷署からすぐ南平台の錦政会事務所へ係り員が急行、同事務所にいた中稲と小泉を殺人容疑で緊急逮捕、付近のいけがきの中に捨ててあった回転式中型ピストル、SW三八口径「スペシャル」（実包五発装てん）と、事件現場の近くの公衆便所から血のついた刃渡り二十二チセンの柳刃包丁一本を発見押収した。

さらに逃げていた桜井も、同夜十一時二十分ころ、錦政会渋谷支部の事務所に現れたところを同じ容疑で逮捕された。》（朝日新聞十一月八日付け）

西原の葬儀は、大田区蒲田で建築資材会社を経営する実兄の家で執り行われた。國學院大学空手部と応援団の後輩たちが、ガクランに白い手袋を着用して整列した。組の若い者と、國學院の後輩にあたる学生たちの列がつづいた。小倉から急を聞いて駆けつけた母親と実姉が祭壇にむかって合掌している。

安藤は祭壇を見上げた。西原の遺影はにこやかに微笑んでいる。十年前、事務所に訪ねて来たときの笑顔そのままだった。

葬儀が終わり、一段落して、安藤は福岡県北九州市八幡西区元城町へ足を運んだ。黒崎駅から車で十分ほど細い道を上っていく。西原の実家に寄って挨拶をすませると、すぐ近くにある西原家の墓前に手を合わせ、持参した杉の苗を植樹した。

西原の墓参から帰ると、安藤は島田の運転で世田谷の常徳院に行き、花形の墓前に手を合わせた。一瞬不帰という言葉が脳裡をよぎる。過ぎ去ったこの一瞬は二度と帰ってくることはない。だが、稲妻にも似た一瞬に全人生を懸け、散っていった男たちがいる。

（なんのために？）

自問して、安藤は返事に窮した。

「島田、ウチの連中はどうしている？」

墓前をむいたまま、背中で問うた。

「道具をもっていっせいに潜りました。社長のゴーサインをまっています。社長の帰りを六年間もまって辛抱してきた連中です。死は覚悟しています」

安藤が二度、三度とうなずいて言う。

「西原がムエタイに挑戦すると言って熱心に空手の稽古していた時期があっただろう？」

「ええ、國學院の空手道場へ行って」

なにを言いだすのか、島田が当惑する。

「そのとき西原は花形にこう言われたそうだ。――健坊、ヤクザが流す汗は赤けぇんだぜ。真っ赤な血が吹き出してくるんだ。おめぇの汗はキラキラ光って、きれいなもんじゃねぇか――。カタギの遊びにうつつを抜かしているおまえはヤクザじゃない、花形はそう揶揄したんだな。西原はショックだったとずっと言っていた」

島田は安藤の気持ちを察した。

「これまで多くの〝赤い汗〟が流れました」

「もういいかな」

「はい」

「これ以上、若い者の血を流すのはやめよう。解散する。安藤組は解散だ」

静かにつげた。


昭和三十九年十二月九日午後一時三十分、渋谷区代々木の区民会館で安藤組の解散式が行われた。式典には、組員はじめ警察、近県の刑務所長、保護司など関係者三百人が集まったが、そのなかには住吉会・立川連合の顔である稲葉一利と小西保、落合一家六代目の高橋岩太郎、七代目の関谷耕蔵という錚々たるメンバーが若い衆をつれて出席していた。

安藤は、直筆毛筆の声明文を読み上げた。

解散声明書

この度、安藤組を解散したことを声明いたします。

この声明と同時に、今後は如何なる形においても、安藤組を称号してことをなすことはありません。

ここに、社会のみなさまに、過去においておかけしたご迷惑をお詫び申しあげます。あわせて、今後は、深い反省のもとに、おのおの、善良なる一市民にたちかえって、再度貢献する覚悟でありますから、なにとぞ、御協力をお願い申しあげます。

安藤組解散委員会代表
安藤　昇

時は止まらず

安藤昇と花形敬——。ふたりの漢(おとこ)は、鳥が逆風を舞い上がるように、敗戦の混沌とした時代を渾身の力で羽ばたき、安藤組は日本が戦後復興の終わりを高らかに宣言した昭和三十九年の東京オリンピックとともに解散する。

ふたりはヤクザになろうとおもって生まれてきたわけではない。ヤクザになりたいとおもったわけでもない。祖国のために一命を捧げる覚悟の若者が時代に翻弄され、人生に懐疑し、変節に激しく抵抗し、気がついたらヤクザになっていた。安藤は花形の凶暴性のなかに葛藤と純粋性を見抜き、花形は安藤に殉じることで男気を貫いた。昭和、平成、令和にいたってなお、敗戦という漆黒の時代に放ったふたりの光芒は、いまも尾を引いて「伝説」として語りつがれる。

令和三年七月、東京は再びのオリンピックを開催した。

ファッショナブルな若者の街として世界の耳目を集める「ＳＨＩＢＵＹＡ」は、再開発が急ピッチで進み、高層ビル群が建ち並ぶ巨大オフィス街へと変貌しつつある。

花形敬が逝って五十八年、安藤昇は七回忌を迎える。

時代は立ち止まらない。

後書き

解散後の安藤さんについては、よくしられているとおりだ。ひょんなことから映画俳優に転じ、五十本以上の映画に主演して一時代を画す。俳優を引退して以後は映画プロデューサーとして、あるいは文筆家として多くの作品をのこし、二〇一五年十二月十六日、八十九歳で波乱の人生を閉じた。

私は自身の執筆活動のほか、安藤さんと立ち上げた安藤昇事務所（九門社）の〝秘書役〟として二十数年をいっしょに過ごし、安藤さんの著作や映画制作、ビジネスコーディネートなどに携わってきた。そんなことから花形敬については、安藤さんの口から、あるいは事務所に遊びにみえる元安藤組組員の方々から断片的に耳にしていた。

「店で立たされてビール瓶投げの標的にされた」

「自分の腕を煙草の火で焼いた」

「敬さんと顔を合わすのが恐くて、街で行き会わないようにいつもキョロキョロしていた」

本書に登場する森田雅氏は生前、よく事務所に見え、「花形はぶっきらぼうだが情があった」

として、横井襲撃事件直前、遅れて事務所に駆けつけた森田氏に「帰れ」と言っておいかえしたエピソードなどを話してくれた。

安藤さんは、

「花形は本当に酒が好きだったのかな。酔っ払うために飲んでいたような気がする」

そんなことを口にした。

だが、どの人の話も断片的で、花形の半生について書かれたものは、私のしるかぎり本田靖春氏の『疵』だけだが、私がずっと気になっていたのは、花形の安藤さんとの関わり方である。もっといえば、なぜ花形のような粗暴な男を安藤さんは幹部にしておいたのか、一方の花形はなぜ安藤さんには従順なのか。

安藤さんの性格からして、「粗暴な男は安藤組の戦力になる」という打算で手元においていたのではなかったとおもう。後年、安藤さんは近隣の迷惑になると言って、事務所に来る人間に路上駐車をさせなかったことがある。

そのとき、こんな言い方をした。

「うちの事務所にきた人間のクルマだとわかっているから文句は言わない。だからこそ、路駐はだめだ」

そんなストイックな安藤さんが、花形の素行を大目に見ていたというのは、それなりに花形に対する理解があったからではないか。

一方、唯我独尊の花形である。安藤さんにしたがうのは、したがうだけの器量の大きさに敬服していたと同時に、花形もまた、敬服した自分を貫くというストイックさをもっていたということになる。

すでに鬼籍に入った古参組員が、こんなことを言った。

「安藤は花形がいなくても安藤だが、花形は安藤がいてこその花形だ」

花形が安藤組でなく別の組にいたなら、ただの粗暴なヤクザではなかったか。戦後史に語り継がれる安藤組の大幹部であり、安藤の留守に劣勢となった組を背負い、殺傷され、そして「伝説」として昇華した。

前々から、ふたりの半生を同時進行形にして「安藤と花形」を書いてみたかったが、このたび安藤さんの七回忌を期に、鎮魂の意味をこめ、小説の形でペンをとった。花形に関しては前述の『疵』（本田靖春）を参考にしたことを付記しておく。

向谷匡史

本書は書き下ろしです。
原稿枚数603枚（400字詰め）

向谷匡史

むかいだに ただし

一九五〇年、広島県呉市出身。

拓殖大学を卒業後、週刊誌記者などを経て作家に。

浄土真宗本願寺派僧侶。日本空手道「昇空館」館長。保護司。

主な著作に『田中角栄「情」の会話術』（双葉社）、『ヤクザ式最後に勝つ「危機回避術」』（光文社）、『安藤昇90歳の遺言』（徳間書店）、『子どもが自慢したいパパになる最強の「お父さん道」』（新泉社）、『小泉進次郎「先手を取る」極意』、『太陽と呼ばれた男　石原裕次郎と男たちの帆走』、『田中角栄の流儀』、『熊谷正敏　稼業』、『渋沢栄一「運」を拓く思考法』、『二人の怪物』、『安藤組外伝　白倉康夫　殉心』、『還暦からの才覚』（青志社）など多数ある。

［向谷匡史ホームページ］http://www.mukaidani.jp

安藤昇と花形敬

二〇二一年十月二十二日　第一刷発行
二〇二一年十一月十九日　第二刷発行

著者――向谷匡史
編集人　発行人――阿蘇品 蔵
発行所――株式会社青志社
〒一〇七－〇〇五二　東京都港区赤坂5－5－9　赤坂スバルビル6階
（編集・営業）
TEL：〇三－五五七四－八五一一　FAX：〇三－五五七四－八五一二
http://www.seishisha.co.jp/

本文組版――株式会社キャップス
印刷・製本――中央精版印刷株式会社

ISBN 978－4－86590－123－8 C0095

男の品位　安藤昇

定価　本体1300円＋税

修羅に生き、男の世界を書いては超一級の著者が贈る
「本物の大人」の心得！
「男の品位」とは、言行の一致にして一念に殉じることを言う。
つまり、「やる」と約束したことは命を取られてもやり抜く。
「やらない」と言い切ったら、万金を積まれても微動だにしない。
そして、事に臨んで弱音を吐かず、失敗したら無念の一語を呑みこんで
潔く責任を取る。これが「男の品位」だ。

花と銃弾　安藤組幹部 西原健吾がいた　向谷匡史

定価　本体1400円＋税

人は人の為に死に「風」になることが出来る！
安藤昇を慕い伝説のヤクザ、花形敬と共に安藤組を支え、
激死したインテリヤクザの遠き夢の日々——。
安藤さんは、こんな言い方をした。
「いつか西原に言ったことがあるんだ。〝自分の人生は、
人様に背負ってもらうわけにはいかねぇんだぜ〟ってね。そしたら〝押忍〟って
目を輝かせてさ。俺が出所してまもなく、組に殉じて銃弾に倒れた」
本書は、安藤組の光芒を西原健吾から書き起こした物語である。

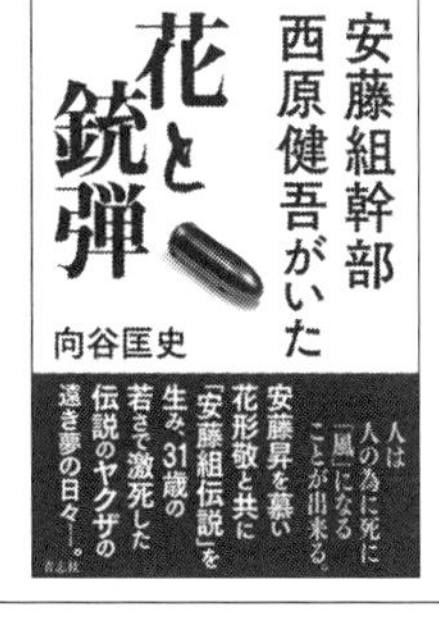

1962年（昭和37）
渋谷円山町・大和田町